# 티사강의 하루살이

# 티사강의 하루살이

이대영 소설집

이든북

| 작가의 말 |

부끄럽다.
내 속살을 보여준 것 같아.

그러나 어쩌랴,
그것이 숙명인 것을.

걱정이다.
보여주고 싶은
옹이 박힌 살이 너무 많아.

## 차례

작가의 말     _ 005

티사강의 하루살이     _ 010
인연     _ 044
빈 터     _ 072
시인이 꿈꾸는 나라     _ 098
섬     _ 124
사마산     _ 148
언더스텐     _ 174
산서민가(山西民歌)     _ 206
가을에 쓰는 일기     _ 242

# 1

티사강의 하루살이

## 티사강의 하루살이

어젯밤 꿈이 뒤숭숭했다. 가끔 있는 일이지만, 오늘도 조폭 무리에 쫓겨 몸을 마구 비틀다 잠에서 깼다. 도망가는 꿈을 꿀 때마다 발이 땅에서 떨어지지 않는 것이 나만 겪는 상황인가 싶다. 이 나이에 얻어맞고 다니나 싶어 억울하여 꿈을 다시 복기하며 조폭들을 소환했다. 그리고 그들을 담벼락에 일렬로 세워 놓고 주먹을 날리는 상상을 했다. 그러나 꿈은 다시 이어지지 않았다.

이 시간이면 위층에서 출근 준비를 위해 소음을 낼 텐데, 오늘따라 조용한 것이 이상했다. 위층에는 오십 대 중반의 여자와 이십 대 중반의 오누이가 산다. 남편은 죽었는지 한 번도 본 적이 없다. 가장의 멍에를 진 뚱뚱한 젊은이는 일찍 출근하여 늦게 퇴근하는 고달픈 삶을 사는 듯했다. 문제는 육중한 체구가 걸음을 옮길 때마다 소음을 낸다는 것이었다. 또한, 하루에 두 번씩 침대를 끄는 소리는 착하게 살아 온 내 신경을 자극했다. 우연히 엘리베이터 안에서 뚱땡이를 만나 소음 이야기를 하자, 그런 적이 없다고 잡아뗀다. 죽일 수도 없고 사람 참 환장할 노릇이다.

베개를 사타구니에 끼고 시든 고추를 세워 보려는 순간, 큰딸의 감정 섞인 목소리가 문틈으로 들어온다. 나는 수음을 하다 들킨 것 같아 얼른 자세를 바로 취했다. 조금만 늦었으면 정말 큰일 날 뻔했다. 서른 중반이 되도록 시집갈 생각이 없는 딸이 서슴없이 내 방문을 연다. 주인마님 또한 옆에 서 있다. 머리가 긴 두 여자는 나에게 임무를 맡기곤 이내 사라진다. 위층 누수로 물이 천장으로 스며드니 신속히 해결하라는 주문이시다. 나는 중책을 부여받은 듯 아파트 관리실에 전화를 건 후 주섬주섬 옷을 챙겨입었다. 그러는 사이, 내 고추는 사타구니 사이에 착 달라붙어 없는 듯했다.

시계는 아홉 시에 걸려있다. 아파트 직원들이 주야간 근무를 교대할 시간이다. 아마도 퇴근 직전에 전화를 받았으니, 지금쯤 나에게 저주를 퍼붓고 있을지도 모른다. 다행히 아파트 관리인 두 명이 수리 가방을 들고 바로 나타났다. 누수를 확인한 관리인은 바로 위층으로 올라갔다. 그리고는 잠시 후 집 주인을 대동하고 우리 집으로 다시 돌아왔다. 관리인은 배관에 녹이 슬어 수리가 필요하다고 말한다. 그리고 대기업이 건설하여 최첨단 보안장치를 갖추고 조경을 뽐내던 이곳도 세월의 무게를 견디지 못해 건물이 신음을 낸다며 나를 위로했다. 집주인은 7층에 사는 오십 대 중반의 여자로 안면이 있었다. 주로 출퇴근길 엘리베이터에서 만나던 그녀가 산뜻한 운동복 차림으로 나타나자 색다르게 보였다. 선머슴 같던 그녀가 조금은 여자처럼 눈에 들어왔다. 얼마 전까지만 해도 결혼한 그의 아들이 위층에 살고 있었다. 지금은 다른 곳으로 이사를 해 전세를 놓고 있다고 했다. 그는 내 딸의 방으로 들어와 누수를 확인하고 도배를 해주겠노라 약속을 하고 돌아갔다.

나는 어수선한 아침 풍경을 벗어나고자 집을 나섰다. 이발소에 들러 기분을 전환할 요량이었다. 이발소로 향하는 동안 나는 항상 생각이 많아진다. 오늘은 또 누구를 만나, 어떤 이야기를 들을까 기대된다. 그리고 대기시간 없이 바로 이발할 수 있기를 기대도 한다. 이발소 대기시간의 무료함이란 수업 종료 직전의 그것보다 더 지루하다. 이는 나만이 아닌 남자들이라면 모두가 공감할 터이다. 어쩌면 여자들도 같은 마음일 것이다. 아니, 여성들의 독특한 생리를 알 수 없어, 여기서 설불리 말하는 것은 경계해야 한다. 젊었을 때는 그래도 기다리는 동안 신문도 들춰보고, 라디오에서 흘러나오는 음악도 감상하며 이발소 풍경을 훑어보는 여유가 있었다. 그러나 지금은 신문을 보려면 돋보기를 써야 하고, 이발소 벽을 둘러보아도 수영복 차림의 싱싱한 여배우가 웃고 있는 달력도 없다. 게다가 구구절절 가슴을 파고드는 푸시킨의 시도 발견할 수 없다. TV를 보자니 개돼지만도 못한 정치인이 자꾸 나와 짜증이 난다.

나는 어느 때부터인가 이발소로 들어가기 전 실내를 살피는 습관이 생겼다. 대기인원이 두 명 이상이면 그날은 이발하는 것을 포기하거나 다른 장소를 기웃거렸다. 기다림은 나에게 곧 지옥이나 마찬가지다.

내가 자주 이용하는 이발소는 남성 전용이다. 이전에 미용실을 가

보지 않은 것은 아니나 그곳에 있으면 내가 여성들의 공간을 점유하고 있는 듯해 여자들의 눈치를 보게 된다. 또한, 면도나 눈썹, 코털을 다듬어 주지 않아 집에 와서 스스로 해야 하는 번거로움이 따른다. 그럴 바에는 이 모든 것을 한 방에 해결할 수 있는 이발소가 한결 낫다. 이름도 영광이발소로 내 취향에 맞는다. 이름이 다소 촌스럽다는 것을 주인도 느꼈는지, 간판 우측 아래에는 〈Man's hair cut〉 라는 작은 글씨를 써 놓았다. 자세히 보아야 알 수 있지, 무심코 보아서는 발견할 수 없는 글씨이다. 나 또한 백화점에 가는 길에 우연히 내 눈에 들어 온 이 영어를 보고 속으로 웃은 적이 있다.

영광이발소 주인은 칠십 대 중반의 남자이다. 워낙 과묵하여 그의 고향이 서천이라는 것도 뒤늦게 알았다. 에어컨과 헤어드라이기, TV를 빼면 영락없는 반세기 전으로 회귀하는 실내풍경이다. 아침부터 이발사의 동년배들이 몰려와 얼핏 보면 대기자들이 많아 보인다. 그러기에 짧은 시간에 실내상황을 파악해야 한다.

나는 조심스럽게 이발소 안을 엿보았다. 마치 행인이 무심코 바라보는 것처럼 말이다. 그런데 속내를 들킨 것 같아 가슴 어딘가에서 혈압이 끙끙 앓는 소리를 낸다. 천상, 나는 착하고 온순하며 새가슴인 모양이다. 나는 지금까지 살아오면서 남의 물건에 손을 대본 적이 없다. 아니, 솔직히 말하면 딱 한 번 있었음을 고백한다. 초등학교 4학년 때, 문방구에서 5원짜리 딱풀을 사고 주인에게 돈을 주지 않은 적이 있었다. 정확히 말하면 의도된 행동이 아니라 다른 친구들의 힘에 밀려 주인에게 주지 못한 것이었다. 이것이 미필적 고의에 해당하는지는 따져볼 일이다. 그리고 나는 시험을 볼 때 부정행위를 한 적이 별로 없다. 여기서 별로라는 데 방점을 두는 것이 약간 쑥스럽기는 하다. 대학 시절, 중간고사 시간에 규칙에 어긋나는 행위를 한 적이 있었다. 그날은 내가 제일 싫어하는 서양문화사 교수가 시험감독으로 들어왔다. 그런데 학생들을 모두 일어나게 한 후, 다른 줄과 자리를 바꿔 앉으라고 했다. 나는 그런 교수의 행동이 싫어 자리를 바꾸지 않았다. 실은, 서양사의 내용이 생소하기도 하거니와, 한 마디로 암기 과목이어서 책상에 써 논 단어들을 떠나서는 안 되는 속사정이 있었다. 예나 지금이나 나는 기억력이 완전 잠방이다. 나는 시험 기간에 밤을 새우고, 아침 일찍 도서관에 나와 시험 볼 내용을 열심히 암기하는 노력 정도는 기울인다. 그런데 시험장까지 걸어가는 동안 모두 까먹기 일쑤다. 그래서 그날은 시험지 밑에 커닝 페이퍼를 숨겨 놓고 시험을 보았다. 그런데 가슴이 콩닥거려 커닝 페이퍼를 보기는커녕 교수 몰래 다시 회수하는 데 애를 먹었다. 그 후, 다시는 부정행위를 하지 않았다.

    이순의 나이를 넘기면서 나도 머리에 흰털이 하나씩 늘어난다. 이에 기억력도 하나씩 감퇴하는 것 같다. 지난주에는 무심코 아파트 현관 앞에 서서 보안카드를 디밀어도 문이 열리지 않았다. 다행히, 아파트 상가에서 맥주 가게를 하는 부부를 만나 인사를 하고 그들의 도움으로 문을 통과할 수 있었다. 부부는 내가 언제 이곳으로 이사를 했냐며 반갑게 맞아주었다. 나는 오래되었는데 그동안 한 번도 마주치지 않았다며 오늘따라 문이 열리지 않는다고 하자, 부부가 카드로 문을 열어주었다. 그리고 16층에서 내려 도어락 비밀번호를 누르려니 장치가 보이지 않았다. 그래서 무심코 초인종을 눌렀다. 그러자 '아빠야!'

하는 꼬마 여자아이의 목소리가 들렸다. 순간, 나는 '아뿔싸!' 했다. 내 집이 아님을 뒤늦게 알아챈 나는 똥줄 나게 아래층으로 내달렸다. 다른 동으로 가서 초인종을 누른 것이었다. 그날 나는 너무 황당하여 서글픈 밤을 보냈다. 그나마 다행인 것은, 아직은 생활하는데 무리를 주지 않을 만큼 뇌가 손상되지는 않았다는 것이다. 오늘처럼 이발소를 정확히 찾아가는 것이 완전 바보는 아니라는 증거이다.

 이발소 안에는 한 남자가 의자에 앉아 머리를 깎고 있었다. 얼핏 보아 칠십은 되어 보였다. 나는 좀 더 자세히 살피려 창가로 다가갔다. 이발사가 등을 보이며 이발을 하는 중이었다. 이제 막 이발을 시작한 듯했다. 하긴, 이 이발소에 드나들며 이삼십 대 손님을 한 번도 본 적이 없다. 이발 중인 손님은 육십 중반의 사내였다. 관건은 이 남자가 이발 후, 염색을 할 것이냐였다. 평일 오전 이발소의 의자에 앉아 있는 노인은 십중팔구 염색할 확률이 높았다. 나는 이내 방향을 틀어 동네를 한 번 둘러보기로 했다.

 설명하기 애매한 동네이다. 전철역은 걸어서 10분 거리에 있다. 백화점 역시 같은 거리에 있다. 그런데도 아파트 가격은 오르지 않는 애매한 동네이다. 돈 있는 자들은 아파트가 10여 년이 되자 새로운 지역으로 모두 이사했다. 아이들을 기르며 허덕이는 사람만이 20여 년 가까이 이곳을 벗어나지 못하고 있다.

 옷 수선점 여자는 손님이 없는지 도수 높은 안경을 끼고 핸드폰을 만지작거리고 있다. 며칠 전 등산복 바지 지퍼를 수선하러 갔던 집이다. 접착제로 붙여 제작된 지퍼가 떨어져 수리하러 갔는데 그날은 공교롭게도 일이 많이 밀려 일주일 후에 옷을 찾아왔던 곳이다. 접착 부분이 떨어져 헐거워진 지퍼인데 '도둑이 제발 저리다'고 내 오줌 줄기를 훑어보는 그녀의 눈매에 움찔했던 기억이 되살아난다. 그 옆에 나란히 자리한 미용실 가게아줌마 역시 드라마를 보는지 TV에 얼굴을 대고 움직임이 없다. 이발소에 대기자가 많던 날, '어디서 이발을 하면 어쩌랴' 싶어 이 가게에 들른 적이 있다. 그녀는 다른 여자와 대화 중이었다. 인근에서 산다는 그녀는 동네에서 사귄 동생인 듯했다. 여주인의 코맹맹이 소리에 끌려 의자에 앉은 나는 미용실 특유의 냄새에 콧구멍을 넓혔다. 약간 썩은 냄새 같기도 한 애매한 향수가 코를 자극했지만, 그리 역한 것은 아니었다. TV에서는 오래전에 방영되었던 '모래시계'가 재방송되고 있었다. 두 여인은 나로 인해 멈췄던 대화를 이어갔다. 의자에 앉아 있는 여자는 광주가 시댁이라 했다. 광주사태 때 실제 탄환이 자기 집 안방 벽에 박혔다고 열을 올렸다. 놀란 가족들은 모두 화장실로 들어가 귀를 막고 총소리가 멈출 때까지 숨어 있었다고 했다. 그러면서 그 와중에도 친정어머니가 똥이 마렵다고 하는 바람에 식구들이 한 손으로 코를 막고 킥킥거렸다고 했다. 이 말에 미용실 주인이 그것만은 어쩔 수 없는 일이라며 박장대소했다. 그런 후 나에게 떠들어서 미안하다고 했다. 나는 처음으로 여자에게 눈썹 손질을 맡기며 산 증인을 통해 광주사태가 참으로 절박했음을 알 수 있었다.

장미아파트가 눈에 들어온다. 아이들이 초등학교에 다닐 적에 학부모 모임에서 만난 여자가 이곳에 산다. 하기는 이곳만이 아니다. 동네 곳곳에 아는 아줌마들이 살고 있다. 운동회나 수련회 등을 통해 자주 만나다 보니 학부모끼리 계모임이 결성되어 꽤 오랫동안 만남을 이어 오고 있다. 그들의 직업도 다양하다. 광고사, 주유소, 보험, 사진관, 회사원 등 무슨 인력시장 같다. 그러나 그 중심에는 담임선생과 사진사가 자리하고 있다. 두 달마다 있는 열한 명의 모임에 소주 한 상자에 맥주 두 상자, 고기 열 근은 기본이다. 그러다 보니 한 가족 같은 분위기다. 이 모임도 한때 위기를 맞은 적이 있다. 사진사가 장미아파트에 사는 여자의 가슴이 크다며 손을 가져가는 바람에 귀싸대기를 맞은 적이 있다. 뺨을 맞았어도 이내 헤헤거리며 태연하게 행동하는 사진사를 보며 예술가는 역시 다르다고 생각한 적도 있다.

　장미아파트 모퉁이를 돌자 배달업체 사무실이 눈에 들어왔다. 예전에 네일아트 공간이었는데 어느새 상호가 바뀌어 있었다. 오토바이가 무질서하게 여기저기 세워져 있는 것이 인근 주민들을 괴롭힐 듯했다. 점점 나이를 먹어 가는 빌라들이 연이어 나타났다. 아파트 옆에는 빌라촌이 형성되어 있다. 인근에 백화점이 들어서자 건물 뒤에는 상가와 러브호텔이 들어서고, 그곳 종사자가 늘자 빌라촌이 형성된 것이다. 그러기에 이곳에 거주하는 사람들 대부분은 젊은 층이었다. 그래서인지 이곳을 지나갈 때면 잠옷에 슬리퍼를 신고 나와 담배를 피우는 젊은 여성을 자주 접한다. 오늘은 이상하게도 그런 여자가 보이지 않는다. 그런데 마지막 빌라를 지나는 순간, 위층에서 숨넘어가는 소리가 들렸다. 지난밤에 열정이 다소 부족했는지, 아니면 다른 사정이 있었는지 모르지만, 대낮에 교접하며 내는 여자의 괴성에 나는 실소를 금치 못했다. 철없이 생활하는 그들이 딱해 보였다. 아니, 어쩌면 얼굴에 여드름이 듬성듬성한 젊은이가 음란 비디오를 즐기고 있는

지도 모를 일이다.

　나는 다시 재래시장으로 접어들었다. 처음 보는 여자가 나를 보고 손짓을 한다. 지난주까지 떡볶이 가게였던 곳에 처음 보는 젊은 여자가 행인을 부르며 호객행위를 하고 있었다. 가까이 가보니 국화빵을 팔고 있다. 어렸을 때 생각도 나고 오랜만에 마주하는 것이라 나는 가게로 가서 빵 하나를 베어 물었다. 여자는 내가 잘 생겼다며 생글생글 웃는 얼굴로 붙임성을 보인다. 나는 이 동네에서 이십 년을 살았다고 말한 뒤, 시장 터줏대감처럼 행세하며 묻지도 않은 근처 가게들의 변천사를 설명해갔다. 빵을 굽는 반반한 여자의 얼굴을 마주하니 국화빵 무늬까지 예뻐 보였다. 오랜만에 보는 싱싱한 여자의 얼굴이었다. 지금쯤이면 이발소 손님이 염색 후 머리를 말릴 시간이기도 했다.

　그녀는 며칠 전까지 보험회사에서 일하다가 그만두고, 이 가게 주인과 친분이 있어 점포가 나가기 전까지만 잠시 장사를 하는 것이라고 했다. 그녀는 잠시라는 말에 방점을 찍었다. 그녀와 희희낙락 하는 사이에 맞은 편에서 장사하는 뚱땡이 아줌마가 다가왔다. 내 입은 금세 그믐달이 되었다. 그녀는 나와 안면이 있었다. 아니 안면 정도가 아니라 지난주에 함께 모텔에서 몸을 섞은 사이였다. 처음에는 그녀가 다가오는 것을 몰랐다. 알았다면 급히 몸을 돌려 내뺐을 것이다. 아니, 알았어도 나는 발을 떼지 못했을지도 모른다. '배신'이라는 단어가 발목을 잡았을 것이다.

　그 여자는 한 달 전까지 뒷고기 장사를 했다. 처음에는 주방에 여자를 두어 일을 하고, 자기는 숯불을 피우고 고기를 나르는 등 서빙

업무를 했었다. 그런데 코로나 여파로 장사가 안되자 주방 여자를 내보내고 아들을 그 자리에 앉혔다. 아들은 엄마를 닮아 짜리몽땅한 체구를 하고 있었다. 주변 사람들의 말로는 아들이 실직하여 일을 가르쳐보려고 데려왔는데, 자주 손님과 불화를 일으킨다고 했다. 그는 내 친구와도 다툼이 있었다. 출판사를 하는 친구가 육덕이 있어 보이는 여주인에게 호감을 두고 있었다. 역전 근처에서 이곳까지 거래처 손님들을 모시고 와 그녀에게 꽤 환심도 얻은 듯했다. 그날도 손님과 함께 가게에 온 친구는 여주인을 동석하게 하여 살갑게 대화도 나누고 어깨도 다독거리는 등 친화력을 보인 모양이었다. 그는 목소리와 웃음소리가 크고 걸걸하여 실내에서 쉽게 눈에 띄는 유형이다. 친구는 술이 떨어지자 때맞춰 지나가는 아들에게 소주 한 병을 달라고 주문했다. 그러자 아들은 친구가 그동안 했던 행동이 아니꼬웠는지 상에 술병을 소리나게 놓고 갔다고 한다. 이에 친구는 아들을 불러 훈계했고, 이에 아들이 불쾌한 반응을 보이자 술상을 엎고 가게를 나와버린 것이었다. 그리고는 손님들을 돌려보낸 후 맥주 가게로 나를 불러내 전후 사정을 들려주었다. 요지는 요즘 젊은이들이 '너무 싹수가 없다'는 것이었으며, 어릴 적 아버지에게 수없이 매맞은 이야기를 들려주고 떠났다.

  내가 고깃집 여자를 다시 만난 것은 일주일 후였다. 시내에서 모임을 파한 후 귀갓길이었다. 나는 지하철을 이용할 경우, 역에서 내려 도보로 집에 오는 경우가 다반사였다. 그날도 터벅터벅 시장길을 걸어오고 있었다. 자정이 다가오자 상가는 대부분 문을 닫았고, 두서너 집만이 늦은 손님을 받고 있었다. 고깃집은 손님이 없음에도 여자

혼자 가게를 지키고 있었다. 공교롭게도 가게 앞을 지날 때, 그 여자와 눈이 마주쳤다. 나는 지난번 친구의 일도 있고, 한 잔 더할 겸 가게로 들어섰다. 그녀는 평소와는 다르게 얼굴에 그림자가 어려있었다. 나는 소주 한 병과 돼지뽈살을 주문했다. 그녀는 고기를 구워주며 이 가게의 마지막 손님이 나일 줄은 몰랐다고 했다. 오늘부로 이 가게를 접는다고 했다. 아주 접는 것은 아니고, 이 자리에 반찬가게를 열 계획이라며 술을 한 잔 따라달라고 했다. 나는 그녀의 반찬 솜씨가 워낙 좋기에 선택을 잘했다고 격려했다. 그러면서 이렇게 솜씨 좋은 여자를 진작 만났으면, 나는 그녀와 바로 결혼했을 거라고 했다. 그녀는 이 말에 무척 기분 좋아했다. 그녀는 남편이 십 년 전에 간암으로 죽고 아들 하나를 의지하며 살았는데, 자식은 있으나마나 하다며 실망감을 드러냈다. 과체중으로 군대를 면제받은 아들은 게임방을 돌아다니며 일할 생각을 안 한다고 했다. 나 또한 자식은 물론 아내도 아무 의미 없는 동거인일 뿐이라며 하루하루를 즐겁게 사는 것이 최고라며 목소리를 높였다. 오늘은 그녀의 감정을 충실하게 따라가기로 했다. 약간은 그녀에게 연민의 정이 가기도 했다. 소주 세 병을 마실 때까지 많은 이야기가 오갔다. 그리고는 셔터를 내리고 나는 그녀와 다시 백화점 방향으로 걸어갔다. 그리고는 그녀가 아는 노래방에서 목이 터지도록 두 시간을 노래했다. 고고 춤으로 시작하여 전통춤, 블루스, 트위스트, 지르박 등 춤이란 춤은 다 추고 녹초가 되어 노래방을 나왔다. 그리고는 손을 잡고 모텔로 향했다. 전혀 어색하지 않았다. 방에서 두어 시간을 보낸 후 나와보니 갑자기 그녀가 사라지고 없었다. 집에까지 데려다주려던 마음이 사라지며 걱정이 앞서기도 했지만, '택시 타고 알아서 잘 갔겠지' 하는 마음으로 집으로 향했다.

이튿날 침대에서 눈을 떴을 때는 열 시였다. 어젯밤의 기억을 더듬으니, 그야말로 미친 밤이었다. 노래방에서 몸을 비비다 서로 흥분하고 키스를 하고, 모텔에 들러 알몸으로 뒹군 생각이 떠올랐다. 그녀는 과연 육덕 있게 연애를 잘했다. 옷을 벗은 여인은 포동포동하니 우윳빛 살결을 뿜냈다. 그리고 장사를 하며 몸을 다져 내 허리를 끌어당기는 힘이 대단했다. 다만, 절정에 이르렀을 때 말이 우는 소리를 내서 나를 놀라게 했다. 그것은 분명 오래도록 수컷을 기다린 암말의 소리였다. 비명 같기도 하고, 울음소리 같기도 한 괴성에 나는 잠시 술이 깨기도 했다. 그리고는 자칫 이 암말에 깔려 죽는 것은 아닌가 하는 두려움도 들었다. 그녀는 몸부림치면서 자신을 배반하지 말라는 말을 반복했다. 그리고 일이 끝난 후, 그는 내 얼굴을 주시하며 십 년 만에 하는 연애라고 했다.

한동안 나는 그녀와 마주칠 것이 두려워 이 골목을 피해 다녔다. 그러는 사이 가게 리모델링을 하고 반찬가게를 연 모양이었다. 나는 그녀의 팔에 이끌려 국화빵 봉지를 든 채 반찬가게로 들어갔다. 누가 보면 마치 엄마 손에 끌려가는 아이처럼 나는 무력했을 것이다. 나는 그동안 해외 출장으로 바빴노라고 변명을 하며 개업식 때 연락이라도 하지 그랬느냐고 했다. 그러자 그녀는 다짜고짜 내 핸드폰 전화부터 물어왔다. 실은 서로 전화번호도 모른 채 몸부터 들이민 격이었다. 전화번호야 바꾸면 될 것이기에 굳이 감출 이유는 없었다. 아니, 어쩌면 부정적인 반응을 보였다가는 오늘 그 가게를 나가지 못할 수도 있다는 생각이 들었다. 나는 굳이 그 자리에 오래 있을 이유가 없었다. 노닥거리다가는 오늘 이발을 할 수 없을지도 모른다는 생각에 나는 약속이 있다며 바로 가게를 나왔다. 그녀는 거구를 자랑하며 골목 입구까지 따라와 나를 배웅했다. 내 존재를 잠시 잃어버린 시간이었다.

　오늘은 억세게 재수 없는 날이었다. 손님이 염색 후 머리를 말리는 동안, 다른 사람이 들어와 내 차례를 채간 것이다. 사정을 모르는 이발사는 오늘도 '어서 옵쇼!'라며 인사를 한다. 머리를 염색한 사람이 머리 마르기를 기다리려 장기판 앞으로 자리를 잡자, 때맞춰 누군가가 문을 열고 들어왔다. 나는 그와 안면이 있어 인사를 건넸다. 그는 거의 매일 이발소에 들러 친구들과 장기를 두며 소일하는 사람이었다. 계룡대에서 군무원으로 일하다 퇴직하여 잠시 경비 일도 했지만, 이제는 나이가 들어 그나마 일이 없다고 했다.
　그는 다짜고짜 마누라에게 욕부터 하기 시작했다. 대책 없는 년이라는 것이었다. 오늘 외출을 하려다 보니, 마누라가 거실에 옷을 한 보따리 풀어놓고 있더라는 것이었다. 그래서 왜 그러느냐고 했더니 모두 버릴 옷이라는 것이었다. 그래 뿔이 난 그가 한마디 했더니, 당신이 내 옷 사는데 돈 한 푼 준 적이 있느냐며 도리어 성질을 냈다고 한다. 그래, 내 돈이건 당신 돈이건 간에 멀쩡한 옷을 버릴 것 같으면 옷을 뭐하러 사다가 집안에 싸놓았냐고 소릴 질렀더니, 룸살롱에서 술 처먹고 아가씨한테 팁 주는 것보다는 낫지 않느냐고 대들더라는 것이다. 그래서 군인정신을 발휘하여 귀싸대기를 올리고 군기를 잡아 놓고 왔노라고 했다. 나는 군인정신이라는 말에 속으로 피식하고 웃었다. 다른 사람들도 웃으면서 마누라를 때리면 되겠느냐며 그를 달랬다. 그는 더 흥분하며 그년이 나 보고 "집 나가서 뒈지라!"고 했다며 한숨을 쉬었다. 그래서 그도 지지 않고 "너도 차 끌고 다니다 교통사고 나서 뒈져라!"라고 했다며 어이없다는 듯 쓴웃음을 지었다. 듣는 이들도 대단한 부부라고 하며 혀를 끌끌 찼다. 이발사는 궁금했는지 옷은 누구 돈으로 샀느냐고 물었다. 그는 옷은 마누라가 보험 일을 하며 번 돈이긴 한데, 모두 명품이라는 것이었다. 한 번 백화점에 나가면 양손에 옷을 사 들고 오는 것을 몇 번이나 봐서 예전에도 다툼이 있었다고 했다.

오늘도 어김없이 장기판이 벌어졌다. 염색을 하던 사람도 전에 나와 안면이 있는 사람이었다. 그는 건설 현장을 따라 곳곳을 누비던 설비노동자로 입담이 걸걸했다. 누군가와 언쟁이 붙으면 기를 쓰며 이기려고 달려들었다. 장기판도 마찬가지였다. 첫수를 두는 순간부터 이들은 말문을 열고 끊임없이 설전을 이어갔다. 장기는 군무원 출신이 제일 고수였지만, 가끔 두 사람에게 덜미를 잡히곤 했다. 그럴 때면 그는 순순히 인정하는 편이었다. 그래도 자존심을 세우려 "오늘은 하수가 이겼다!"는 말을 잊지 않았다. 이발사는 지면 얼굴이 붉으락푸르락하며 감정을 숨기지 못했다. 그러면서 지난번에 이겼던 기억을 상기시키며 "오늘은 내가 졌네!"라고 마무리를 하곤 했다. 설비노동자는 예전에는 군무원보다 확실히 한 수 아래였다. 그런데 장기를 워낙 자주 두다 보니 이제는 실력이 비슷해졌다. 그는 장기를 둘 때마다 상대의 약을 올리는 특징이 있었다. 그러다가 장기에 지면 말도 없이 이발소를 뛰쳐나가 돌아오지 않았다. 그러나 이들 사이에도 공통점은 있었다. 모두 보수주의자라는 것이며 여자에 보통 이상의 관심을 보인다는 것이었다.

이발사는 장기를 두는 이들을 보고 지난주에 있었던 일을 꺼냈다.

"저번에 만난 여자들은 어떻게 됐어?"
"어떤 여자를 말하는 거여?"
"왜 있잖여, 반반하게 생긴 그 여자!"
"아! 부동산 하는 여자?"
"그 여자 보통내기가 아니것든디?"
"아! 고럼! 박 씨 같은 사람은 쳐다도 안 봐!"
"근디, 그날은 맘에 드나 살랑살랑거리던디?"
"순진하기는! 여자들이 술 얻어먹을 데 인상 쓰는 거 봤어?"
"하긴 그려!"
"왜? 당신이 맘에 있어?"
"아니…"

박 씨는 공직에서 물러나, 거의 매일 이곳에 들러 장기를 두는 사람이었다. 이발소 주인은 머리도 빠지고 나이가 팔십을 향해 달려가는 사람이라 성욕이 완전히 사라졌을 거라고 믿었다. 그러나 그것은 나의 오산이었다. 며칠 전, 나는 선배로부터 요양원에 팔십 된 노인이 찾아와 침대에 누워있는 아내와 강제로 성관계를 맺고 떠나 관계자들이 충격을 받았다는 이야기를 들었다. 또한 남녀 시설이 격리되어 있음에도 할아버지들이 할머니를 만나기 위해 요구르트를 들고 찾아가 기다린다는 말에 묘한 느낌을 받은 적도 있었다. 아무튼 수컷의 종족보존 본능은 끝이 없어 보였다.

  TV에서는 티사강 하루살이들의 삶을 방영하고 있었다. 내레이터는 티사강이 카르파티아 산맥의 한 줄기인 부코비나 산맥에서 발원하여 도나우강의 주요 지류라는 것에서 시작하여 청산유수로 그 지형과 특성을 설명했다. 하루살이는 강바닥에서 유충으로 3년을 산다고 했다. 매년 6월이면 하루살이들이 수면 위로 올라와 마지막 탈피를 거쳐 우화(羽化)한다. 수백만 마리의 하루살이가 강 위를 가득 메우며 나는 모습은 장관이었다. 세 시간밖에 살지 못하는 수컷 하루살이들이 방금 얻은 날개를 맹렬히 휘저으며 암컷을 쫓는다. 교미를 끝낸 수컷은 곧바로 죽고, 생명을 잉태한 암컷들은 일제히 상류로 날아간다. 나는 그들이 이동하는 이유가 더 살기 좋은 조건을 찾기 위함인지 알았다. 그런데 그게 아니었다. 5㎞쯤 날아간 하루살이들은 힘이 빠져 물로 떨어진다. 그들은 그곳에서 한 마리당 수천 개의 알을 낳고 장렬히 죽어갔다. 그렇게 낳은 알 수십억 개가 강을 따라 하류로 떠내려가다 부모가 3년을 유충으로 보냈던 그 강바닥에 정확히 정착하여 우화를 꿈꾼다는 것이었다. 그들의 인생은 오직 종족 번식을 위해 세 시간이 주어지는 셈이다. 그렇게 하루살이들은 3억 6천 년 동안 지구상에 생존해왔다. 재미있는 것은 수컷이 먼저 날아오른 한참 후에 암컷이 날아오른다는 사실이었다. 강 위에서 강하게 살아남은 자만이 늦게 날아오른 암컷을 차지할 수 있는 자연의 계산된 생존방식이었다.

  내 입에서는 한숨과 함께 방언 같은 말이 흘러나왔다. '불쌍한 수컷들!'

내가 금오도까지 오리라고는 생각지도 못한 일이었다. 앞서 이발하던 사람이 머리를 감으려고 일어나는 순간, 당진에 사는 친구에게서 전화가 왔다. 바다낚시를 가기 위해 대전으로 가고 있으니 채비를 갖추고 월드컵경기장으로 나오라는 것이었다. 내가 머리 깎을 차례가 되었다고 하자, 대가리 깎는 것이 뭐가 그리 중하냐며 40분 후에 만나자는 것이었다. 그는 대답할 기회조차 주지 않고 전화를 끊었다.

여수까지 오는 길은 탄탄대로였다. 마치 아우토반을 달리는 기분으로 이동했다. 운전은 대전에서 개인사업을 하는 박 사장이 했고, 당진 친구와 그의 공장에서 일한다는 송 반장이 동행했다. 전주 남부시장에서 유명하다는 피순대 식당에 들러 모주와 함께 국밥을 먹었다. 간신히 공용주차장에 주차하고 찾아간 식당은 외국인까지 입소문을 듣고 찾아오는 유명식당이었다. 빈자리라고는 출입문 입구에 놓인 한 곳뿐이었다. 종업원은 식당 한쪽에 자리한 우리에게 모주를 갖다 주며 흔들어 마시라고 했다. 그러자 박 사장이 벌떡 일어나 몸을 흔들자, 여자 종업원은 깔깔 웃으며 "몸을 흔들지 말고, 뱅 메가지를 쥐고 흔드쇼 잉!" 하는 바람에 웃음이 터졌다.

금요일이라 그런지, 여수에서 금오도로 가는 여객선은 한산했다. 돌산 신기항에서 금오도 여천항까지는 25분 거리였다. 배의 1층과 2층은 모두 객실이었는데 1층 객실에는 출항도 하지 않았는데 벌써 두세 명이 제집인 양 바닥에 누워 낄낄대고 있었다. 우리는 2층으로 올라갔다. 그리고는 박 사장이 아이스박스를 가지러 간 사이 셋은 갑판 의자에 자리를 잡았다.

동창생인 듯한 네 명의 여자가 수다를 떨며 제대로 여행을 즐기고 있었다. 파트너로 삼을 듯한 여자가 한 명 있었으나 내 스타일은 아니었다. 박 사장이 맥주를 가져와 한 캔씩 나눠주는 사이, 여자 일행 중 한 명이 우리에게 다가와 사진을 찍어달라고 부탁을 했다. 내가 마음속으로 점 찍은 여자는 아니었다. 박 사장을 추천하여 보내자 그들은 사진을 찍는 내내 웃음소리를 내며 호들갑을 떨었다. 박 사장이 돌아온 지 얼마 되지 않아 또 한 번의 웃음이 터졌다. 그들은 배를 잡고 웃었다. 박 사장이 일부러 여자들의 머리 또는 다리만 찍어 준 것이었다. 박 사장이 헤헤거리며 다시 사진을 찍으러 일행에게 달려갔다. 그러는 사이 그가 떠난 빈자리에 누군가가 슬그머니 다가와 앉았다. 40대 중반의 노랑머리 외국 여성이었다. 여자들의 호들갑에 나는 옆에 누가 다가오는지도 몰랐다. 내가 얼굴을 돌리자 눈이 마주친 그녀는 미소를 보이며 외국어로 인사를 했다. 고등학교 때 배웠던 독일어였다. 그는 무심코 건넨 말임을 알았는지, '안녕하세요'라며 다시 한국어로 인사를 했다. 나는 갈색 머리에 푸른 눈을 가진 그녀에게 호기심이 일었다. 나는 아이스박스에서 독일 맥주를 한 캔 꺼내 그녀에게 건넸다. 그녀는 자기가 좋아하는 맥주라며 흔쾌히 받아 들었다. 생각보다 그녀는 한국어를 잘했다. 박 사장이 돌아오자, 그녀는 내가 준 코주보 그림이 그려진 육포를 들고 배 난간으로 가서 바다를 바라보았다. 그녀는 일행이 없는 듯했다. 나는 그녀의 행보가 점점 궁금해졌다. 당진 친구가 눈치를 챘는지 그녀에게 가보라고 했지만, 막상 다가갈 이유나 용기가 없었다.

　나는 신기항 여객터미널에서 가져온 관광 안내 팸플릿을 펴들었다. 그곳에는 금오도 지도와 주의사항, 여객선 운행정보, 비렁길 탐방 설명서 등이 빼곡하게 적혀 있었다. 섬의 모양이 자라를 닮았다고 하여 큰 자라라는 뜻으로 '금오도(金鰲島)'라 부르게 되었다고 한다. 망산을 머리로 하고, 여천과 함구미를 뒷다리, 매봉산과 독사골을 앞다리로 보면 꽤 수긍이 가는 명칭이었다. 매봉산에는 지방마다 있다는 옥녀봉도 빠지지 않고 있었다. 두모리 직포해변에는 해송림이 있는데, 이 송림의 동쪽에 있는 옥녀봉에서 선녀들이 달밤에 베를 짜다가 무더위를 식히기 위해 바닷가로 목욕하러 와서는 날 새는 줄도 모르고 놀다가 승천하지 못해 소나무가 되었다고 한다. 마을 이름을 직포(織布)라 한 것도, 이러한 전설과 관계가 있다고 했다. 호사가들은 왜 옥녀봉 근처마다 슬픈 전설을 만드는지 모를 일이었다. 그러나 사리 판단이 늦고 사고를 치고 다니는 선녀들이 지역마다 있는 것은 사실인 모양이었다.

　금오도의 상징어가 된 '비렁'이란 단어는 벼랑을 가리키는 여수 지방의 사투리라고 하는데, 벼랑길이 비렁길이 되었다고 한다. 우리가 탄 배 안에는 사람들의 행색으로 보아 비렁길 탐방에 나서는 이는 없는 듯했다. 대부분이 낚시꾼이었다.


　여천항은 작은 어항이었다. 항구에는 '여천항 대합실'이란 간판을 건 콘크리트 건물만이 멀뚱히 서서 이방인을 맞이하고 있었다. 선박에 차를 싣고 온 여행객들은 배가 선착장에 도착하자 빠르게 항구를 빠져나갔다. 다만 배에서 만났던 독일인 여성만이 남면으로 가는 버스를 향해 걸어가고 있었다. 등산배낭만 가볍게 걸친 것으로 보아 이 섬에 그리 오래 머물 것 같지는 않았다.

박 사장은 일행을 태우고 여천마을 앞 경사 도로를 쏜살같이 올라갔다. 그러자 여천마을이라는 표식과 함께 이정표가 서 있었다. 왼쪽으로 가면 남면사무소, 우측으로 가면 함구미였다. 우리는 좌회전을 하여 해안도로를 달렸다. 그러고 보니 나는 묵을 장소나 숙소도 모르고 일행을 따라온 셈이었다.

차가 경사로를 오르락내리락하는 동안 그저 밋밋한 바다가 이어졌다. 산밑에 요새처럼 군데군데 자리하고 있는 주택들은 돌담으로 에워싸여 지붕만 보였다. 이곳의 해풍이 만만치 않음을 보여주는 것이었다. 금오로를 따라 얼마를 가서야 장지길이 나왔다. 차는 안면대교 직전에서 급히 우회전하여 장지마을로 내려갔다. 대교 아래쪽에 건어물 공장이 있고, 망산 아래 삼십여 채의 가옥이 바다를 마주하며 마을을 이루고 있었다. 해안로에는 두 채의 현대식 펜션이 눈에 띄었고, 옛날 가옥을 개조한 민박집이 서너 군데 있었다. 다행히 우리가 묵을 숙소는 지은 지 얼마 안 되는 펜션이었다. 박 사장은 주로 가을에 서고지 항으로 갈치낚시를 온다고 했다. 고지는 아마도 곶에 어원을 두고 있을 것이기에 서고지 말고 동고지라는 명칭도 있을 것이라는 생각이 들었다.

먹거리를 냉장고에 넣고 고기 굽는 그릴에 숯불을 피우는 동안, 나는 매캐한 연기를 피해 밖으로 나왔다. 마침 여주인이 나와 있어 그녀에게 다리 이름이 왜 안도대교냐고 물었더니, 다리 건너에 안도라는 마을이 있어서라고 대답했다. 다리가 놓이기 전에 안도는 동·서·남·북 고지형의 섬이었다고 했다. 그녀는 묻지도 않았는데, 멀리 정면에 보이는 다리가 안도항에서 대부도를 잇는 인도교라고 설명했다. 대부도에는 캠핑 시설과 낚시터가 조성 중이며, 간조기에 가면 그 옆에 있는 노적섬까지 걸어갈 수 있다는 설명까지 했다. 멀리 방파제 길을 눈으로 읽고 다시 돌아오자, 이미 그릴에 고기가 없어져 있었다. 그리고 술잔이 돌아가자 낚시는 남의 일이 되어버렸다.

이야기는 돌고 돌아 결국 정치판으로 나오고야 말았다. 처음부터 정치 이야기는 하지 말자고 선약하고 웃음으로 시작한 대화는 난장 골목으로 접어들었다. 문 정권과 윤 정권의 과오에 대한 난상토론이 오가고, 지역감정 이야기가 나오자 격론이 벌어졌다. 당진의 이 사장은 친구들 사이에서도 우익 골수파로 알려져 무당파인 친구들도 자기 편으로 끌어들일 만큼 고집이 있었다. 이에 영향을 받은 대전의 박 사장 또한 보수파였다. 반면 나는 친구들 사이에서 대학 때부터 학생 집회에 빠지지 않고 참석한 골수 좌파로 인식되어 있었다. 여기에 송 반장은 정읍 출신이어서 전라 지역을 옹호하며 발언 수위를 높여갔다. 대화는 김대중 선생님이라 부르지 않고 김대중 씨라고 한 박 사장에 대한 송 반장의 성토로 이어졌다. 이에, 이 사장과 박 사장은 김대중이 지역감정을 조장한 장본인이라며 역공을 펼쳤다. 그리고 박정희 대통령의 공적을 열거하며 김대중과 김영삼이 경부고속도로를 반대하여 도로에 누운 일도 있었다며 송 반장을 공격했다. 이에 나는 군부독재에 대한 격한 감정이 치밀어, 그들이 왜 경부고속도로 건설을 반대했겠느냐며 되받아쳤다. 그러자 설명을 이어가려던 박 사장이 말문이 막히는지 나를 너무 무시한다며 밖으로 뛰쳐나갔다. 뜻밖의 행동에 당황한 세 사람은 이제 정치 이야기는 그만하자며 다시 술잔을 돌렸다.

박 사장은 밖으로 나간 지 얼마 되지 않아, 언제 그랬느냐는 듯 활짝 웃는 얼굴로 돌아왔다. 우리가 배 위에서 만났던 여자들에게서 방금 전화가 왔다는 것이었다. 그들은 안도의 상산동 횟집에서 저녁을 먹은 후 노래방으로 간다는 것이었다. 이 사장과 송 반장은 박 사장을 추켜세우며 호들갑을 떨었다. 그들은 외출복으로 갈아입은 후, 거울 보는 것을 잊지 않고 밖으로 나갔다. 그리고는 펜션 여주인을 깨워 상산동까지 태워 달라고 졸랐다. 여주인은 바다로 나가 낙지를 잡을 시간이라며 한 발 뺏지만, 서고지까지는 5분 거리이니 승용차로 태워주겠노라고 했다. 다만, 돌아올 때는 알아서 오라는 단서를 붙였다. 나는 피곤함을 핑계로 즐겁게 놀다가 오라며 그들을 배웅했다. 그리고는 방파제 방향으로 걸음을 옮겼다.

바닷물은 많이 빠져 속내를 보이고 있었다. 몇몇 주민은 손전등을 들고 바다로 들어가 무언가를 잡아내고 있었다. 늦은 시간이 아님에도 도로에는 사람이 없었다. 모두가 방 안에서 음주를 즐기고 있을 터였다. 검은 장막 사이를 뚫고 나온 밤꽃 향기가 소주로 달아오른 내 코를 간지럽혔다. 바닷가에도 밤나무가 있나 싶었다. 육지의 밤나무와는 다르게 밤꽃의 길이가 짤막했다. 아마도 해풍에 맞서 자연적으로 형성된 생존본능의 결과인 듯 싶었다.

숙소와 방파제 중간 지점에는 마을을 지키는 팽나무가 서 있었다. 200여 년이 넘은 나무였다. 무언가 사연을 담고 있을 듯한 나무였지만 물어볼 사람이 없었다. 시골에서 보는 서낭당이나 정령신앙의 흔적은 발견할 수 없었다. 오히려 없는 것이 마음을 편안하게 해주었다.

방파제 입구에는 캠핑족을 위해 반구형의 숙소도 지어져 있었다.

그러나 이용객이 많지 않은 듯 허접한 몰골을 보여 차라리 없는 편이 나을 듯했다. 어항을 비추고 있는 가로등 아래에는 보트와 어선 한 척이 금빛을 한 채 정박해 있었다. 나는 방파제 입구에 멈춰 안도대교와 인도교의 야경을 감상하다 한 곳에 시선이 머물렀다. 가로등에서 얼마 떨어지지 않은 곳에 누군가가 대교를 바라보며 앉아 있었기 때문이었다. 나는 천천히 걸어 조심스럽게 그에게 다가갔다.

격렬한 밤이었다. 뜻하지 않은 그녀와의 재회와 한여름 밤의 정사는 바다를 녹초로 만들었다. 나도 내 몸 어딘 가에 이런 강렬한 청춘이 남아 있었나 싶어 놀랐다. 그녀와 나눈 두 번의 정사는 예전에 경험한 여인들을 모두 잊게 했다. 풍만한 가슴과 엉덩이, 흥분을 자극하는 갈색 머리와 독일어가 섞인 신음, 농익은 육체의 움직임은 내 몸 속의 모든 정액을 쥐어짜고 흔들며 시든 정자들을 앗아갔다. 나는 비로소 태화강의 수컷 하루살이가 죽음을 불사하고 날아오르는 이유를 알게 되었다.

방파제에서 함께 맥주를 마시던 그녀는 불현듯 오색 불빛으로 수놓은 인도교에 가보고 싶다고 했다. 아홉시 경이었다. 마을을 벗어나 안도대교를 건너 인도교가 있는 서고지 안도항까지는 50여 분이 걸렸다. 간혹 승용차들이 지나가긴 했지만, 인적은 찾아볼 수 없었다. 안도대교에 이르자 장지마을이 발아래 밟혔다. 나는 그녀가 금오도에 온 이유가 궁금해서 물었다. 그러자 그녀는 또박또박 한국어로 설명해 나갔다. 자기는 한국인 엄마와 독일인 아빠 사이에 태어났다고 했다. 엄마는 부산 출신으로 70년대 프랑크푸르트시 양로원에 간호사로 와서 아버지를 만났다고 했다. 정확히는 아버지의 어머니, 즉 할머니를 만났다고 했다. 대부분의 한국인 간호사들이 그랬듯이, 어머니 또한 주사나 투약 등의 업무뿐만 아니라 환자 목욕 등 힘든 일을 도맡아 했다. 그것도 자기 몸의 두 배가 되는 거구의 독일인을 상대로 간병을 해야 했다. 5대 1의 높은 경쟁률을 뚫고 스무 시간의 비행 끝에 도착한 독일 생활이 결코, 만만치 않은 일이었을 거라 했다. 나는 노랑머리의 입에서 '만만치'라는 단어가 나오자 속으로 놀랐다. 그러나 그의 말을 끊고 싶지는 않았다. 그녀가 번 돈은 대부분 부산에 있는 남동생의 학비로 송금되었다. 그러나 그녀에게도 운명의 시간이 다가왔다. 오일쇼크로 경제적 어려움에 직면한 독일 정부가 1973년 한국 간호사를 대상으로 강제송환 정책을 폈기 때문이다. 헌신적으로 자기를 대신하여 어머니를 간호하는 한국인 여성에게 그녀의 아버지가 사랑을 고백한 시점이었다. 몽당연필처럼 생긴 독일인 남자가 좋을 리 없었지만, 어머니는 결국 그의 구애를 허락하고 독일에 정착하기로 마음을 먹었다. 일본 무역상의 첩실로 살아가는 어머니와 더는 한국에서 살고 싶지 않은 이유도 있었다. 그녀가 다섯 살 때, 아버지가 간암으로 죽은 지 세 번째 해에 접어들 즈음 그녀의 집에 일본인 남성이 드나들기 시작했다. 오사카에 사는 재일교포로 보따리 무역상이었다. 그리고 2년 후 남동생이 생겼다고 했다. 그리고 1년 후 남자의 방문이 뚝 끊겼다. 그녀는 '뚝'이라는 단어에 방점을 찍으며 말했다. 다행히 공무원이었던 아버지의 순직 유족 연금을 받아 세 식구가 굶어 죽을 형편은 아니었다고 했다.

독일인 남성과의 삶 또한 행복하지는 않았을 거라 했다. 문화의 충돌과 성격의 대립으로 집안은 잡음이 끊이지 않았다. 어머니는 간호사 일을 죽기 전까지 놓을 수 없다고 했고, 아버지는 그만두기를 원했다. 어머니는 아버지와의 결혼 후에도 부산으로 생활비를 송금하는 것을 계속했다. 그녀의 어머니가 죽고 남동생이 대학을 졸업한 후 미국으로 떠나자, 그녀의 의무가 끝났다.

노랑머리는 가던 길을 멈추고 나에게 물었다. "어머니는 아버지와 아버지의 딸을 사랑했을까요?"라고. 나는 잠시 망설였다. '물론'이라는 단어를 쓰기에는 그녀의 물음 속에 진중함이 묻어났기 때문이었다. 그는 대답을 기다리지 않고 말을 이어갔다.

스무 살이 되자 그녀는 집을 나와 독립했다고 했다. 그리고 아버지가 죽자 어머니와의 관계도 소원해지고 연락도 끊어졌다고 했다. 디자인을 전공하여 출판사에서 일하고 있지만, 결혼은 하지 않았다고 했다. 결혼은 의미가 없다고 했다. 가던 걸음을 멈추고 내가 그녀의 얼굴을 보자 그녀는 손을 저었다. 남자가 필요 없다는 의미는 아니라고 했다. 독일에 가면 자기와 같은 생각으로 결혼하지 않은 남자친구가 몇 있다고 했다. 남자는 늘 필요하다며 씨익 웃었다.

서고지 항이 눈에 들어왔다. 작은 교회를 지나자 민박집이 이어졌다. 불 켜진 파출소와 방파제에 나와 있는 몇몇 사람의 움직임이 나를 안심시켰다. 인도교는 공사 중이었다. 나는 처음으로 그녀의 손을 잡았다. 부드러웠다. 가로등에 비친 바다가 그녀에게 무섭게 다가온 덕분이었다. 다리를 건너 노적섬에 이르자 캠핑 시설을 갖춘 넓은 공터가 있었다. 그리고 바다 위에 낚시를 할 수 있는 시설도 있었다. 평상에 앉은 그녀는 주섬주섬 가방을 뒤지더니 위스키를 꺼냈다. 작은

병이었다. 그리고 씨익 웃더니 안주도 꺼냈다. 코주부가 그려진 육포였다. 코주부가 그녀와 나를 노적섬으로 안내한 셈이다.

그녀의 어머니는 지금 금오도에 있었다. 동고지 마을에 있다고 했다. 바다와 인접한 마을 맨 아랫집에 마을 할머니와 한 달살이를 하고 있다고 했다. 부산에 가족이나 지인이 없는 엄마는 어느때부터인가 한국의 명소를 찾아 한 달살이를 즐기고 있다고 했다. 한국에서 이따금 걸려오는 전화를 무시했던 그녀는 엄마가 위암 진단을 받았다는 전화를 엄마 친구에게서 받았다고 했다. 독일에서 결혼하여 은퇴 후 남해 마을에 정착해 사는 엄마의 병원 동료였다. 그녀는 엄마의 소식을 접하고 무조건 한국행을 결심했다고 했다. 엄마는 전혀 모르는 일이라고 했다. 그러나 엄마를 만날 지는 아직, 아직이라고 했다. 그녀는 아직이라는 단어를 몇 번이나 되뇌었다. 슬픔이 배어있는 흐린 단어였다. 엄마를 만나기까지, 무심코 넘겼던 긴 세월의 여백을 메울 내용이 아직 정리되지 않았다는 것이었다. 어머니는 천상 한국인이며 자기는 뼛속까지 독일인이라고 했다. 나는 천상과 뼛속이라는 말에 웃음을 흘렸다. 그녀는 엄마가 자주 하던 말이라며 '천상'과 '뼛속'이라는 단어를 다시 한번 발음하며 웃었다.

나는 엄마가 그녀를 만나면 무척 기뻐할 것이라고 말하려다 입을 다물었다. 그리고 대신, 그녀의 결정을 존중하겠다는 뜻을 전했다. 그러자 '존중'이라는 단어의 의미가 무엇이냐고 물어왔다. 나는 힘이 빠져 또 한 번 웃고 말았다. 그녀도 따라 웃었다. 멀리 민박집 앞에 서 있는 가로등 불빛이 바다를 건너와 길을 만들고 있었다. 우리가 걸어가야 할 길이었다.

자동차의 요란한 경적을 듣고 민박집을 나왔다. 일곱 시 경이었다. 여전히 그녀는 곤히 잠들어 있었다. 차에서 내려 나를 기다리던 친구는 왜 여기에 있느냐며 호들갑을 떨었다. 그러면서 방 앞에 놓인 여자의 신발에 시선을 두며 누구와 잤느냐고 추궁했다. 나는 갑자기 밀려오는 숙취에 손을 내저었다. 지난밤 오랫동안 걸어서인지 다리에 힘도 없었다.

일행은 나를 남겨두고 인도교를 건너 노적섬으로 향했다. 인부들도 교각 보강작업을 하기 위해 도구를 들고 이동하고 있었다. 늦게 안 사실이지만, 서고지 항은 정부의 지원을 받아 '낚시 관광 특화 어항'으로 개발되고 있었다. 해양수산부의 '다기능 어항 공모사업'에 선정되어 200억 원을 지원받아 낚시 관광형 다기능 어항으로 개발 중이었다.

노적섬에서 돌아온 일행은 텐트를 가지고 낚시를 오면 좋겠다며 나를 태우고 항구를 빠져나갔다. 그들은 모두 아침 식사를 한 상태였다. 부지런한 박 사장이 전날 구워 먹고 남긴 돼지고기를 재료로 만든 김치 해장국이 맛있었다고 했다. 승용차 내비게이션을 보았다. 도착지는 동고지 마을이었다. 우리는 서고지에서 동고지로 이동하는 중이었다. 나는 지난밤 동고지에 어머니가 있다는 노랑머리 여인의 말이 떠올렸다. 그리고 은근히 동고지 마을에서 그녀의 엄마를 만날 수도 있다는 생각이 들었다.

차는 안도해변길로 접어들어 바다를 가운데 두고 타원형으로 된 도로를 따라 이동했다. 안도리 본동 마을은 두 개의 섬 사이에 생긴 협곡 같은 지형으로 '두멍안'이라는 호를 품고 있었다. 어촌치고는 꽤 그럴듯한 시설을 갖추고 있었다. 초등학교와 중학교도 있고 병설 유치원도 운영 중이었다. 차는 어촌계 안도리 사무소를 지나 민박집 앞에서 잠시 멈추었다. 순간 여섯 개의 눈동자가 집안을 훑고 지나가는 소리가 들렸다. 내가 아는 집이냐고 묻자, 송 반장이 어제 함께 놀았던 여자들이 묵고 있는 숙소라고 했다. 민박집 바로 옆에는 노래방이 있었다. 단층 콘크리트로 지은 건물은 노래방 간판이 없다면 영락없는 창고와도 같았다. 간판을 통해 나는 이곳의 지역 전화번호가 061임을 알았다. 어제 일행은 노래방에서 만난 여자들과 떠들썩하게 시간을 보낸 모양이었다. 삶터에서 멀리 날아오른 하루살이들의 짝짓기는 황홀했을 것이었다. 다소 유치한 방법이긴 했지만, 여자가 내놓은 소지품을 남자가 선택하여 파트너를 정한 후, 금방 짝이 되어 놀았다고 했다. 송 반장은 어제의 여흥이 가시지 않은 듯 입맛을 다셨다. 여자가 블루스를 추다가 갑자기 치골을 들이미는 바람에 격하게 흥분하여 정자를 쏟아냈다는 것이었다. 일행은 배꼽을 잡고 웃었다. 친구는 여자와 춤을 추는 동안 힘을 주어 허리를 당겼더니 여자가 바르르 떨더라며 진국을 만났다고 자랑했다. 박 사장은 먼 길을 운전하고 온데다 음주까지 해 졸려서 제대로 놀지도 못했노라고 했다. 그러나 오늘 밤이 더 기대된다고 했다.

집안에 인기척이 없음을 확인하고 차는 다시 앞으로 나아갔다. 안도 어촌 체험 마을 건물을 지나 안도해수욕장길로 접어들었다. 해안도로 곳곳에는 햇빛에 점점 체중을 줄이고 있는 어구들이 널려 있었다.

동고지마을 입구를 못 찾고 해수욕장까지 온 차는 다시 안도항으로 향했다. 차는 내비게이션 안내를 따라 이동하여 동고지 마을 입구를 찾아냈다. 고개 좌편으로 소로가 있었다. 외지인이 찾아내기가 쉽지 않아 보였다. 안내판조차 없었다. 차 한 대가 겨우 지나다닐 수 있는 험한 길이 이어졌다. 여섯 개의 불알이 쪼그라드는 소리를 냈다. 차가 흔들릴 때마다 송 반장은 짐승 소리를 냈다. 절벽 아래는 바다였다. 숨이 트일 만한 위치에 이르자 동고지 마을 안내도가 세워져 있었다. 언제 세웠는지 목판에 있는 글씨나 지형도를 알아볼 수 없었다.

동고지 마을은 고적하고 아름다운 어촌이었다. 안도 동쪽 해안선과 바다를 전망으로 십여 가구가 마을을 이루고 있었다. 집마다 이발사 아저씨 집, 착한 아저씨 집, 배를 닮은 큰집 등 특징 있는 문패들이 걸려있었다. 마을 입구의 첫 번째 집에서 만난 아주머니는 이방인들을 반갑게 맞아주었다. 마을에서는 제법 구색을 갖춘 민박집이었다. 그러나 자기 집은 방이 다 나가고 없다고 했다. 그러면서 저 밑에 있는 할머니 집을 소개해주겠다며 우리를 안내했다. 할머니 집은 바다와 가장 인접한 슬레이트 지붕의 촌가였다. 일행이 집에 들어가 주인을 찾아도 아무런 인기척이 없었다. 우리를 안내한 여자는 전화를 걸어 할머니가 병원에서 돌아오고 있음을 확인해주었다. 그리고 오늘 숙박이 가능하며 7만 원이라고 했다. 그러면서 이 집에는 할머니와 한 달살이를 하는 독일에서 온 여자가 살고 있다고 귀띔했다. 나는 독일이라는 단어에 머리카락이 쭈뼛했다. 어머니가 동고지 마을에 있다는 노랑머리 여인의 말이 떠올랐다. 그리고 확신할 수 있었다. 그녀가 찾던 여인이 이곳에 있음을.

바다는 늘 나의 기대를 저버리지 않았다. 강한 햇살이 이마를 쏘아

댔지만, 이따금 불어오는 바람이 피부를 간지럽혔다. 주기적으로 밀려오는 파도는 육지에서 들려오는 모든 잡음을 움켜쥐고 바다로 끌고 들어갔다. 박 사장이 릴대를 조립하고 세팅하는 동안 노랑머리 여인에게서 문자가 왔다. 어머니가 만나기를 원치 않아 섬을 떠나고 있다는 내용이었다. 나는 그녀의 어머니가 이곳에 있음을 알리려다 그만두었다. 좋은 추억을 만들어 주어 고맙다는 인사와 함께 다시 만나기를 바란다는 문자를 보냈다. 그리고 핸드폰을 낚시가방 속에 쑤셔 넣었다.

해가 기울어서야 일행은 갯바위에서 물러나 민박집으로 돌아왔다. 박 사장과 송 반장이 할머니가 돌아왔다는 전화를 받고 집으로 돌아가 짐 정리를 마친 상태라 저녁 준비만 하면 되었다. 집주인은 평생을 금오도에서 보낸 여자였다. 함구미에서 이곳으로 시집와 어부인 남편과 함께 살아 온 칠십 대 후반의 사람이었다. 후덕함이란 찾아볼 수 없었지만, 박 사장이 '엄니'라고 부르며 너스레를 떨자 그도 아들로 착각하는 듯했다. 송 반장이 식사 준비를 하고, 나와 박 사장은 바다에서 잡은 놀래기와 우럭 새끼를 손질했다. 다리에 뻐근함을 느껴 잠시 일어서려는 순간, 위에서 한 여인이 우리를 쳐다보고 있었음을 알았다. 작은 키에 뚱뚱한 체형의 여인이었다. 칠십 대 중반 정도 보였다. 얼핏 보면 독일인 같이 보였다. 고기를 손질하는 것을 보니 초짜들이라며 우럭도 태어난 지 사흘 된 것만 잡았다고 놀렸다. 사흘 된 고기가 이렇게 크냐고 박 사장이 되묻자, 그는 깔깔 웃으며 그만큼 작다는 뜻이라고 했다. 나는 그의 얼굴에서 노랑머리를 읽었다. 그러나 무엇을 묻거나 알려고도 하지 않았다. 다만, 마인강에서 산란하고 금오도까지 날아 온 하루살이와의 만남이 기쁠 뿐이었다.

식사가 끝나자 일행은 낚시도구를 챙겨 동고지 항으로 내려갔다. 나는 바다낚시도 생소하거니와 밤낚시 채비의 번거로움이 싫어 방파제까지만 동행하기로 동의를 구했다. 방파제 근처에는 서너 명이 낚시를 즐기고 있었다. 그러나 생각만큼 고기가 올라오지는 않는 듯했다. 다행히 방파제 끝에는 낚시꾼이 없었다. 세 사람이 열심히 낚시 세팅을 하는 동안, 나는 자리를 잡고 앉아 캔맥주를 마시며 밤바다를 즐겼다. 일행은 새우 미끼까지 던져가며 공을 들였지만 고기는 얼굴을 보여주지 않았다. 게다가 전자 구멍찌까지 자꾸 수초에 걸리자 난감해졌다. 이에 박 사장이 집에서 구멍찌를 가져오겠다며 나에게 같이 가기를 청했다. 나는 무료함과 피곤함이 밀려와 흔쾌히 이를 받아들였다.

민박집 입구에 이르자 '고요한 명상의 방'에 앉아 있던 민박집 여인이 마을로 올라오는 우리를 반겼다. 순수 어촌이었던 오지마을이 국립공원 명품 마을로 선정되자 마을 개선사업과 더불어 지어진 육각형 설치물이었다. 나는 서슴없이 그녀의 맞은편 쪽으로 가서 자리를 잡았다. 차 트렁크에서 구멍찌를 찾던 박 사장의 핸드폰이 음악을 울렸다. 애국가였다. 컬러링이 울리는 순간 여인이 피식 웃었다. 노랑머리 여인의 모습 그대로였다. 시력이 나쁜지 이따금 안경을 상하로 조절하며 핸드폰을 보고 있었다. 그녀의 얼굴에는 타국에서의 설움과 외로움을 견디며 살아 온 흔적이 남아 있었다. 통화를 마친 박 사장이 호들갑을 떨며 방파제에 있는 두 사람을 호출했다. 그리고 얼마 지나지 않아 그들이 숨 가쁘게 언덕을 올라왔다. 무슨 일이냐고 묻자, 장지마을에 다시 갈 일이 생겼다고 했다. 우리가 묵었던 민박집 바로 옆 펜션이라고 했다. 노래방과 식당을 겸하고 있는 팽나무 옆집이었다. 나는 그들이 전날 만났던 여자들에게로 갈 것임을 예감했다. 그들은 트렁크에 낚싯대를 집어 던지고 수돗가로 가서 얼굴을 씻더니 바로 차에 올랐다. 나에게는 같이 가자는 말도 없이 그들은 떠나갔다. 여인은 그들이 어디 가느냐고 물었다. 나는 그녀에게 티사강이라고 말해 버렸다. 그랬다. 그들은 티사강의 수컷 하루살이처럼 암컷을 향해 힘차게 비상하고 있었다. 그들 중 누가 끝까지 비행에 성공할 수 있을지는 모를 일이었다. 그저 죽을 둥 살 둥 모르고 암컷을 향해 비행을 멈추지 않을 것이다.

 여인은 동고지 방파제 쪽을 바라보며 무언가를 생각하고 있었다. 독일 마인강 아래 떨어뜨린 알들을 생각하고 있는지도 모를 일이었다. 그때 나는 멀리 방파제에서 힘차게 날아오르는 무언가를 발견했다. 하루살이 같았다. 한 무리가 앞서고 또 한 무리가 그 뒤를 맹렬하게 추격하고 있었다. 목숨을 걸 만큼 치열하게 자리다툼을 하며 날아가고 있었다. 나는 문득 그 아래에 검은 바다가 누워있음을 발견했다. 나는 그들이 날아오르는 것만 생각했지 죽음의 바다가 놓여 있다는 사실을 전혀 의식하지 못했었다. 그동안 하늘로 날아오르는 하루살이만 생각했지, 그 아래 누워있는 죽음의 시간을 보지 못했다. 암컷과의 교미를 위해 죽음을 불사하는 수컷들의 본능만 보았지, 알을 잉태하고 그들을 무사히 강 속에 안착시키기 위한 그들의 치밀한 생의 계획을 보지 못했다. 나는 문득 하루살이만도 못한 생을 살아가고 있다는 생각이 들었다. 마냥 홍등만 보면 달려드는 불나비 같은 내 생애를 읽었다. 장지마을로 날아간 수컷들도 하루살이가 아닌 불나방들이었다.

　나는 앞에 있는 여인을 바라보았다. 비록 힘을 잃은 하루살이가 되었지만, 그는 건강한 하루살이를 키우며 살고 있었다. 나는 그의 삶을 읽는 동안, 불알이 점점 쪼그라들고 있었다. 그리고는 아예 없어져 버렸다. 그때 핸드폰 위로 불나방 한 마리가 빛을 좇아 날아들었다. 나는 부끄러워 그녀 몰래 불나방을 검지로 눌렀다. 그러자 내 몸이 산산이 부서져 흘러내렸다.

## 2

인연(因緣)

## 인연

작은 물 알갱이들의 반란, 는개는 그렇게 시작되고 있었다. 바람까지 불어, 마치 바다가 안개를 뿜어 올린 것처럼 는개는 환상의 포구를 만들어 갔다. 자연이 사람의 마음을 움직여 몽상을 자아낼 수 있음을 처음으로 느끼는 순간이었다. 이제는 취기까지 보태져 의식이 몽롱해져 간다.

여덟 평 남짓한 숙소에서 뛰쳐나와 바다를 보는 순간 나의 영혼은 는개에 부서지고 말았다. 바다가 어둠에 에워 쌓인 것이 아니라 는개가 어둠을 감싸고, 어둠이 바다에 그물을 두르고 있는 형국이었다. 그 속에 어항과 선박과 인간들이 갇혀 버둥대고 있었다. 어느덧 내 영육도 그물에 갇혀 부유하기 시작했다.

대전에서 승용차를 몰아 이 섬에 도착한 것은 저녁 무렵이었다. 공주와 청양, 그리고 홍성, 서산을 거쳐 태안으로 오는 동안 나는 내내 아내 생각만 하고 있었다. 그녀와의 만남과 작금의 정황에 이르기까지 십여 년의 세월이 중첩되어 희비를 엮어갔다. 내가 감정의 혼돈에서 벗어난 것은 지령산과 갈음이 해수욕장을 지나 신진대교에서였다. 다리 밑에는 오염으로 죽어가는 어패류의 신음이 해풍을 몰아가고 있었다. 그리고 그 비명은 죽음의 냄새를 만들며 비릿하게 흘러가고 있었다.

  신진도는 간척사업으로 생긴 새로운 어항이다. 방죽을 따라 갓 지은 숙박시설과 횟집들이 어항을 따라 줄지어 있는 곳이다. 정확하게 말하면 신진도는 섬이 아니라 육지이다. 태안군 근흥면에 자리한 이곳은 근흥항의 기능을 인계받아 새로운 관광지로 각광받고 있었다. 서해안 고속도로의 개통과 연포, 갈음이 해수욕장뿐만 아니라 인근의 만리포, 파도리 해수욕장 등 풍족한 자원이 있어 기하급수적으로 관광객이 몰리는 곳이기도 했다. 서해안의 각종 해산물을 맛볼 수 있을뿐더러 유람선을 타면 마도, 가의도, 옹도로 이어지는 천혜의 절경을 관람할 수 있는 곳이기도 하다. 더욱이 가까이는 인천, 멀리는 만주의 흙냄새까지 해풍을 통해 맡아 볼 수 있어 도심에서 쌓인 잡념을 한 방에 날려 보낼 수 있는 곳이었다. 신항의 개항과 함께 사시사철 외지인이 드나들기 시작했고, 더불어 인근에는 모텔과 펜션이 하나둘씩 들어서더니 근간에는 공급이 넘쳐 주인들의 끙끙 앓는 소리가 저녁을 노랗게 물들였다.

  항구에 도착하자 나는 숙소를 정하는 대신, 우선 횟집에 들러 술을 한 잔 마시기로 했다. '비수기라 묵을 숙소야 얼마든지 있을 것이며,

또 없으면 어떠랴' 하는 생각이 들었다. 횟집 골목은 생각보다 한산했다. 뒤늦게 귀항한 어선에서 막 퍼 올린 고기들은 상인에 의해 수족관으로 던져지고 있었다. 포획된 고기에게 그곳은 막다른 공간이며 죽음의 냄새로 채워진 해수의 늪이 될 것이다.

나는 간재미와 개불을 주문한 후 바다가 보이는 이 층 식당으로 올라가 자리를 잡았다. 부산항이나 대천항과 같이 일 층에서 횟거리를 주문하여 이 층에서 양념값을 지불하고 먹는 형태였다. 해풍의 쌀쌀함에 안에는 난로가 지펴 있고 어둠에 깊어진 바다는 귀신들과 싸우고 있었다. 모퉁이에는 세 명의 사내가 술을 마시고 있었다. 그러나 나의 출현이 그들에게는 안중에도 없는 듯했다. 이방인, 그것도 초췌한 모습으로 홀로 찾아 든 사내에게 한 번쯤 눈길을 줄 듯도 했지만, 뱃사람들은 나를 쳐다보지도 않았다. 소주잔에 하루의 시름을 잠재우는 그들의 눈엔 이미 노을이 지고 있었다. 그들은 뭍에서 흘러든 이방인의 행색에 눈길을 주기보다는 어로장의 거친 숨소리에 더 집중해야 할 판이었다.

"세상사에 시름시름 앓다 가슴이 노래져 신진도로 날아 든 한 마리의 가리새, 평평한 부리의 천박성을 망각하고 관우(冠羽)가 아까워 '큐우리 큐우리'를 소리 내고 있는 희귀한 새.

나는 어쩌면 유정으로 변신을 치러 또 다른 진화를 위해 먼 곳으로 날아 온 한 마리의 가리새는 아니었을까? 유정이 진화하려면 '육신을 재로 만드는 고행이 있어야 한다'고 들었는데 행여 길을 잘못 든 것은 아닐까? 이곳에서 나는 육신을 어떻게 난도질할 것인가?"

가부좌를 틀어 해신과 접하려는 순간, 개불이 소주와 함께 식탁에 놓였다. 순간 내 몸의 어딘가에 붙어 있던 하얀 깃이 우지직 부러지는 소리를 냈다.

📝 사랑하는 당신께!

장마를 재촉하는 비가 새벽부터 내리고 있어요. 침대에서 떨어지는 딸아이의 꿈을 꾸다가 잠에서 깼어요. 한동안 잠을 이루지 못하다가 빗소리에 젖어 들었지요. 누군가가 속삭이는 듯도 하고, 누군가가 다가오는 것 같기도 해요. 어쩌면 당신이 술을 드신 후 길게 길게 이어가던 숨소리 같기도 하고.

이곳에서 당신에게 편지를 쓰기 시작한 지도 벌써 7년이 되었군요. '벌써'라는 표현을 하고 나니 왠지 어색한 느낌이 드네요. 일상어조차도 다른 감각으로 느끼게 하는 곳이 이곳인가 봅니다. 기상 시간 전에 옆 사람 몰래 이불에서 몸을 빼 벽에 기대는 것도, 차가운 냉기를 몸으로 품는 것도 이젠 익숙한 일상이 되었습니다.

당신은 아시죠?

빗소리를 들으면 내가 책을 읽고 글을 쓰곤 했다는 것을. 그리고 그 이유가 무엇이라는 것도.

읍에서 이십 리, 면사무소에서 십 리 반쯤 떨어진 당신의 시골집은 동화 속에나 나올 듯한 곳이었지요. 새마을 사업으로 개축한 슬레이트 지붕들에 균열이 가기 시작할 무렵, 당신과 나는 시골길을 걷고 있었지요. 당신의 유년을 고스란히 간직하고 있는 산길을 걷던 때가 는

개 내리는 초가을 무렵이었어요. 산속에 집이 세 채밖에 없어 같이 다닐 수 있는 친구가 있어야 입학할 수 있었다고 했지요. 그래서 당신은 2년이나 늦게 초등학교에 입학했다고 하셨지요.

　당신, 아세요? 그런 말을 한 후 당신 얼굴에 안개가 일었다는 것을.
　세 개의 능선을 넘고, 몇 개의 모퉁이를 돌았을까요? 당산나무 밑에 돌을 하나 올려놓으며 무언가를 우리가 기원할 때까지. 그때 나무는 바람을 통해 우리에게 많은 사연을 전했지요. 휘돌아 가는 산바람에 정말 산신령이 나타날 것 같았어요. 나는 귀로 몰려오는 모든 소리가 잡귀의 울음소리로만 들렸지요.
　당신의 집이 눈에 들어오자 나는 두려움보다는 기쁨이 앞섰지요. 다른 이유보다도, 그곳은 사람이 사는 곳이었기 때문이었어요. 그런데 뜻밖에도, 동구 밖까지 마중 나온 세 가구 열다섯 명의 식구들은 정말 제게는 부담스러운 사람들이었지요.

　기억하세요? 이웃집 아주머니 두 분이 "어디서 공주 같은 색시를 데려왔냐"며 입에 침이 마르도록 칭찬하셨던 것을. 그리고 당신 식구 모르게 뒤에서 두런대던 소리를.
　한 분은 앞니가 많이 튀어나왔고, 또 한 분은 등이 심하게 구부러진 분이셨지요. 그러나 당신의 어머니는 그러지 않으셨어요. 곧은 몸매에 옹찬 목소리를 갖고 계셨지요. 당신의 서느런 눈빛이 나의 허름한 도덕성을 꿰뚫고 지나가는 것 같았지요.

당신은 아세요? 제가 당신 집에 있는 내내 당신 어머니의 시선에 묶여 숨 한 번 크게 쉬지 못했다는 것을.

전쟁 통에 북에서 내려와 의탁했던 시골 마을이 당신을 평생 가두리라고는 생각하지 못했겠지요. 숨 막혔던 세상사에 대한 당신 어머니의 속내를 내가 첫 대면에서 느낀 것도, 어찌 보면 슬픈 인연의 또 다른 이어짐이 아니었을까요?

그래요, 평양에서 운동화를 신고 중학교까지 졸업했던 당신의 어머니가 초등학교도 못 나온 산 사내와 결혼한 것은 살아남기 위한 수단이었겠지요. 부부애란 반쪽뿐인 단어였을 거예요. 그래서 당신은 당신 어머니의 사랑스러운 연인이자 남편이요, 아들이 되었겠지요. 그래서 당신의 어머니는 산비탈을 일구며 땡볕에 살이 타들어 가도 남편보다 당신을 먼저 생각하셨겠지요.

당신은 아세요? 나의 신상을 묻는 당신 어머니의 목소리에 내가 숨이 막혔던 것을! 그리고 기억하세요? 해가 산마루를 넘어갈 때, 그 집을 내가 홀로 떠나야 했던 일을. 당신의 어머니가 그러시더군요. 이력이 있는 여자는 우리 집 며느리가 될 수 없다고.

벌써, 기상을 알리는 음악이 나오네요. 꿈틀대던 생명이 밤새 바닥에 접어두었던 희망을 들어 올리고 있어요. 서러운 목숨 하나하나가 깨어나 시간을 간식 삼아 또 하루를 버티겠지요. 누구의 말처럼, 내가 헛되이 보낸 오늘 하루가 어제 죽어간 이들이 그토록 바라던 하루였으면 좋겠어요. 오늘도 소중한 하루를 살자고 다짐해야 할까 봐요.

등대로 이어지는 방죽은 꽤 길었다. 그러나 지루하다는 생각은 들지 않았다. 등대의 불빛은 아침에 묻혀 명멸하고 있었다. 선착장에는 벌써 출항하는 선원들을 위해 포장마차가 문을 열어 놓고 있었다. 그 앞으로 작은 물 알갱이들이 출항을 앞둔 두어 척의 작은 어선 틈에 끼어 춤을 추고 있었다. 여전히 아내의 체온에 취해 있는 선원 몇몇이 새벽을 담배로 쓸어 담는 모습도 보였다. 집을 잃은 늙은 요괴들이 금시라도 나타날 듯한 음습한 날씨였다. 요괴들의 나들목이 있다면 아마도 이 방죽을 따라가다 등대 바로 아래에 있는 수문일 것이다.

어항에서의 폭음 때문인지, 자꾸 몸이 한 편으로 기우는 느낌이 들었다. 바다에 빠지지 않으려고 뭍 쪽에 지나치게 몸의 중심을 두어서 인지도 모른다. 이따금 휘청거리곤 했지만, 그런대로 걸을 만은 했다.

"정말 깃이 부러진 것은 아닐까?"

나는 그동안 접했던 자살 사건들을 하나하나 떠올리기 시작했다. 대학 동기인 병두는 자취방에 못을 박고 거기에 줄을 걸어 목매어 자살했다. 부검의는 교통사고 후유증과 장남으로서의 책무가 우울증으로 깊어진 것이라 단정했다. 장례지도사가 가져온 관이 작아 친구들이 시신을 넣는데 애먹었다는 후문도 들렸다. 그때 고향에서 노름꾼으로 유명했던 집안 아저씨가 폐암 진단을 받자 자살했다는 소식이 전해졌다. 깔끔하게 죽는다며 막걸리에 살충제를 섞어 음독했다는 것이었다. 참으로 깔끔한 죽음이었다. 고향마을의 명숙이 오빠는 월남 참전의 후유증으로 저수지에 몸을 던져 동네를 떠들썩하게 했다. 우리 이웃집 동인이는 교통사고로 식물인간이 되어 십 년을 고생하다 끝내 죽고 말았다. 빗길 교통사고가 원인이었다. 찌그러진 차체를 잘라 그의 몸을 끄집어 올렸을 때 다행히 목숨은 붙어 있었다고 했다. 그러나 뼈가 으스러져 쇠로 엮어 세워야 했다. 그러나 세워진 그의 몸은 끝내 허물어지고 말았다.

많은 이들이 죽었을 텐데, 생각나는 사람은 그뿐이었다. 죽으려고 죽은 자와 죽지 않으려다 죽어간 사람들. 산 자에게 기억되는 것만으로도 사자에게는 커다란 축복일지도 모르겠다.

나는 편지를 감싸고 있는 주머니 속의 손가락에 오랫동안 힘이 들어가 있었음을 깨달았다. 땀이 종이에 스며든 느낌이 들었다. 담담하리라던 내 의지와는 다르게 무의식적인 생체반응이 진행된 셈이었다.

"정말, 나 스스로 또 다른 유정으로 부화할 수 있을까? 그때 내 모습은 어떠할 것이며, 어디에서 날아오를 수 있을까? 내 죽은 모습이 노출되면 혹여 세상의 이야깃거리나 될까? 된다면 어디까지일까? 내 가족과 친구들은 나의 부재를 안타까워할까, 아니면 나의 뒷수습에 골머리를 앓게 될까? 남겨둔 편지들은 그녀에게 전달될까, 아니면 경찰의 손을 거쳐 복사된 후 가족에게로 넘겨져 은폐될까? 그녀는 나의 마지막 행동을 어떻게 받아들일까? 그리고 나에게 약간의 부채를 진 사람들은 그 액수만큼 봉투에 담아 올까?

그리고… 나는 정말 그녀를 용서할 수 있을까?"

는개는 여전히 살아 있는 나의 피부를 간질이며 스치고 있었다. 차가웠다. 아직은 실행할 준비가 되지 않았다는 증거였다. 나는 다시 한번 가방에 들어 있는 그녀의 불쌍한 언어들을 만지기 시작했다.

📝 사랑하는 당신께!
　가을을 느낄 수 있다는 것이 이곳도 사람이 사는 곳인가 봐요. 오늘은 유독 바깥에서 들려오는 벌레 소리가 청승맞게 들리네요. 그래도 여름 내내 개구리 울음소리로 넘쳐나던 것에 비해 한결 나아진 상황이지요.
　어젯밤에는 당신이 딸아이를 데리고 당신 어머니의 무덤에 가는 꿈을 꾸었어요. 내 딸을 데려가지 말라며 고함을 지르다가 자리에서 일어나 이렇게 편지를 쓰고 있어요.

　당신, 생각나세요? 세무서 잔디밭 말이에요.
　안양 6동 세무서 뒷담에 인접한 셋방은 우리가 시작한 신혼생활의 처음이자 마지막 장소였지요. 잔디밭에서 열두 시까지 앉아 이야기를 나누다 통금 사이렌이 울린 한참 뒤에야 우리는 담을 넘어 집으로 들어가곤 했지요, 그것도 순찰 중인 경찰의 호루라기 소리에 쫓겨서 말이에요. 네 평 크기의 방에 모기장을 치고 당신과 누우면 행복이 다가오는 소리를 들을 수 있었지요.
　당신, 생각나세요? 내 어머니가 당신과 내가 결혼하면 자살하겠다며 농약병을 들고 나타났던 날을. 그리고 기억하세요? 어디 남자가 없어서 아이 딸린 홀아비에게 목숨을 거냐며 실신했던 내 어머니를. 설상가상으로 그런 일이 있은 다음 날, 그 먼 시골길을 걸어 올라오신 당신의 어머니는 나에게 잔인한 음성을 전하고 가셨지요. "어디 근본도 없이 떠돌던 잡것이 천금 같은 우리 아들을 꼬드기냐"고. 당신이 남긴 천형의 목소리는 결국 당신의 손자를 포박하여 시골로 데려갔지요.

그래요. 알아요. 우리가 축복받지 못한 만남이었음을. 그러나 모르겠어요. 당신들이 남편으로부터 받은 상처를 왜 우리가 보듬어야 하는지. 왜 당신 어머니들로부터 받았던 고통을 당신의 딸에게 짐 지우려 하셨는지…

저는 오늘도 이곳에 걸려있는 금언을 되새깁니다.

'당신이 입힌 말의 상처는 칼로 입힌 상처보다도 깊다'는.


당신 알아요? 그때만 해도 우리에게는 '힘'이 있었다는 것을. 사랑을 지킬 수 있는 '힘' 말이에요.

우리는 둘 다 상처가 깊었기에 모든 것을 감내할 힘이 있었던 것 같아요. 비좁은 단칸방은 오히려 우리를 더욱 가까이에서 볼 수 있게 했고, 자가용이 없었던 우리는 서로 손을 먼저 잡고 시장과 공원을 다닐 수 있었지요. 백화점에 갈 일이 없었던 우리는 재래시장에서 순대며 떡볶이를 먹을 수 있었고, 집이 없었던 우리는 내 집 마련의 꿈을 가질 수 있었지요. '꿈꾸는 자가 오히려 꿈을 이룬 자보다 더 행복하다'며 우리는 쓸고 닦고, 아끼며 살았지요.


여보, 벌레 소리가 잠시 멈추었어요. 뭔가 다가오고 있는가 봐요. 꿀꿀한 냄새가 밖에서 들어오기 시작하는 것이 바람의 방향도 조금 바뀌고 있는 모양이에요.

당신이 살아온 길, 그리고 내가 밟아 온 삶을 뒤돌아보면 '과연 인류의 진화가 정말 진보의 역사였던가'라는 물음을 던지게 돼요. 당신 말대로 여전히 내게는 생뚱맞은 데가 있지요? 갑자기 '진보'니 '역사'니 하는 소리를 늘어놓고 있잖아요. 그러나 이왕 이야기가 나왔으니 주절주절 늘어나 봐야겠어요.

인류의 진화가 진보의 역사였다면 존재가 누릴 수 있는 자유의 영역도 과거보다는 훨씬 넓어져야 하지 않겠어요? 사랑의 방식과 영역까지도 말이에요. 그러나 우린 뭐예요? 여전히 과거가 현재를 구속하고, 당신들의 존재 뒤에 내가 있는 그런 방식으로 여전히 살고 있잖아요?

물론, 아닐 수도 있겠지요. 예전보다 자유의 영역은 훨씬 많아졌을 거예요. 다만 예외라는 것이 우리에게 적용된 것이겠지요. 벗어날 수 없는 인연의 고리 같은 것 말이에요. 근데 왜 하필 그것이 우리여야 했을까요? 아마도 세무서의 담장이 우리의 보호벽이 되기에는 너무 낮았던가 봐요. 차라리 경찰서 근처에다 집을 얻어야 했을까요?

당신, 기억나세요? 하늘이 무너져 내리는 통증을 공유했던 그 날을.
당신의 어머니는 손자를 데리고 아예 우리의 단칸방으로 들어오셨지요. 그것도 내가 임신한 것을 알고 계셨으면서도 말이에요. 아니, 임신한 아이를 떼어 내라고 몇 번을 고함치다 결행한 마지막 수단이었겠지요.

퇴근한 당신은 길길이 날뛰면서 당신 어머니의 보따리를 챙겨 시골집으로 가라며 소리를 질러댔지요. 하지만 놀란 눈으로 뛰어나온 네

집 셋방 식구들과는 달리, 당신 어머니는 눈 하나 꿈쩍하지 않으셨지요. 오히려 당신에게 시골로 내려가라며 맞고함을 치셨지요.

그렇게 우리의 불편한 동거는 시작되었지요. 별난 동거는 날이 가고 달이 가도 변화의 조짐이 없었어요. 아니에요. 오히려 변화가 오기 시작했지요. 생활에 지친 당신은 오히려 나로부터 멀어져 어머니에게 의탁하려 하고 있었어요. 당신도 지쳤겠지요. 그리고 어머니 품으로 돌아가고 싶었겠지요. 섬이었던 당신은 그때, 점점 밀물이 되어가고 있었던 거예요. 당신은 이미 예전의 다정하고 착한 사람이 아니었어요.

그래요. 나도 알아요. 지순한 사랑도 결국 환경의 지배를 받는다는 것을.

술과 담배로 당신의 육체는 점점 병들었고, 회사에서는 결국 흔들리는 당신에게 자유를 주었지요. 하지만 그 자유를 얻은 탓이, 당신 아들이 무한한 자유를 얻은 탓이 모두 내게 있다며 당신의 어머니는 며칠 동안 폭언을 쏟아냈지요. 질식할 것 같은 시간을 왜 그리 미련하게도 버티었는지 모르겠어요. 아마도 당신이 다시 섬이 되어 주기를 기다렸겠지요. 그리고 물결이 잔잔해지기도.

불러오는 배를 바라보는 당신과 당신 어머니의 부담 어린 시선에 나는 당신이 섬이 될 날을 포기하려 했지요. 따뜻했던 당신의 손길이 차가운 폭력으로 내게 다가왔던 그날에. 그리고는 죽기보다 싫은 심정으로 나는 어머니의 집으로 가야 했지요. 어머니는 그래도 이 못난 딸을 내치지는 못하셨고, 당신의 탄식하는 소리를 배앓이로 들으며 나는 출산을 해야 했어요.

당신, 아세요? 당신과 당신의 어머니가 아이를 낳은 후에도 내게 아무런 안부도 묻지 않았다는 것을. 딸아이가 돌이 되어서야 나타난 당신의 몸에서는 역한 술 냄새가 났지요.

당신 아세요? 무정한 사람이라며 우리 어머니가 당신에게 핀잔을 주자, 오히려 당신이 화를 냈던 것을.
한 달 후, 축복받지 못한 아이에게 눈 한 번 주지 않던 당신과 당신의 어머니는 아예 우리집 방 한 칸을 차지하기에 이르렀지요. 전세 보증금마저 없애버린 당신 모자는 이미 염치와는 멀어져 있었어요. 술에 취해 누구의 씨앗인지도 모른다는 폭언을 일삼는 당신을 보고 차라리 내가 떠나겠다며 우리 어머니는 집을 나가셨지요. 그리고 나와의 인연도 끊으셨지요. 당신은 옷 보따리를 꾸리시면서도 당신의 딸의 딸에 우유병을 물리는 것만은 잊지 않으셨지요.

당신 아세요? 그 순간 어머니와 나, 그리고 나의 딸이 숨죽여 울었다는 것을. 그리고 그날 내가 모진 마음을 먹게 되었다는 것을.
1심 법정에서 사형선고를 받고 감방에 들어오던 날, 누군가가 법무부 색인이 찍힌 모포를 바닥에 깔아주더군요. 젊은 새댁이었어요. 그러나 나는 그 모포에 앉지도 못하고 다른 방으로 이감되었지요. 아무도 없는 독방으로… 마음을 굳게 다잡으라는 언니 같은 어린 교도관의 이야기를 듣다가 나는 그곳에서 정신을 잃었지요. 그때 나는 아득한 벼랑 위를 한참이나 날았을 거예요.
며칠 후 재판이 열렸지요. 아침에 철문을 통과하며 나갈 때의 희망이 계속 이어질 줄 알았지요. 그러나 점심 무렵에 이미 세상은 온통 절망의 늪이 되어 있었어요. 관선 변호사의 변론에도 불구하고 "정황은 이해되나 남편과 시어머니를 독살하려 한 존속살인죄는 결코 용서받을 수 없다"는 판결이었지요.

판결이 내려진 순간부터 나에게는 산다는 것이 곧 고통이었지요. 나에게 유일한 사랑을 느끼게 했던 남편과 그 어머니를 죽이고, 나의 어머니와 딸의 종적조차 알 수 없는 상황에서 나란 존재는 살 가치를 상실하고 있었던 게지요. 어제와 오늘이 다를 것이 없고, 어제의 나와 오늘의 나가 달라진 것이 없는데 세상은 이미 나를 다른 사람으로 바라보고 있더군요.

관선 변호사는 수소문 끝에 나의 어머니와 딸을 찾아내 법정 증인으로 출두시켰지요. 내가 무기징역으로 감형되던 날, 나는 수척해진 어머니와 좀 더 자란 딸아이의 손을 만질 수 있었어요.

당신, 아세요? 법정에서 포승줄에 묶여 나가는 나를 보며 우리 어머니가 무슨 말씀을 하셨는지?

"끝꺼징 살아야 한다! 질긴 목숨이 사람 목숨이라드라!. 글구 네 남편도 죽잖코 살아있다고 하더라!"

당신, 당신이 살아계셨더군요! 나는 잠시 눈을 감고 누군가를 향해 감사의 기도를 올렸습니다. 그것은 내가 사랑했던 사람이 살아있다는 것에 대한 감사의 반응이었겠지요. 그리고 감방에 들어 온 날 밤, 나는 밤새도록 당신 어머니를 향해 기도를 드렸습니다. 용서의 기도는 아니었지만, 당신이 극락에서 왕생하시기를 말입니다. 그리고 기회가 주어진다면, 내 어머니와 딸을 위해 무언가를 해야겠다고 결심하게 되었습니다. 나의 어머니가 나에게 해주었던, 그리고 지금 하는 것처럼 말입니다.

이제, 당신과 당신을 알고 있는 모든 사람에게 용서를 빌고자 합니다. 그리고 당신과 함께한 소중한 시간을 자주 떠올리며 생활하려고 합니다. 내가 헛되이 보낸 오늘 하루가 어제 죽어간 이들이 그토록 바라던 시간이었음을 되새기며 말이에요.

📝 사랑하는 당신께!

좀 더 일찍 써야 할 글이 늦어졌군요. 어젯밤에는 딸아이가 심한 수두증세로 고생하는 꿈을 꾸었어요. 아이의 피부는 괜찮을까요? 누구에게나 평생에 한 번은 있을 통과의례지만, 어미로서 걱정이 많이 되는군요. 잘못 치료하면 얼굴에 흉터가 남는다는데, 혹여 그런 일은 없겠지요?

참! 인사가 늦었군요. 딸아이에 대한 안부를 먼저 묻는 나 자신을 보고, 간혹 내가 당신의 어머니를 닮아 가고 있다는 생각이 들 때도 있어요. 그럴 때면 온몸에 소름이 끼치는 나 자신을 추스르기가 어렵답니다. 이렇게 말하면 당신은 화가 나시겠지요. 아직도 나는 작은 방 안에서 긴 고통을 견디는 법을 더 배워야 할까 봐요.

언니, 언니 하면서 나를 따르는 아이가 방금 팔순 노모를 만나고 돌아와 울고불고 난리도 아니네요. 어머니가 무엇인지, 혈연이란 게 무엇인지, 우리 생에 이 모든 것을 잊거나 끊고 살 수는 없나 보지요?

당신은 아세요? 오 개월 된 아이를 두고 푸른 봉고차에 몸을 싣던 젊은 어미의 심정을. 그리고 이 년 동안 아기가 우는 환청에 시달려 격리 수감 되었던 이곳의 생활이 얼마나 고통스러웠는가를. 그리고 큰 형틀 속에 갇힌 작은 모정이 얼마나 인간을 초라하게 했는지를….

사고가 있던 그 날, 당신은 의식을 잃으면서도 나와 당신의 어머니를 번갈아 보고 계셨지요. 알아요. 그 어떤 말로도 당신의 마음을 위로할 수 없다는 것을. 그리고 결코 잊을 수 없는 기억이라는 것도. 그러나 지금도 당신 앞에 서서 소리죽여 말 할 수 있는 것은 여전히 당신을 사랑한다는 거예요.

친정어머니가 첫 면회를 오셨던 날, 나는 그녀의 가슴에 또 하나의 큼직한 고통을 심는 불효를 저질렀지요. 보고 싶지 않다는 딸의 전언을 듣고, 당신은 얼마나 무너져 내리는 심정으로 출구를 찾으셨을까요? 당신이 사시는 집 담에 새겨진 '살인자의 집'이라는 글씨가 당신을 괴롭히고 있었음을, 그리고 쫓기다시피 전셋집을 나온 당신이 처음 찾은 곳이 이곳이었음을 내가 알았더라면 아마도 나는 그때, 당신 앞에 무릎을 꿇고 용서를 빌었을지도 모릅니다. 내가 가슴에 얼굴을 묻고 마음껏 울 수 있었던 유일한 사람, 어머니. 당신은 이제 저세상 사람이 되셨지요. 병으로 쇠잔해진 기운에도, 그리고 임종의 순간까지도 이 못난 딸을 걱정해 주셨다던 당신. 이제야 당신을 보고 싶은 것은 당신의 말씀대로 나는 진정 '매정한 년'인가 봅니다. 그리고 이제 한 아이의 어머니가 되고 있나 봅니다.

첫 번째 면회 후에도 어머니의 발걸음을 수없이 되돌리게 했던 나는, 당신의 건강이 여의치 않다는 전언을 듣고 당신을 뵙게 되었지요. 며칠 전에 새로 받은 황토색 수의를 입고 접견실로 향할 때만 해도, 나는 마지막 연민의 감정을 꺼내 당신 앞에 섰지요. 그러나 나는 당황하기 시작했지요. 숙환으로 초췌해진 당신의 얼굴은 예전의 고운 모습이 아니었어요. 당신의 남편이 다른 여자를 만나 집을 떠났을 때 당신은 스물한 살이었다고 하셨지요. 그래도 당신은 당신의 남편을 기다렸다고 했지요. 당신에게는 딸이 있었기에.

빛바랜 필름 속에 새겨진 당신의 모습은 언제나 우울한 모습이었어요. 잠에서 깨어난 나를 바라볼 때를 제외하고 말이지요. 나는 접견실에서 당신을 보며, 어쩌면 당신과의 마지막 만남이 될 것 같은 느낌이 들었지요. 슬펐어요. 무척.

나를 안고 힘겨운 살림을 꾸려갔어야 할 당신의 속내를 나는 왜 진작 살피지 못했던 걸까요? 당신이 유리 아래 가려져 있던 나의 딸아이를 들어 올렸을 때 상기된 당신의 얼굴을 읽었지요. 병약한 당신의 힘에 잠시 놀라기도 했습니다. 힘줄이 퍼렇게 튀어나온 손을 보았을 때, 나는 당신이 병중에도 왜 힘을 모아 놓았었는지를 알 수 있었지요. 힘을.

당신, 들리세요? 나의 어머니가 우리 딸을 내게 보여주며 쉬었던 긴 한숨 소리를.

그래요. 6년 만의 딸아이와의 만남은 그렇게 끝났어요.

낭신은 아세요? 엄마라고 부르는 딸 앞에서 아무것도 해줄 수 없는 어미로서의 고통을. 그리고 저승으로 떠나는 노모의 손을 잡을 수 없었던 딸의 슬픔을 말이에요.

오늘은 왠지 우울한 글로 지면을 메우고 말았네요. 다음에는 좀 더 밝은 내용으로 써보도록 할게요.

✏️ 모든 것을 버리려 신진도에 와 있습니다. 맑은 정신으로 당신에게 글을 써야 하는데 술기운을 빌어 속내를 털어놓고 있습니다. 당신 말대로 나는 누군가가 신발을 신겨주어야 걸을 수 있는 형편없는 사람인가 봅니다.

어제는 지난 수년 동안 당신이 써서 보낸 편지들을 정리했습니다. 모든 것을 불사르고 섬을 떠날까 생각하다가 편지 한 통을 뜯어본다는 것이 당신이 그간에 보냈던 모든 편지를 읽고 말았습니다. 그리고 당신의 편지 속에서 당신이 살아온 날들이 얼마나 고통스러운 시간이었는지, 당신의 마음이 얼마나 여리고 고운지를 느끼기에 충분하였습니다.

당신이 타 준 천국으로 통하는 음료수를 어설프게 먹어, 아직도 당신 앞에 살아 있는 쓸모없는 사람이 되었지만, 당신의 글을 읽을 수 있어 행복합니다. 나는 여러 해 동안 당신을 용서할 수 없었습니다. 나의 방종과 어리석음으로 야기된 모든 비극과 그것에 대한 형벌은 응분 내가 받았어야 했겠지요. 할 수만 있다면 지금이라도 당신이 지고 있는 무거운 짐을 건네받고 싶은 마음 간절합니다. 하지만 나의 어리석음에 대한 처벌을 우리 어머니에게까지 내렸다는 사실이 당신을 도저히 용서할 수 없었습니다.

당신은 모를 것입니다. 우리 어머니의 삶이 어떠했는지를. 그리고 그분에게 있어 내가 어떤 존재였던가를.

당신이 내가 다니는 회사에 처음 입사했을 때, 나는 당신에게서 친동생 같은 인상을 받았습니다. 약간은 수줍은 듯하면서도 야무진 언행이 나를 당신 곁에 자주 머물게 했습니다. 확실하지는 않지만, 당신은 하늘색 정장을 자주 입었던 것으로 기억합니다. 그리고 머리를 세 갈래 동아줄 모양으로 꼬아 맵시를 내고, 분홍색 방울이 달린 금색 끈으로 묶고 다니곤 했지요.

어느 날인가 회식이 있던 날, 자리를 파한 후 집으로 향하는 당신을 따라간 적이 있었습니다. 봉천동 산 중턱에 있던 당신의 집은 허름하기 이를 데 없었지요. 그러나 담장 밑에 익어가는 노란 해바라기와 그 아래 놓인 나무로 짠 들마루는 집안의 오롯한 정을 보여주는 분위기였지요. 당신과 나의 만남이 친숙해지려 했을 때, 당신은 내가 당신에게 남다른 관심이 있다는 것을 일찍이 알았었노라고 말했지요. 그리고 가까이 오는 나를 굳이 말리고 싶지 않았었노라고 했습니다. 그러면서도 더는 이성으로 대하지 말라는, 앞뒤가 흐려지는 부탁도 했었지요.

그때 나는 당신의 부탁을 들어줄 수 없었습니다. 나는 당신이 안고 있는 모든 짐을 내가 대신해서 질 수 있다는 강한 믿음을 주려 한참이나 이야기한 것으로 기억합니다. 그때 당신은 나에게 낮지만 강한 음성으로 말했지요.

약혼 후, 한 남자를 교통사고로 떠나보낸 그런 여자를 왜 당신이 서투려 하느냐고.

하지만 나는 당신의 모습에서 지쳐가는 의지를 읽을 수 있었습니다. 그런 모습에, 나는 당신이 더는 나를 기다리게 해서는 안 된다고 생각했지요. 당신이 회사에서 어려움을 겪을 때마다 나는 항상 당신의 옆에 있고자 했습니다. 그래서 주변 사람들도 우리를 부부로 이어 주려 했을 겁니다.

세무서 뒷담에서 보낸 우리의 신혼생활은 참으로 행복한 날들이었습니다. 그러나 당신이 내게 보낸 편지에도 있듯, 그 시간은 그리 오래가지 못했지요.

나는 우리 어머니를 변호할 생각은 없습니다. 우리의 잠자리를 갈라놓고, 나에 관한 모든 것을 독차지하려 하셨던 당신의 행동은 분명 당신의 욕심이며 오기였습니다. 당신에게 약혼의 이력이 있었던 것이 어머니는 무척 마음에 걸리셨던 게지요. 그리고 우리가 헤어지지 않고 딸까지 낳았을 때, 당신은 하늘이 무너지는 아픔을 느끼셨을 겁니다. 왜냐구요? 당신과 만나기 전, 나와 동거했던 그 여자도 어머니의 동의를 얻기 전 아들을 낳았었기 때문입니다. 그리고 그녀는 어디론가 떠나갔지요. 아들의 아들을 바라보는 어머니는 넋이 나가 있었지요. 이 모든 것은 견디기 버거운 소심증을 안고 사는 나의 잘못 때문입니다.

그러나 당신은 알지 않아요? 내가 속내를 잘 털어놓지 못하는 우직한 사람이라는 것을. 우리 어머니가 답답할 때면, "지 애비를 닮아, 자갈 문 황소 같다!"고 하시던 것을.

나는 병적이었던 우리 어머니의 불신감을 당신이 잘 견디리라 믿었습니다. 그러나 당신도 쉽지는 않았겠지요. 세월의 흐름으로 무디어진 우리의 사랑과 남편의 방종을 당신이 이겨내기는 쉽지 않았을 것입니다. 단칸방에서. 그것도 시어머니가 구렁이처럼 똬리를 틀고 앉았다가 누워있곤 하던 골방에서.

나의 어머니는 거의 병적으로 우리의 생활에 집착하셨지요. 심지어 임신하여 친정으로 간 당신의 안방까지 차고 들어가 앉을 때는 나의 어머니나 나는 사람이 아니었습니다. 삶에 쫓기던 두 모자는 달아날 출구도 없었던 게지요.

병원에서 의식을 찾았을 때, 나에게 말을 건네 온 것은 당신도 아니고 간호사도 아니었습니다. 지방일간지 기자였지요. 그 기자는 내가 짐승 같은 울음을 토해내자 뒤도 돌아보지 않고 줄행랑을 쳤지요.

당신, 알 수 있을까요? 모든 것을 잃고 병실에서 눈만 껌뻑이던 두 발 달린 짐승의 고통을.

나는 아직도 여자들을 용서할 수 없습니다. 아이를 두고 떠난 여자와 내 어머니를 죽게 한 당신, 그리고 당신을 떠나게 한 나의 어머니 모두를.


📝 여보, 창틈에 파란 움이 트고 있어요. 신기하죠? 영화 속에나 볼 수 있는 장면이 내게 현실이 된 것이. 정말 신기하지 않아요? 밖은 북풍한설인데 비닐로 가린 창문의 틈에서 싹이 움튼다는 것이.

당신, 알고 계세요? 나의 어머니가 언제 돌아가셨나를?

나는 오늘 움이 튼 파란 싹을 종이컵에 옮겨 놓았어요. 어머니께서 하늘나라로 떠나시며 내게 주신 선물인가 봐요. 근데 이곳의 환경이 척박해서 살 수 있을지는 모르겠네요.

어제 점심 무렵, 교도관이 커피 한 잔을 내게 주며 나직이 말했지요. 어머니께서 며칠 전에 돌아가셨노라고. 그리고 딸은 보육원에 맡겨 놓으셨노라고.

나는 오랜만에, 실로 오랜만에 교도관에게 여러 가지를 물어보았지요. 어머니는 어디에서 어떻게 돌아가셨는지, 어머니의 장례는 어떻게 지냈으며 시신은 어떻게 했는지, 당신께서 남기신 유언이나 유품은 없었는지 등등을.

모든 것이 끝이었습니다. 당신은 당신이 떠날 것을 이미 아신 듯했지요. 사회복지사가 부녀회원들과 김치통을 들고 당신 방을 찾았을 때, 당신은 곤한 잠에 취해 계셨었다지요. 이승의 모든 시름을 떨치고 누운 평온한 모습이었다지요.

방에는 당신이 마련한 수의가 머리맡에 놓여 있었고, 당신이 신던 운동화도 베란다 양지에서 흰 꽃으로 피어있더랬지요. 노인 복지수당과 당신이 폐휴지를 모아 팔아 만든 적금통장은 손녀의 책상 위에 놓여 있었다지요. 도장과 함께 말이에요. 뒤에 안 일이지만, 당신은 등교하는 손녀에게 오늘은 집에 돌아올 때 선생님을 '꼭' 모시고 오라고 하셨다지요. 행여 당신이 잠든 모습을 딸아이가 보고 놀랄 것을 염려하신 거겠지요. 당신은 당신이 돌아가실 시간을 정확히 예견하셨던 거예요. 당신은 저승으로 가는 길에도 편히 가시지 못한 거지요. 시간을 맞춰야 했으니까요.

여보, 어제는 우울한 일이 하나 있었어요.
같은 방을 쓰는 동료가 딸아이를 면회하고 온 후 서럽게 울어댔지요. 무심결에 사탕을 입에 물고 접견실에 간 것이 화근이었지요. 딸아이는 사탕을 달라며 떼를 썼고, 그 동료는 아이를 위해 아무것도 해줄 수 없었던 거예요.

당신 아세요? 그 동료가 내게 뭐라고 말했는지를?
출감하면 초등학교 앞에 문방구를 차릴 거라고 하더군요. 딸아이와 함께 운동장에서 자전거도 타고, 사탕도 실컷 먹게 하고, 학습지도 이것저것 보게 할 거라고 했어요. 그 소리를 듣는 순간 나도 딸아이를 생각했지요. 출감하면 나는 딸아이를 위해 무엇을 해줄 것인가를 말이에요.
여보, 당신도 미리 생각했으면 해요. 우리가 우리의 딸을 위해 무엇을 할 것인가를 말이에요.
요즘은 이따금 딸 아이가 잘생긴 사내와 예식장에 들어서는 장면을 떠올리기도 해요. 그리고 당신과 내가 아이들의 큰 절도 받고, 하객에게 악수도 청하고, 또 그들로부터 축하 인사를 받는 장면 말이에요. 몽상도 무의식의 표출이라는데, 아마도 딸아이가 당신의 손을 잡고 이곳을 찾는 모습을 내가 매일 밤 상상해서 그런 것이겠죠?

당신, 아세요? 내가 당신에게 보낸 편지가 정확하게 천 한 통이라는 것을. 그리고 당신으로부터 그동안 한 통의 편지도 받지 못했다는 것을. 언제까지 당신에게 편지를 쓸 수 있을까요? 밖에서 쌓인 눈을 치우는 소리가 들려요. 그냥 눈들이 하얗게 남아 있는 것도 괜찮을 텐데 말이에요.

고향 집으로 가는 산길은 지루하고도 멀었다. 그랬다. 이웃집 아이가 몸이라도 아파서, 아니면 일 철에 누군가가 결석이라도 할라치면 나 홀로 걷는 십 리 길은 지루하고도 멀었다. 황소 같은 검은 바위가 절벽에 걸려있는 내칭이골에는 이무기와 호랑이가 산다고 했으나 한 번도 본 적은 없었다. 무엇보다도 백 년 묵은 검은 구렁이가 살아 있어, 비 오는 밤이면 밤새도록 울어댄다 했으니, 비 오는 하굣길에 그곳을 지나는 일이란 오금이 저리는 일이었다.

걷고 또 걸었던 그 길을 나는 지금 걸어가고 있다. 햇고사리를 숨긴 초록빛 산들이 구렁이와 이무기 그리고 호랑이의 소리를 내며 내칭이골로 몰려오는 중이었다.

는개가 멈추고 안개가 걷힌 신진항에서, 내가 발견한 것은 내칭이골을 돌아가던, 그리고 황토로 다진 마당에서 축축해진 속옷을 산바람으로 말리던 내 유년의 모습이었다. 등대 앞으로 떠오르는 붉은 햇살은 내 고향 비탈밭을 가득 채우고 있던 황토를 닮아 있었다. 그리고 그 너머에 걸려있던 노을을 담고 있었다. 산모퉁이를 돌고 돌다 지친 산골 소년의 모습을 고스란히 갈무리하고 있을 그 노을 속에는 지금도 늘 나를 반겨주던 어머니와 누렁이, 그리고 도란도란 가족들이 속삭이던 신문으로 도배한 토방이 놓여 있을 것이었다. 붉은 햇살 속에서 고향 집 노을과 비탈밭의 황토를 연상한다는 것도 드문 일이었다. 그 붉은 빛은 묘하게도 나를 고향으로 강하게 이끌었다. 그것이 삶에 대한 나의 새로운 의지였건, 아니면 죽음을 피하고 싶은 연약한 마음이었건 간에 나는 아침 일찍 편지를 부치고 신진항을 떠났다.

술에 시달린 창자를 국밥으로 다독인 뒤, 청주교도소에 도착한 것은 정오 무렵이었다. 신진항에서 청주까지는 두 시간 이십여 분 거리였지만, 내려앉는 눈꺼풀을 이기지 못해 휴게소에서 잠시 쉰다는 것이 두 시간이나 잠에 떨어졌던가 보았다.

그녀가 수감 된 지, 그리고 편지를 보내기 시작한 지 칠 년 만에 처음으로 가는 면회였다. 나는 참으로 편한 마음으로 그를 만날 수 있었다. 요란한 스피커의 안내방송을 따라 찾아 든 접견실에서 나는 아내의 얼굴을 볼 수 있었다. 예전보다 약간 나이가 든 듯한 모습을 제외하고는 음성이며 표정, 그리고 자태까지 거의 달라진 것이 없었다. 나는 그녀를 사복으로 갈아입히고 예전처럼 시장으로 동행하고 싶었다. 그러나 그것은 불가했다.

우리는 서로가 많은 이야기를 하려 하지 않았다. 그간의 정황을 말하지 않아도 알 일이었다. 우리가 머뭇거리며 나누었던 이야기들도 잘 생각나지 않는다. 어색하게 서 있던 내가 접견실을 나오기 전, 당신이 출소하면 시장엘 가보고 싶다는 이야기를 한 것은 뚜렷하게 기억하고 있다. 아내의 미소 짓는 표정에서 나는 그동안 어색했던 틈이 일순간에 메워지는 느낌을 받았다. 딸이 고등학교를 졸업할 때쯤이면 출소할 수 있으리라는 교도관의 말을 되새기다, 나는 정문에서 헌병의 인사에 화들짝 놀라기도 했다.

이제부터 할 일이 부쩍 많을 것 같았다. 우선 고향 집 어귀에 있는 어머니의 산소부터 들를 것이다. 그런 다음 온기 없는 토방에 누워, 유년의 가슴으로 작은 숨소리를 내며 아침 늦게까지 잠을 잘 것이다. 그리고 딸과 아들을 데리러 보육원에 들른 뒤 장모님 산소로 향할 것이다. 그곳에서 나는 어머니 산소에서 그랬던 것처럼 두 무릎을 꿇고, 지난날 이야기하지 못했던 모든 것을 말할 것이다.

 남들은 나이 서른이면 자기 말을 다 하고 산다는데, 나는 내가 하고 싶은 수많은 말을 그토록 가슴 속에 담고만 살았을까? 아마도 세상에는 나같이 답답한 사람들이 어딘가에서, 어렵사리 살고 있을 것이었다. 그리고 그 답답함은 오히려 당사자보다는 주변 사람에게 힘든 날들이 되게 할 것이었다.

 나는 내칭이골 산 중턱에 걸려있는 바위들을 바라보다 갑자기 구렁이의 긴 울음소리를 들었다. 유년 시절에 한 번도 듣지 못했던 흑구렁이의 울음소리였다. 그 소리가 길게 이어져 산그늘을 만들고 있었다. 그때, 내 몸에 갇혀 있던 언어들도 계곡을 향해 힘차게 쏟아져 내려갔다. 나는 화들짝 놀라 미친놈처럼 산모퉁이를 내달렸다. 어디선가 웃음소리가 들렸다. 처음 들어 보는 속이 뻥 뚫리는 큰 웃음이었다.

# 3

## 빈 터

# 빈 터

"다 눴니?"

"아니 마무리가 안 되는 것 같애!"

"마무리가 뭔데?"

"똥 눈 뒤 오줌이 나와야 마무리되는 거잖아!"

"미친놈!"

"근데 거기도 낙서 있니?"

"아니, 요즘은 낙서들 안 하나 봐?"

"너도 낙서한 적 있지?"

"소싯적 낙서 안 해 본 사람이 어디 있어!"

"소시? 근데 여기 무지 웃긴 낙서 있다?"

"뭔데?"

대답 대신 누군가 '쏴아'하고 변기 물 내리는 소리가 들린다.

"아!, 꾸린 내~. 어떤 새끼가 고기 처먹고 내갈긴 거야? 아이고, 니 코틴까지!"

늙은 남자가 볼멘소리로 공기를 더럽히며 밖으로 나간다.

"아이구! 살벌해서 이거 놓겄냐?"
"뭐라고 씌어 있는데?"
"밑을 조심하라고 씌어 있는데?"
"호호호, 조심해야지, 밑이 얼마나 중요한 건데?"
"뭔데?"
"몰라서 물어?"
"남자 화장실에는 안 어울리는 거잖아?"
"너는 어떻게 생리적으로만 문자를 해독하니?"
"잘난 체하고 있네! 너 일진회라고 알아?"
"알지!"
"며칠 전 백학중학교 여학생들이 명운초등학교에 다녀갔다더라."
"근데?"
"아이들에게 쌈박질시켜서 '쌈짱' 뽑고, 화장실에서 '얼굴짱' 뽑아 후 견인으로 찜하고 갔대!"
"찜 당하면 인생 종 치는 건가?"
"종 치는 것보다 신체 보수비가 많이 든다는 거지! 글구 게네들은 뺨 때리는 걸로 신고식하고 탈퇴하면 돌림빵이래!"
"히히히! 현대판 고릴라의 모임인가 보지?"
"글구 선배들에게 정기적으로 상납도 해야되구, 학교 쌈장끼리 맞짱 띄워 조직도 키운데!

글구 빠구리는 안 하겠어?"

"히히히! 빠구리? 이거 또 마무리 길게 가게 하네? 나도 들어가 성상납 한번 받아 볼까?"

"이제 밑을 조심하라는 말이 무슨 뜻인지 알겠지?"

"그렇게 해석하면 '밑'이라는 단어에 안 걸리는 게 없겠다!"

"'밑' 하니까 생각나는 게 있는데, 너, 스와핑이란거 들어봤지?"

"물론이지! 근데 자기 마누라가 딴 놈하고 붙고, 지 남편이 딴 년하고 지랄발광하는 걸 볼 수 있을까?"

"재밌으니까 인터넷 회원이 오천 명이 되고, 나체사진을 올린 유료 회원이 천 명이나 된다고 하잖아?"

"근데 정말 할까?"

"바보 같은 놈! 죽통 돌아갈 소리만 하네! 처음에는 다른 파트너들이 하는 걸 구경만 한다고 하잖아! 그러다 부부끼리 서로 흥분하고, 그러다 바꿔치기하면 그게 스와핑이지 뭐야?"

"근데 요즘은 스와핑이라고 않고 부부산악회나 중년의 사랑이라고 한다면서?"

"멋져! 하긴, 바람피우다 치구박구, 가정파탄 나고, 어리숙한 사람이라 조롱당하는 것보다야 백배 낫지!"

"아~ 야~ 조용히 해! 아~ 마무리된다!"

의리 없이 항문을 닫는 근섭의 행동에 호영은 순간적으로 201동 다세대 주택의 1, 2라인을 생각하고 있었다. 한 층에 다섯 가구씩 4층,

그러니까 그가 사는 빌라는 총 스무 가구가 이웃하며 사는 주택이다. 80년대 주택경기 활성화 정책으로 오밀조밀하게 산등성을 까고 지은 콘크리트 빌라촌은 개성은커녕 문패도 없이 빼곡하게 들어서 있다. 정부의 주차 공간 확보율 축소 덕에 골목마다 흠집투성이의 차량이 틈도 없이 꽁무니를 맞대고 있다. 그 길을 힘들게 살아가는 하루벌이들이 쉬지 않고 오르락내리락한다.

그랬다. 호영을 비롯한 월평동 다가구 주택단지 사람들은 자신이 별난 장소에 살고 있음을 무언으로 인정했다. 이곳은 가발에 의치를 한 젊은이들과 자식 자랑으로 하루해를 보내는 독거노인이 많았다. 그러나 그들의 행색은 그리 외로워 보이지 않았다, 밤늦게까지 불을 밝히며 산다는 공통점은 있었다. 원래 사람 냄새나고 살맛 나는 동네는 남녀노소, 계층을 불문하고 자연스럽게 성과 신분이 조화되어 군락을 이루는 법이다. 그런데 이곳은 노랑머리 젊은이와 독거노인이 주류를 이룬다. 간혹 보이는 중년층이란 세탁소 또는 간이음식점을 운영하는 몇몇 토박이들뿐이다.

201동 다가구 주택도 그랬다. 밤낮으로 두 시간쯤 일찍 또는 늦게 드나드는 일상으로 누가 사는지도 모르는 채 한 지붕 밑에서 살아가고 있다. 호영 또한 같은 층에 사는 다섯 가구의 구성원을 모두 알지 못한다. 다가구주택 사람들은 숙명처럼 외부세계와 금을 긋고, 보호망을 두세 개 치고 살고 있었다. 아니, 그 울타리는 그들이 아닌 외부 사람들이 쳐놓은 것인지도 모른다.

현숙은 지끈거리는 머리를 다독이며 냉장고 안을 뒤지고 있었다.

거실에는 플라스틱 술병과 먹다 남은 음식들로 가득했다. 그는 어제 생일을 맞아 울적한 기분으로 마셔댔던 술병 수를 생각하며 후회했다. 같이 일하는 언니들이 집에까지 찾아준 호의에 분위기를 띄운다는 것이 과음한 것이었다. 배도 부글부글했다. 아버지는 오랜만에 곤한 잠에 취했는지 거친 숨소리마저 들리지 않는다.

 현숙은 전문대를 졸업하고 일 년 동안 평범한 일상으로 살았다. 그렇다고 지금의 생활이 남다르다는 이야기는 아니다. 미모나 특별한 자격증이 없는 그를 구제해 줄 자선사업가가 없는 것은 당연했다. 몇 통의 이력서를 내고 지인들에게 전화도 걸어 보았지만, 온몸을 훑고 지나가는 추잡한 시선과 반 모음성 언사들이 지겨워 취업을 포기한 지 오래였다. 대기업은 서류전형에서 탈락했고, 중소기업에선 출중한 미모와 자격증을 요구했다. 그가 갈 수 있는 곳은 사장실과 사무실을 공용으로 쓰는 열 평 안팎의 공간들이었다. 그러나 현숙은 전화나 받고 커피나 타며 구질구질한 잡담으로 시간을 메우며 아까운 청춘을 보내기는 싫었다. 그는 취업을 완전히 포기한 후, 아버지의 과일가게에 있는 시간이 많아졌다. 동네 과일가게에서 번 돈으로 자신의 학비를 조달해 준 노년의 아버지가 안쓰럽다고 생각한 것도 그 무렵이다. 요즘은 아버지의 점심을 챙겨 가게에 나가는 것이 일상이 되고 있었다. 이런 그의 행동에 아버지는 흡족해하는 모습이었다. 그러나 천하에 못 할 일이 과일 장사였다. 천성을 거슬리며 시도 때도 없이 웃어야 하는 일이 장사였다. 노점상 단속에 비굴해져야 하고, 성깔 있는 아줌마에게 긴장해야 하고, 아이들에게는 존댓말을, 노인들에게는 공손함을, 임산부와 비만한 여자에게는 언어사용을 조심해야 했으며,

허약자에게는 건강 상식을 늘어놓는 그야말로 전문직이었다.

아버지의 가게는 아파트 정문 가까이에 있었다. 수년 동안 인근 슈퍼마켓 주인과 싸워 어렵게 얻은 노점상이었다. 하지만 이제는 인도 위에 트럭을 받쳐 놓고 야간 등까지 설치해 여느 가게 부럽지 않았다. 더욱이 마주하고 있던 슈퍼마켓이 24시간 편의점으로 바뀌면서 과일 가게와는 무관한 업종이 되었다. 연일 콧노래를 부르며 밤늦게 귀가하는 아버지의 모습과는 다르게 현숙은 장사가 지겨웠다. 아파트에 살며, 남는 것이 시간뿐인 여편네들은 어쩌다 가게에 오면 엉덩이를 아예 하늘에 박고 일어설 줄을 몰랐다. 그것은 수북이 싸 놓은 과일에서 때깔 좋은 것을 고르기 위한 기본자세였다. 그리고는 몇 분 후에 다시 와서는 맛이 없으니 바꿔 달라며 토라진 소리를 냈다. 늦게 귀가하는 취객들은 시집도 안 간 처녀 앞에서 시커먼 물건을 내놓고 아무 데나 오줌을 내갈겼다. 그래도 현숙은 배터리를 이용한 14인치 TV 앞에 눈을 붙이고 엉덩이를 뭉개며 인고의 시간을 보냈다. 그러던 차에 노래방 도우미로 전업하게 된 것은 아버지의 폐암 때문이었다. 아버지는 어깨뼈에 통증이 심하다며 집 근처 외과에 가서 방사선 촬영을 한 적이 있었다. 우연히 잡힌 혹을 보고 담당 의사는 대학병원에서 정밀검사를 받으라고 했다. 그 결과 폐암 진단을 받은 것이다. 입원과 방사선 촬영, 피검사, 조직검사를 거쳐 폐암 선고를 받기까지 이십여 일이 지나갔다. 정상인도 검사 과정에 스트레스를 받고 병이 깊어져 죽어 갈 판이었다. 그래도 원무과 직원이나 의사, 간호사 할 것 없이 환자를 제외한 모든 사람은 성은이 망극한 태평성대였다. 치료 방법으로는 약물치료와 방사선 치료 그리고 수술하는 방법이 있었다. 그중 아버지가 택할 수 있는 것은 방사선 치료뿐이었다. 우선은 칠순 노인의 체력이 고려되어야 했다. 그러기에 수술은 논의의 축에도 들지 못했다. 항암치료는 완치 가능성을 장담할 수 없었다. 더욱이 죽어서까지 품위를 유지하려는 아버지의 성품은 머리 빠진 자신의 시체를 용납하지 않았다. 그래서 결국 선택한 것이 방사선 치료였다. 담배도 피우지 않는 아버지의 폐에는 이미 세균들이 둥근 집을 두 개나 짓고 마당을 넓히고 있었다.

방사선과 진료실에서, 전문의가 치료할 부위를 수성펜으로 그려 놓는 작업이 선행되었다. 현숙은 집에서 아버지의 가슴부위를 보았을 때 섬뜩함을 느꼈다. 정육점에 걸려있는 돼지고기의 시퍼런 낙인이 연상되었기 때문이다. 죽어야 할 두 군데의 세포에 십자가가 교차점을 이루고 있었다. 방사선이 통과할 지점이었다. 현숙은 아버지의 미음을 준비했다. 살기 위해 먹는 음식이 죽어야 할 세포들을 위해 공급된다는 것이 우스웠다. 그리고 미래에 대한 막연한 두려움이 밀려왔다. 갑자기 셋방살이 인생이 지겹다며 클럽에서 만난 나이 든 한의사를 따라나선 엄마가 떠올랐다. 독한 여자였다.

방사선 치료는 7주가 걸리며 7백만 원의 치료비가 든다고 했다. 아버지는 암 선고 후 사망선고를 받은 사람처럼 힘을 잃어 갔다. 실제로 인턴 의사를 졸라 얻어낸 정보는 아버지가 10개월을 넘기기 힘들다는 것이었다. 통원 치료를 권고받고 병원에서 집으로 돌아온 날, 아버지는 소주를 마시며 때 묻은 통장 하나를 내놓았다. 집 나간 어머니가 돌아오면 넓은 방으로 옮기려는 한 사내의 순정이 담긴 통장이었다.

슬펐다. 북어포를 앞에 두고 현숙은 엉엉 울었다. 아버지의 속내를 처음으로 읽은 밤이었다. 바람조차 슬프게 부는 못된 밤이었다.

현숙은 과일가게를 동아리방 친구였던 호영과 근섭에게 맡겼다. 졸업 후에도 계속 연락을 취하는 그들에게 도움을 받는 것이 부담이 적었기 때문이다. 과일가게는 졸업한 동기생의 합자회사가 되어 갔다. 마땅한 일자리를 얻지 못한 동기들이 십시일반으로 돈을 모아 가게를 꾸려 나갔고, 수익금은 알아서 분배했다. 현숙은 낮에는 아버지를 간병하고, 저녁이면 노래방 도우미로 나섰다. 이미 아버지가 방사선 치료에 한계를 느끼고 거친 숨을 몰아쉴 때쯤이었다. 밤새 거친 호흡과 기침 소리가 방 벽을 타고 흘렀다.

노래방 일은 동네 친구인 명숙을 따라 몇 번 들락날락했던 것이 이제는 직업이 되어 버렸다. 노래방은 홀에 들어가 춤만 추고 술은 안 먹어도 된다는 명숙을 따라 몇 번 들어갔다. 그런대로 견딜만했다. 단란주점이나 룸살롱 같지 않게 분위기만 따라가도 욕은 먹지 않았다. 그러나 술과 노래라는 것이 어디 그렇던가? 노래방에 출입하는 작자들은 대개 일차에 고깃집이나 횟집에서 소주를 먹고 오는 것이 다반사였다. 그러기에 그들의 몸에서 나는 술과 고기 냄새가 심했다. 그건 참을 수 있었다. 그런데 갑자기 주둥이를 들이댈 때는 역겹지 않을 수 없었다. 또한 춤을 추는 것이 아니라, 바짝 독이 오른 고추를 들이대기도 했다. 한 시간이 지나면 아예 자기 첩처럼 대하는 통에 술을 먹지 않고는 그 시간을 견딜 수 없었다. 처음에는 타이즈도 입고, 팬티와 브래지어도 두툼한 것으로 입어 보았으나 소용이 없었다. 억

센 사내의 손길에 남아나는 것이 없었다. 청바지도 입어 보았으나 바지를 입고 가는 날에는 홀에서 퇴짜맞기 일쑤였다. 처녀성을 지키고 있다는 것이 오히려 부담스러웠다. 명숙은 마음에 맞는 파트너와 종종 외박도 하는 눈치였다. 옷 입는 스타일이나 애교로도 명숙이 훨씬 인기가 있었다. 오늘도 세 타임을 돌고 나니 종아리가 욱신욱신 쑤셔왔다. 접대한 남자만도 십여 명이나 되었다. 일을 마치고 둘은 업소 근처의 포장마차로 들어갔다. 새벽 세 시였다. 안에는 낯익은 얼굴이 주인에게 구겨진 혀를 돌리고 있었다.

"야~아! 생일 축하해!"

같은 업소에서 일하는 희수 언니가 손부터 내밀었다. 일명 '오리궁뎅이'로 통하는 그는 이미 소주를 여러 병 마신 뒤라 얼굴이 빨갰다. 손님들은 그를 장난스럽게 '오리궁뎅이'라 불렀지만, 그는 별로 이 별명을 좋아하지 않았다. 우선은 뒤로 엉덩이가 툭 튀어나와 손님들의 손길을 한 번쯤은 허용해야 했다. 더욱이 바람둥이들은 '오리궁뎅이'는 처음부터 파트너의 대상에서 제외했다. 분명 그것이 아래쪽에 붙어 있을 거라는 둥, 모양이 어때서 맛이 없다는 둥, 잘 모르는 놈들이 지레짐작으로 아는 체를 했다. 처음에는 희수 언니도 별 미친놈들을 다 보겠다고 생난리를 쳤다. 그러다 생리불순으로 들른 어느 산부인과 의사가 "남들보다 그것이 조금 아래에 있다"라는 말을 듣고 아예 체념한 모양이었다. 그 이후 나는 첫 대면 시, 손님들에게 엉덩이를 보이지 않으려고 벽면에 기대는 버릇이 생겼다. 그러나 사십 대 이상의 남자들은 파트너를 백팔십 도로 돌려 몸매를 확인한 후 도우미로 받아들였다. 남자들이 흉측한 짐승이라는 것을 안 이후로는 그 짓도 그만두게 되었다.

"야~ 근데 씨발~ 어느 미친 샤끼가 내 차를 긁어 먹었어?"
"무슨 소리야?"
"어느 쓰벌 놈이 내 차를 작살 냈잖니!"

축하의 말 후에 쏟아지는 희수 언니의 거친 문장에 주인은 놀라는 표정이었다. 어느 놈이 3년 동안 뼈빠지게 적금 부어 산 차에 흠집을 냈다는 것이었다. 나는 속으로 피식 웃고 말았다.

"명숙이 너 요즘 언니 빼고 제하고만 룸에 들어가더라?"
"언니는! 그럴 리가 있겠어? 이뿐 우리 언니를 내가 얼마나 좋아하는 줄 알지? 오늘은 일 얘기 그만하고 축하 자리, 생일 축하하는 자리!"

명숙이 너스레를 떨었다. 의처중이 있는 남편과 이혼했다는 희수 언니는 금방 현숙의 애교에 녹아들었다. 남자들은 하루에 1만 개의 단어가 뇌 속에서 생성된다지만, 여자들은 2만 5천 개의 단어가 생긴다고 한다. 그리고 남자들은 뇌가 터널 구조로 이루어졌지만, 여자들은 나선형 구조로 되어 있다고 한다. 그러기에 여자 셋이 모이면 세상을 이리저리 흔들다가 남자들을 갈기갈기 찢어놓는다. 그러다가 짐승으로 만든 남자들을 "그래도 없는 것보다는 낫지!"라며 제자리에 갖다 놓는 것이 여자이다. 술만 취하면 울고불고 난리를 치는 마담 언니, 고생한다며 저녁을 시켜주고 외박 나가자던 털보 영감, 양주 한 병 먹고 개가 되어 난동을 부리던 초딩 교사, 술 먹다 자신을 우습게

본다며 직장 상사를 두들겨 패고 엉엉 울던 신입사원, 만 원 한 장을 팁이라며 브래지어에 꽂아 주고 본전 뽑고 나간 문방구 사장까지 돌려가며 욕을 하고 나니 새벽 네 시였다.

"하이~ 샤끼들! 술 처먹으면 전화질해대는 것이 남자들의 특징인가 봐? 한 번 한 것도 정이라고… 그래도 여자 볼 줄은 아는 놈들이지!"

새벽녘에 걸려 온 전화에 희수 언니가 호들갑을 떨었다.

"오리궁뎅이도 좋다고 전화는 제일 많이 와!"
"현숙이 너 이년! 근데 그 팔찌 어디서 났어?"

새로운 것을 발견한 듯 외치는 희수 언니를 향해 명숙이 가볍게 몸을 꼬았다. 그의 손에는 정말 두 돈짜리 팔찌가 걸려있었다.

"새~끼가 쫌팽이야! 열 돈짜리 목걸이 사 달랬더니 겨우 두 돈짜리로 사 주잖아! 글구 한 번 더 하자는데 다음에 열 돈으로 바꿔주면 두 번 준다고 달래서 간신히 보냈지?"
"그게 누군데?"
"…"

현숙은 은근히 궁금했다. 주절거리는 문장의 미끄러짐을 비집고 호영의 횅한 눈이 스치고 지나갔다. 명숙이와 한 번만 자봤으면 소원이 없겠다던 그의 말이 팔찌에서 떨어져 내렸다. 현숙은 호영의 촌스러운 모습을 떠올리며 피식 웃고 말았다.

연립주택의 아래층에는 호영과 근섭이 살고 있었다. 전문대학 동기인 이들이 과일가게를 축으로 재결합한 뒤, 아예 연립주택의 아래위층에 터를 잡고 들어선 것이다. 이사 오던 첫날, "너희들이 위에서 싸는 걸 아래서 우리가 다 쳐다보고 있으니께, 네 년들은 우리 마누라와 진배없다"던 호영의 말이 생각나 웃음이 나왔다.

새벽을 훔집 내는 소슬한 바람이 탈색된 벽돌 사이를 부지런히 드나들고 있었다. 고양이의 거친 울음이 아버지의 가래소리를 부르는 시간이었다.

근섭은 길게 하품을 하며 큰 대자로 누웠다. 저녁 늦도록 과일가게를 보느라 잠을 제대로 못 잔 탓에 어깨가 뻐근했다. 아줌마가 객실 청소만 하면 오늘은 종일 눈을 붙일 수 있을 것이다. 열 살 이상 차이가 나는 그를 근섭은 큰누나라고 불렀다. 진입로 확장 공사로 오늘 하루는 쉰다는 안내문이 21번가 분기점에 걸려있었다. 몇 달 만에 누려보는 실로 달콤한 휴식이었다. 모텔 사장도 어제 클럽에서 만났다는 아줌마에게 연신 전화를 걸더니 외출하고 없었.

지금쯤 아줌마는 각 방을 돌며 후줄근하게 늘어져 있는 콘돔과 휴지를 주우며 우거지상을 하고 있을 것이었다. 근섭은 8층으로 된 러브호텔 위층에서 무수한 정액이 아래로 쏟아질 것 같은 느낌이 들었다. 여자들이 몸을 뒤채며 절정의 오르가슴에서 외치는 소리를 상상하며 근섭은 손을 아래로 가져갔다. 불끈 솟아오른 푸른색의 힘줄이 손아귀에 느껴졌다.

천성이 게으르다는 것을 누구보다 잘 알고 있는 그는 아르바이트도 처음부터 러브호텔을 선택했다. 지난해 폭설로, 딸기를 재배하던 하우스가 무너지는 바람에 시골집은 그야말로 쪽박 살림이 되고 말았다. 설상가상으로, 브루셀라균까지 축사로 밀려와 50여 마리의 젖소가 집단 폐사해 버렸다. 아버지에게 남은 것은 달랑 불알 두 쪽밖에 없었다. 그의 집을 중심으로 오십여 리를 허연 방역제로 도배한 뒤, 수의사와 방역원이 도살을 위해 들이닥쳤다. 그들은 원자력연구소에서나 볼 수 있는 흰 의상에 고무장갑을 끼고 중무장하고 있었다. 저녁 여덟 시쯤 되자 검은 산 그림자가 마을을 덮기 시작했다. 소가 도살되는 것을 보지 않기 위해 달아난 가족은 먼발치에서 한숨을 토했다. 포클레인에 들려 구덩이로 옮겨지는 소를 보며 근섭은 지그시 입술을 깨물었다. 야간 전조등에 얼핏 얼핏 드러나는 젖소 가죽이 서럽게 울었다. 어느 시인이 이를 보았다면 '처절한 아름다움'이라 노래했을 것이다. 소들은 십여 미터가량 파 놓은 밭에 매장되었다. 그러나 그것이 끝이 아니었다. 보건당국의 역학조사, 방역작업, 신문방송 기자들의 반복되는 인터뷰 요청 등 마을 사람들은 브루셀라균보다 더 시달렸다. 가혹한 시간이 흘렀다. 깊게 담배 연기를 삼키던 아버지의 우울한 모습을 본 다음 날, 근섭은 학생처에 휴학계를 제출했다. 그리고 찾아든 곳이 바로 러브호텔이었다. 그러나 이곳에서의 생활 또한 녹록지 않았다. 언제까지 이런 생활이 이어질지 모를 일이었다. 시내 모텔에서 일하는 두 달 동안, 근섭은 세 번이나 쫓겨났다. 한 번은 경찰의 임검 때 주인에게 알리지 않은 죄로, 두 번째는 인근 상가를 관리하는 조직폭력배의 똘마니에 밀려, 세 번째는 무인 숙박 시스템 도입에 의한 것이었다. 하나둘씩 무인기가 도입되고 이를 선호하는 고객들이 늘면서 숙박업계의 일자리도 줄어들었다. 그렇다고 주유소나 술집에서 돈을 벌고 싶은 생각은 없었다. 그는 나름대로 이곳에서 일하는 매력을 쏠쏠히 느끼고 있는 터였다.

"아~이 씨팔 년들! 드러워서 못 살것네! 집구석에서 서방꺼나 만지고 있지, 기어 나오기는 왜 기어 나와서 개지랄을 떨어!"

"누나! 무슨 일이래요?"

게슴츠레한 근섭의 시야에 들어 온 것은 파란색 카트였다. 수건과 치약, 칫솔, 휴지 등을 싣고 떠났던 카트는 밤새 몸살을 앓은 시트커버들로 덮여 있었다. 얼핏 선홍색의 핏자국이 눈에 들어왔다.

"히히~ 처녀 하나 또 나가버렸군!"

"미친놈, 지랄하고 자빠졌네! 이게 처녀 터진 물이냐? 그러니 애인 하나 없이 베개나 적시고 있지! 이 빙신아! 멘스 하는 년이 지랄 미쳤다구 밖에 나와 주접을 떨어? 사내놈도 개놈이지, 붉은 피를 빤히 보면서도 쑤셔대구 지랄이야! 구멍을 파도 제대로 파야지, 지랄 염병하다 처 죽을 놈 같으니라구!"

지랄병이 도져 또 발광하는 아줌마의 입심에 근섭은 다시 널브러졌다. 남편은 1톤 트럭에 바비큐 도구와 동동주를 싣고 전국 행사장을 떠돌았다고 했다. 어디서 만났는지 열 살 아래의 예쁘장한 계집을 꼬드겨 부부처럼 살았다고도 했다. 그러던 남편은 그 여자가 세 번째 도망을 가자, 이를 세상에 알리겠다며 밤새도록 술을 먹고 다음 날 죽었다고 했다. 2년 전에 농약을 먹고 죽었다고 했다. 남편의 굳어진

시체를 옆에 두고 그는 남편의 성기를 밤새도록 쓰다듬었다고 했다. 그리고 찾은 직업이 모텔 청소부인데, 이 짓도 더러워서 못 하겠다는 말을 숨 쉬듯이 했다. 그게 다섯 달이 지났다.

카트에 담겨 있던 물건들을 다 처리한 뒤, 아줌마는 방으로 쓰윽 들어왔다. 그리고 늘 그랬듯이 청소를 하며 있었던 일들을 일사천리로 늘어놓기 시작한다.

"707호실 있지? 정력이 무지허게 센 놈이 어제 들어왔었나 봐!"
"아이구 누님도! 아침부터 왠 정력 타령이야, 정력 타령이?"
"얘좀 봐!. 콘돔을 세 개나 썼더라니까? 그것두 전부 욕실에 버렸더라니까!"
"크~윽! 누님! 이제 좀 그만하자!"

근섭은 부러운 듯 호들갑을 떨고 있는 아줌마의 행동에 웃음이 나왔다. 오늘은 언젠가 들은 콘돔에 대한 강의가 시작될 모양이었다. 아줌마는 객실에 들어가서 제일 먼저 콘돔의 위치를 찾는 버릇이 생겼다고 한다. 손님들은 성 행위를 하고 난 후 쑥스러운지 아무 데나 콘돔을 쑤셔 넣기 일쑤이다. 그래서 손님이나 가끔 객실을 둘러보는 지배인에게 숨겨진 콘돔이 발견되는 날에는 아줌마의 일당을 까이곤 했다.

그녀의 말에 의하면, 아베크족이 콘돔을 처리하는 데는 세 가지 부류가 있다고 했다. 가장 많은 유형은 방에 비치된 휴지통에 버리는 것이다. 이러한 족속은 다시 누나에 의해 세 부류로 구분된다. 남자에게 조루증이 있거나, 정력이 헐한 중장년층이거나, 총각이거나 셋 중의 하나라는 것이다. 여자가 오르가슴에 도달하기 전에 배에서 내려온 남자들은 헐렁해진 콘돔을 휴지통에 집어넣고 욕실로 간다는 것이다. 이런 남자들은 정력이 약할 뿐만 아니라 콘돔을 사용하지 않으면 삼 분을 못 견디는 유형이기에 모텔을 두 번 이상 다녀간 적이 없다는 것이었다. 나는 군대에서 선임병과 나온 첫 외박에서 콘돔을 휴지통에 넣었던 기억이 떠올라 얼굴을 붉혔다. 두 번째 유형은 아무 데나 집어 던지는 유형이다. 이런 경우는 남자보다 여자에게 문제가 있는 경우라는 것이다. 여자가 남자의 욕구를 만족시키지 못했을 경우가 다반사인데, 그 욕구 불만이란 처녀의 유무, 질의 크기, 여자의 호응 부족, 오디오 미작동 등등이라는 것이다.

아줌마는 욕실에 비치된 휴지통이나 변기통에 버리는 남자들이 최고라고 했다. 여자를 최대한 행복하게 해주고 욕실까지 와서 콘돔을 벗겨내는 여유를 가진 만큼 가장 신사다운 손님이라는 것이다. 그래서 이런 남자 손님들은 꾸준하게 여자 관리를 해 이곳을 자주 찾는다는 것이었다. 그녀가 역마살 끼인 신랑을 끝내 버리지 못한 것도 남편이 세 번째 유형이었기 때문이라며 깔깔거렸다. 그의 학설은 나름대로 관찰과 확인을 거친 것이어서 박사학위 자료로도 활용될 수 있어 보였다. 프로이드도 그의 학설을 개진시킨 아줌마를 위해 기꺼이 옷을 벗을 수 있을 만큼 가치 있어 보였다.

긴 한숨을 내뿜던 아줌마가 몸살 기운이 있다며 이불 속으로 기어들었다. 살점이 뭉클하게 전해왔다. 머릿결에서 나는 샴푸 냄새가 사십 대의 나이를 울 밖으로 집어 던졌다. 근섭은 그녀의 손이 바지를 더듬어 오는 순간 바르르 몸을 떨었다. 가발과 의치와 위선에서 탈구

하는 몸의 반응이었다. '성 의식의 단초란 항상 떨림에서 시작하여 떨림으로 끝난다'고 어느 강의에서 들은 듯도 했다. 이미 그의 정충은 충분히 숙성되어 있었다. 굶주린 공기가 충돌하는 순간 근섭은 가장 격렬하게 전신을 뒤틀었다. 벌거벗은 명숙이와 브래지어만 걸친 현숙도 한꺼번에 달려들었다. 그러자 어릴 적 보았던 사마산의 날 선 협곡에서 백마의 포효하는 소리가 들렸다. 아줌마의 엉덩이가 또 한 번 솟구쳤다. 그러자 이번에는 죽은 소, 노래방에서 낄낄대는 현숙과 명숙, 젊은 나이에 염장이가 된 호영, 가래 끓는 소리를 연발하는 노인이 뒤엉켰다.

　호영은 천거정침(遷居正寢)을 끝냈다. 그런 후 천천히 시신의 눈을 쓸어주고, 턱을 고여 입을 닫은 후 전신을 조심스럽게 주무르며 정렬해 나갔다. 시신은 서른여섯 살 여성이었다. 친정집 안방에서 나일론 줄을 못에 묶어 목매 자살한 여인이었다. 벽에 박힌 십여 센티의 못이 인간의 목숨을 끊는 도구로 이용될 수 있다는 것이 신기했다. 호영은 수족 거두기를 끝낸 뒤 시신을 시상판 위에 눕혔다. 목에는 살집을 파고들던 나일론 줄 자국이 선명하게 드러나 있었다. 시퍼렇게 얼룩져있는 목울대 주변과 얼굴을 힘주어 쓸어내렸다.
　호영도 이제는 전문 염습사가 되어 있었다. 뇌졸중으로 아버지를 일찍이 떠나보낸 어머니도 호영이 장례지도과를 선택하고 싶다는 말에 굳이 반대하지는 않았다. 화장실에서 뇌졸중으로 죽은 아버지를 부여에 있는 선산으로 모시기까지 온 가족이 무진장 애를 먹었던 기억이 있었기 때문이다. 성당 사람들의 도움으로 장례를 치른 뒤, 어머니는 열렬한 천주교 신도가 되었다. 어차피 일류대학에 들어가지 못할 바에는 취업이 잘 되고 돈도 벌 수 있는 학과를 택해야 했다. 더욱이 전국에서 최초로 개설된 장례지도과를 나와 망자와 산자를 위해 일하는 것도 괜찮을 듯싶었다. 직장 상사의 눈치나 보고, 업무에 스트레스를 받아 황천길로 일찍 떠나는 것보다 뱃속 편할 듯싶었기 때문이다. 그리고 장례지도사에 대한 사회 인식이 점점 좋아질 거라는 확신이 있었다.

호영은 망자의 친정엄마가 건네준 고인의 상의를 허공에 저으며 '복! 복! 복!'하고 세 번을 외쳤다. 그런 후, 지붕 위로 집어 던졌다. 망자의 영혼이 두어 번 허공에서 뒤집히다 이내 자리를 잡았다. 어릴 적 이빨을 뽑아 올려놓았던 그곳에서, 영혼은 다시 유년의 기억을 주워 담기 시작할 것이다. 상가에 모여든 이웃 아낙네들에게 저승사자를 위해 밥과 나물, 짚신 그리고 동전을 대문 앞에 차려 놓으라 전하고 호영은 바깥마당으로 나왔다. 벌써 동리 주민들이 제기를 들여오며 사인을 이야기하느라 분주했다.

졸업 후 호영은 한동안 상포사 주인을 따라다니며 염습하는 것을 거들었다. 돈벌이는 꽤 괜찮은 편이었다. 그러나 사람이 많이 죽을수록 수입이 오르는 직업을 가지고 있다는 것이 남에게 당당한 직업이 될 수는 없었다. 현숙 또한 호영이 자기를 좋아하고 있음을 알고 있지만, 그의 직업을 꺼리는 듯했다. 호영이 직업을 바꾸면 시집을 가겠노라는 말까지 했다. 옆에 있던 근섭까지 시신을 만지고 온 저녁이면 꿈자리가 뒤숭숭하다느니, 호영의 안구가 풀려 노랗게 변색하고 있다느니 하며 지청구를 주었다. 그러나 2박 3일 동안 5십만 원의 수입을 올릴 수 있는 직업은 이것밖에 없는 듯했다. 또한 염습하는 것이 힘든 일도 아니었으며, 염습사에 대한 상가의 예우도 극진한 편이어서 호영에게는 결코 버릴 수 없는 직업이었다. 그동안 8백만 원의 시골집 빚도 갚았다. 어머니도 청소부 일을 그만두고 성당에 매일 나가고 있었다. 보란 듯이 헌금을 낼 수 있기 때문이라고 했다. 그리고 신도 중에 누가 죽었다는 소식을 들을라치면 이내 그에게 전화를 주는 홍보담당자 역할도 하고 있었다. 그러고 보니 졸업 후 호영의 손을 거쳐 간 시신이 백여 구에 가까웠다. 뼈가 채 자라기도 전에 죽은 갓난아이로부터 오늘처럼 자살한 사람, 각종 사고, 질병으로 사망한 사람에 이르기까지 실로 황천길로 가는 사연도 다양했다. 그중 호영이 가장 꺼리는 염습은 처녀였다. 피어보지도 못한 젖 몽우리를 알코올로 씻어 낼 때나 음습한 부위를 쓸어내릴 때면 무언가 찜찜했다. 그런 날 밤이면 호영도 술을 마시지 않을 수 없었다. 또한, 꿈에 시신이 나타나 죽은 사연을 들어 달라는 통에 벼랑 끝으로 내몰리기 일쑤였다. 발이 땅에 붙어 도망가지 못하고 버둥대다 일어난 적이 한두 번이 아니었다.

　다른 날 같으면, 염습 후 과일가게에 들러 망자의 모습을 수다로 털어낼 것이었지만, 오늘은 상가에서 머물 수밖에 없었다. 악상이어서 집안에서는 출상을 빨리하기를 원했다. 그래서 지관을 급히 불렀고, 내일 열 한 시에 입관하기로 결정되었기 때문이었다. 자정을 넘기면 바로 소렴과 대렴을 마치고 성복제를 올려야 그의 역할이 끝난다. 일가 친족이 얼마 되지 않아 발인제까지는 있어 줘야 할 형국이어서 그는 체력을 비축해 둘 심산이었다.

상포사에서 챙겨 준 수의가 자시 경에 도착했다. 왕비가 입었다던 비단 수의였다. 예전에는 수의로 모시를 주로 택했으나, 근래에는 궁중 의복이었던 구장복이나 당의를 개량한 수의를 택하는 것이 유행이었다. 호영은 우선 맥주잔에 소주를 가득 붓고 양파 한 접시를 주문했다. 그리고는 숨도 안 쉬고 소주를 들이마신 후 양파를 씹어 삼켰다. 후각을 마비시켜 송장 냄새에 둔감해지려는 그 나름의 비법이었다.

호영은 가족들을 안방으로 불러 모았다. 흐느낌이 새어 나왔다. 특히 딸의 이름을 부르며 통곡하는 친정엄마의 울음이 슬프게 들렸다. 염습 시에는 울지 않는 것이 예의임을 주지시키는 데 오 분의 시간이 걸렸다. 염습은 마을 노인이 거들고 나섰다. 호영은 칠성판 위에 망자를 눕혔다. 중학교에 다니는 망자의 큰아들에게 시신의 머리를 잡도록 한 후, 침착하게 수의를 입혀 나갔다. 손을 싸매고, 솜으로 귀를 막고, 창백한 입술 사이로 멥쌀을 밀어 넣었다. 그런 후, 마지막으로 보는 망자의 얼굴이 될 것이라며 상주들에게 얼굴을 보여 주었다. 시선을 돌리는 그의 아들이 눈에 들어왔다. 호영은 살포시 망자의 얼굴을 싸맸다. 누군가가 오열했다. 호영은 시신을 일곱 매끼로 동여맨 뒤 노인과 함께 소렴금을 덮었다.

관이 들어왔다. 한국인의 평균 수명보다 30년이나 일찍 방에 들어온 목관이었다. 관 바닥에 베 대신 비단을 깔고 베개를 놓았다. 아들에게 망자의 등을 떠받들게 했다. 아들에게는 가혹한 시련이었다. 상주들의 울음소리가 다시 커지기 시작했고 얼마 가지 않아 웅성거리는 소리가 들렸다. 남편이 문상을 왔다는 것이었다. 방바닥에 주저앉아 거의 실신 지경에 이르렀던 망자의 친정어머니가 고무줄처럼 튕겨

올랐다. 그리고는 주먹을 불끈 쥐고 밖으로 달려 나가고 있었다. 호영은 잠시 하던 일을 멈췄다. 남편에게 시신을 보여 줄 것인지를 결정하지 못했기 때문이었다. 그러나 그리 시간이 오래 가지 않았다. 내 딸을 살려내라는 소리가 슬픈 진양조로 이어졌다. 호영은 시신 위에 천금을 덮고 못을 쳤다. 대뜨리도 없는 밤을 지새워야 하는 영혼을 위해 조심스럽게 뚜껑을 봉했다. 죽어서도 남편을 외면하는 시신을 안치하는 동안, 밖에서는 성복제 준비를 서두르고 있었다.

남편은 아내에게 절도 못 올리고 돌아갔노라 했다. 중학교 때부터 원두막에서 연애질을 했던 바람둥이 사위였다. 그 버릇을 못 버려 계집년 궁둥이만 쫓다가 찾아든 십 년만의 처가 방문이었다. 호영은 근섭이 말한 모텔 청소부 아줌마의 죽은 남편이 주소를 잘못 찾아 이곳에 들렀나 싶었다. 시신을 사위에게 홀로 보게 했다면, 그도 아줌마처럼 망자의 음습한 곳을 쓰다듬으며 아쉬워했을까?

촌로는 '어찌 그리도 젊은 사람이 찬찬하게 일을 잘하느냐'며 입이 닳도록 칭찬을 했다. 술에 취한 호영은 머리를 두 번 긁고 새벽하늘을 올려보았다. 망자와 그의 남편, 상주들, 그리고 현숙과 명숙, 근섭이 별이 되어 그를 내려보고 있었다. 호영은 망자를 위해 선소리꾼이 되어 나직이 읊조렸다.

가네 가네 나는 가네
에헤 에헤에에 너화 넘자 너화 너

살던 살림 헌신같이 벗어버리고

에헤 에헤에에 너화 넘자 너화 너

대궐 같은 집을 빈집 같이 비워 놓고
에헤 에헤에에 너화 넘자 너화 너
친정 엄마 남겨 두고 먼저 가네 나는 가네
에헤 에헤에에 너화 넘자 너화 너

극락세계로 내가 가네.
에헤 에헤에에 너화 넘자 너화 너

현숙 아버지의 빈소는 썰렁하기 그지없었다. 빈소에는 병원에서 마련해 준 조화 두 다발이 영정의 양옆에서 피어나고 있었다. 호영은 다른 사람의 이목을 생각하여 3단짜리 화환을 주문해 빈소 입구에 세워 놓았다. 한쪽에 조의 문구를 쓰는 일은 쉬웠지만, 남은 한쪽이 문제였다. 고민 끝에 그는 '애국독립지사협의회'라 적어 달라고 주문했다. 만주에서 독립운동을 한 자손들이나 당사자들이 대개는 사회로부터 소외되어 살고 있음에 착안한 것이었다. 이렇게 써 놓으면 조문객이 적은 것도, 조화가 많지 않은 것도 문제 되지 않으리라는 생각에서였다. 늦게 달려 온 명숙이 눈을 흘기고, 근섭이 미친놈이라며 흥분했지만, 호영은 자신의 머리 씀에 나름대로 만족하고 있었다. 현숙은 여전히 쓸쓸한 표정으로 쓴웃음만 지어 보였다. 아직도 취기가 남아 있는 듯했다.

현숙이 호영에게 전화를 한 것은 상가에 다녀온 바로 다음 날 오후

세 시경이었다. 노래방에서 새벽에 돌아와 그는 냉수를 마신 후 이불 속으로 들어갔다. 그리고 잠에서 깬 것이 오전 열한 시 반쯤이었다. 머리를 감고 정신을 차린 후에야 아버지 생각이 났다. 현숙이 방문을 열었을 때, 아버지의 숨은 이미 멎어 있었다. 체온이 채 가시지 않은 것으로 보아 운명한 지 얼마 안 된 듯싶었다. 어제부터 목에서 가래 끓는 소리가 심하게 나더니만 그것이 죽음의 전조였다는 것을 이제야 알 수 있었다. 주삿바늘에 멍이 든 혈관이 검은빛을 띤 채 이불 밖으로 나와 있었다. 현숙은 멍하니 아버지의 굳은 얼굴을 쳐다보았다. 가난이 싫다면서 지게를 팽개치고 도시로 올라온 그였다. 공사판에서 만난 어머니와의 결혼생활, 바람이 나서 초등학교에 입학한 딸과 남편을 버리고 떠난 어머니를 원망하지 않고 딸을 양육해 온 착한 노인이 방에 누워있었다. 그는 평소 자신이 버렸던 고향 땅에 묻히고 싶다고 말하곤 했다. 아버지의 유언을 따르기 위해서는 장례 절차가 필요했다. 현숙은 인근 대학병원으로 시신을 안치한 후 호영과 근섭, 그리고 명숙에게 차례로 전화를 걸었다. 희수 언니가 제일 먼저 달려와 현숙보다 더 애절하게 울고 갔다. 아버지의 몇몇 지인과 노래방 마담 언니가 다녀간 것이 조문객의 전부였다.

시신은 당신이 묻히고 싶었던 선산이 아닌 인근의 시립묘지로 옮겨졌다. 십여 년 동안 문중에서 지내는 시사에도 참석하지 않은 사람을 받아들일 수 없다는 원로회의 결정 때문이었다. 그들이 운구차에 시신을 싣고 묘지에 도착했을 때 네 명의 인부가 대기하고 있었다. 호영과 안면이 있는 인부들이었다. 모두 육십을 넘긴 나이들이었지만 눈이 노란 것을 제외하곤 보통 사람과 별반 다를 바 없었다. 시신을 매장하고 제를 올리는 데는 그리 오래 가지 않았다. 현숙의 오열을 땅에 묻고 일행은 집기를 챙겨 호영의 화물차에 올랐다. 산자락에는 벌써 망자의 슬픈 넋이 푸른색으로 번지고 있었다.

명숙의 휴대폰이 울렸다. 마담 언니의 목소리가 옆 사람에게까지 들렸다. 오늘은 출근하지 말고 쉬라는 보기 드문 다정한 음성이었다. 산모퉁이를 돌 때 호영의 핸드폰이 또 울렸다. 성당에서 걸려온 전화였다. 그의 어머니의 흥분된 목소리가 차내에 울려 퍼졌다. 또 초상이 났다는 거였다. 호영은 현숙의 눈치를 한 번 보고는 낮은 소리로 바로 가겠다고 전했다. 아마도 조금 있으면 근섭에게도 전화가 걸려 올 것이다. 그리고 당장 내일은 아니더라도 현숙과 명숙 또한 노래방으로 돈을 벌러 나갈 것이었다. 호영은 염을 하고, 근섭은 모텔로 가서 차량번호판을 가려주고 콘돔을 달라는 손님을 위해 계단을 뛰어 올라갈 것이다. 그러다가 다가구 주택으로 들어가 곯아떨어져 있다가 내일의 일상을 맞이하게 될 것이다.

현숙은 그들만이 즐길 수 있는 삶터가 없는 듯했다. 언덕에서 부는 바람만이 늘 그의 주변을 맴돌았다. 그들 또한 바람이었다. 그 바람 속에 호영과 근섭 그리고 희진 언니와 마담 언니도 지친 듯이 서 있었다.

차는 어느덧 다가구 주택의 입구에 들어서고 있었다. 그러나 그곳은 고요했다. 푸서리 모퉁이에 깃들어 살던 새들조차 보이지 않았다. 시든 노인과 버려진 젊은 영혼 몇몇이 비탈에서 서성이고 있었다. 메마른 바람이 언덕을 타고 올라와 근섭과 호영, 명숙의 마른 가슴을 훑고 지나갔다. 그때 맞은편 오피스텔 유리창에 역광이 번쩍하고 빛났다. 그러자 멈추었던 차들이 신호를 받아 일제히 움직이기 시작했다.

# 4

시인이 꿈꾸는 나라

## 시인이 꿈꾸는 나라

공원 입구부터 숨이 턱턱 막힌다. 참나무를 실은 달구지가 오르내리고 왁자지껄한 인부들의 소리로 가득할 산이 승용차만 빼곡하다. 이곳은 천민들이 모여 숯을 굽던 곳으로, 예전에는 탄소라는 곳이었다. 탄방동(炭坊洞)이라는 지명은 옛날 이곳에 참나무 숲이 있었고, 그 나무를 베어 숯을 굽던 숯방이 있던 곳으로 마을 이름이 숯방이, 숯뱅이로 불렸다고 한다. '숯 굽는 마을'이라는 뜻의 우리말을 한자로 표기한 것이 바로 탄방동이다. 그러나 지금은 공원으로 조성되어 단풍나무, 은행나무 등이 식재되어 참나무 숲이라고는 느껴지지 않는다.

나는 지금 김 시인을 만나러 가는 길이다. 그는 인근 아파트에 살면서 시상이 흐려지거나 사는 게 녹록지 않을 때 마음을 다잡기 위해 이곳을 찾는다고 했다. 등산로 정상에 남선정이라는 정자가 있는데, 그곳에 가면 김 시인을 만날 수 있을 것이다. 정확히 말하면 남선정 입구에 앉아 안경을 끼고 종이와 펜을 들고 있는 사람이 김 시인이라 생각하면 된다. 그는 지금 자작시가 적힌 합죽선으로 더위를 식히고 있거나, 뭐라도 한 줄 건져볼 요량으로 볼펜을 굴리고 있을 터였다.

계단을 따라 올라가자 명학소 민중봉기 기념탑이 있다. 고려 무신정권 때 위정자의 수탈과 억압에 항거하여 망이, 망소이를 중심으로 민중이 봉기를 일으킨 이곳에 그들의 정신을 기리고자 세운 탑이다. 무장한 지휘관과 죽창을 든 동상이 탑을 지키고 서 있다. 민중인 듯하다. 그들의 결기에 나는 이곳을 지날 때마다 절로 몸이 오그라든다.

명학소(鳴鶴所)라는 지명도 참, 한 서린 단어이다. 가난하고 무식한 사람들이 하도 어렵게 살아 학이 대신 울어줬다고 하여 붙여진 이름이다. 울 힘도 없이 하루하루를 버겁게 살아간 천민들이었다. 일반 행정구역인 주. 군. 현과 달리 향(鄕), 소(所), 부곡(部曲)은 특수행정구역으로 천연자원을 공급하거나 특수한 수공업 공물 생산 지역이었다. 소의 주민들은 특산물 제조에 노동력을 제공하고 생업인 농사도 짓는 이중고에 시달려야 했다. 더욱이 특수행정구역에 사는 천민들은 특산물로 세금을 대신했으나 이후, 세금도 내야 하는 무신정권의 수탈에 시달렸다. 이에 망이 망소이 등이 무리를 불러 모아 산행병마사(山行兵馬使)라 자칭하며 공주, 예산, 충주를 공격하여 함락시켰다. 비록 봉기에 실패했다고는 하나 무신정권의 학정에 저항하는 농민의 의지를 피력하고 이후 민중항쟁에 영향을 주었다는 점에 의의가 있었다. 김 시인이 이곳을 찾는 주된 이유는 바로 민중의 결기를 느낄 수 있기 때문이라고 했다. 만적의 난은 시작도 하기 전에 제압되었지만, 망이, 망소이의 항전은 무신 정권에게 경종을 울리는 신나는 한 판이었다는 것이다.

탑을 지나 비탈길을 오르자 남선정이 눈에 들어왔다. 어김없이 김 시인이 앉아 있고 그의 손에는 합죽선이 들려 있다. 그는 나를 무척 기다렸는지 먼발치서부터 손을 흔들어 반긴다. 그는 하도 더워 양말을 벗고 있었노라며 짧은 시 몇 편을 보여준다. 단시 예찬론자인 그는 내가 '쓰다만 시' 같다며 좀 길게 쓰기를 권해도 고칠 기미가 없다. 나는 손을 절레절레 흔들며 한결 그늘져 보이는 남선정을 손으로 가리켰다.

정자에 오르자 대전의 젖줄인 유등천과 갑천, 대전천이 눈에 들어왔다. 그리고 정자 아래 절벽에는 나무 등줄기를 타고 올라온 가시박이 생태계를 교란하고 있었다.

"저, 가시박이 좀 보십시오! 참나무 상수리나무로 빼곡해야 할 산이 저렇게 외래종에 의해 잠식당하고 있습니다!"

"아, 저게 가시박이군요!"

가시박을 몰랐느냐는 표정으로 나를 바라보던 김 시인은 덩굴 숲을 손으로 가리키며 말을 이었다.

"가시박도 이곳에 오고 싶어 왔겠습니까? 저놈들의 고향이 북아메리카 아닙니까? 그러나 어쩝니까? 여기까지 온 사연이야 구구절절하겠지만 살아남으려면 뿌리를 깊게 내려 맹렬하게 번식해야겠지요. 제초제로도 잘 죽지 않는 놈입니다. 바람, 사람, 짐승 가릴 것 없이 씨앗이 악착같이 달라붙어 영역을 넓혀가지요. 그 생명력은 민중들 못지않습니다."

"아하! 그렇군요!"

"저기 우측에 보이는 선화동에 내 옛집이 있습니다. 친구들과 대전천에 나가면 백로들이 날아와 장관을 이뤘지요. 그 백로들의 서식지가 바로 이 산입니다. 하천에 인접해 있고 참나무와 상수리나무가 많아 서식하기 좋은 환경이었지요. 그때는 백로가 날아 온 마을은 부자가 된다는 말이 있어 이곳을 성스럽게 여기기까지 했습니다."

"그렇군요! 요즘도 하천에 나가보면 서너 마리의 백로를 볼 수는 있습니다. 배설물로 나무가 고사하고 이를 베어내자 백로들이 서식지를 옮겼군요?"

"백로 배설물에 요산 성분이 있어 나무 생장에 영향을 주긴 하지만, 나무들이 갑자기 죽지는 않거든요. 죽는 것도 수십 년에 걸쳐 서서히 진행되는데 죽기 전에 나무를 베고 백로를 쫓는 것은 정작 사람이죠!"

김 시인의 얼굴에 '인간이 나쁜 놈'이라고 씌어 있었다.

"그런데 왜 백로들은 마을 근처에만 살려고 할까요? 깊은 숲으로 들어가지 않고…"

"아하! 그건 백로들이 인간 근처에 살면 포식자로부터 안전하다고 생각하는 거겠지요. 백로는 하천과 산림을 연결하는 건강한 생태원입니다. 그런데 사람들은 그들과의 공존을 모색하지 않고 몰아만 내려고 하지요. 그러니 백로들은 서식지를 옮겨 다닐 수밖에 없습니다!"

김 시인의 말을 듣다 보면 인간이 백로의 서식지를 침범했는지, 백로가 인간을 괴롭히는 존재인지 아리송했다.

대전역 맞은편에 자리한 한약거리는 여전했다. 상점은 거의 문을 닫았는데도 골목에는 한약 냄새로 가득했다. 이곳은 서울 경동시장과 대구 약령시장과 함께 전국 3대 한약 시장으로 주목받던 장소였다. 6.25 전쟁 후 대전역은 철도를 이용해 금산 인삼을 사러 온 약재상의 나들목이 되었고, 여기에 인근 약초꾼들이 모여들어 약전골목이 되었다고 한다. 약재상 옆에는 탕제원과 약 방앗간이 들어서 대전 경제의 한 축으로 자리를 잡았다. 그러나 의학의 발달과 다양한 건강보조식품의 개발로 약전 거리를 찾는 사람들이 점점 줄고 있다. 게다가 한의약 종사자들도 세대교체가 안돼 옛 명성을 되찾기는 어려워 보인다.

나는 이곳에 올 때마다 두리번거리며 찾는 장소가 있다. 바로 잔술을 팔던 포장마차다. 약전골목을 지나면 바로 인쇄골목으로 이어진다. 그 골목 어귀에 허름한 포장마차가 있었다. 의자가 없어 막걸리나 소주를 서서 마시고, 단무지나 멸치로 안주를 하던 곳이었다. 이곳을 찾던 사람은 다양했다. 인근 상가 종사자는 물론 약재나 인쇄 관련 행인들에게 입소문이 나 찾는 이가 많았다. 심지어 역전 주변을 맴도는 거지들까지도 이곳에 들러 시름을 풀었다. 그러나 많은 사람이 내 곁을 떠났듯, 이제는 그 포장마차도 흔적 없이 사라지고 없다. 다만, 내가 여기에 서 있을 뿐이었다.

인쇄거리 역시 한약거리처럼 특화 거리로 지정되었지만, 예전과 비교하면 어림도 없다. 인건비와 기자재 및 월세 인상으로 소규모 자영업자가 대부분인 이곳 역시 고령화 되고 있다. 지자체에서는 인쇄빌딩을 세우는 안도 거론되었지만, 영세업자들의 반대로 이도 녹록지 않다. 바야흐로 세대와 문화의 전환기에 오는 문제가 표면화되고 있는 현장이다. 그럴싸한 출판사와 인쇄소, 그리고 명패와 휘장을 제작하는 상점을 둘러보면 어느 곳 하나 나와 인연을 맺지 않은 곳이 없다. 어찌 보면 나도 반평생을 글과 인쇄의 영역에서 살아왔음을 확인하는 장소이다. 근래에는 출판기념회에 가는 횟수가 잦아진다. 그만큼 나이를 먹고 아는 문인들이 늘어났다. 출판기념회래야 삼겹살이나 탕수육을 앞에 놓고 점잔을 빼다가, 술잔이 돌다 보면 음담패설이 나오고 왁자지껄해지는 것이 다반사다. 의지는 강하되 몸이 약한 문인들은 객기를 부리기 일쑤고 막판에는 드잡이도 한다. 그래서 나는 막역한 사이가 아니고는 출판 행사에 가는 것을 탐탁지 않게 생각한다.

　태화장 골목은 수십 년 전과 별반 달라진 것이 없다. 화교가 운영하는 중국집으로 대전의 주요행사가 이곳에서 치러졌고, 많은 인사가 다녀간 명소이기도 하다. 오늘은 대학 후배의 시집 출판 행사가 있는 날이다. 행사장에는 대전의 시인뿐만 아니라 먼 곳에서 온 듯한 낯선 문인도 다수 있었다. 세 테이블에 이십여 명이 자리한 가운데 나는 입구에 있는 테이블에 앉았다가 이내 다른 테이블로 옮겼다. 뜻하지 않게 김 시인이 나에게 손짓을 했기 때문이다. 자리를 옮기자 맞은편 좌석에 서울에서 온 원로 시인이 한 사람 앉아 있었다. 변 시인이었다. 어느덧 백발에 이까지 빠져 세월이 무상했다. 오래전부터 서울에서 계간지를 발행하고 있어 등단에 목말라하는 사람들에게는 우상과 같은 존재였다. 그래서 그가 행사에 참여하기 위해 대전에 온다는 정보를 얻으면 문인들이 앞다투어 그를 마중 나가던 것이 엊그제 같은 일이었다. 그러나 지방에 우후죽순 동인지가 발행되고 문단 권력이 흩어지자 노장들도 작품으로 평가받는 시대가 되었다. 그러나 변 시인은 그동안의 이력으로 충분히 문학적으로 존경받을 만한 인물이었다. 그러나 몇 달 전 미투 사건으로 혼쭐이 난 후 잠행하는가 싶더니 이곳에서 나타난 것이다. 그의 기행은 이미 수년 전부터 문단에서는 소문나 있었다. 변 시인은 술을 좋아했다. 술뿐만 아니라 여자도 좋아했다. 문제는 그의 거침없는 막말과 애정 표현이었다. 특히 여성 앞에서도 성적인 용어를 거리낌 없이 사용하고 몸을 껴안는 등 무례하게 행동했다. 예전에는 이러한 행동이 문인의 치기로 무마되었지만, 신세대에게는 받아들이기 힘든 성희롱이었다. 많은 이들이 변 시인에게 충고했지만, 그는 버릇을 숙환처럼 달고 다녔다. 결국 그는 후배 문인에게 성희롱으로 고소당하고 법정에서 패소했다. 결국, 모든 대외활동이 중단되고 고향에 짓던 문학관과 생가 복원 사업도 없던 일이 되었다. 그의 아내는 과거에도 몇 번의 우울증 이력이 있는 남편이 걱정되어 한 시도 눈을 떼지 않고 그를 지킨다는 후문이었다.

김 시인은 Y 대학 송 교수의 초청으로 그가 온 것이라 했다. 오늘 기념회를 주최한 박 시인과 송 교수, 그리고 변 시인은 동향 사람이라며 똥은 똥끼리 모인다고 했다. 송 교수는 나와 김 시인이 탐탁지 않게 여기는 인물이었다. 실력도 없는 인물이 교수라는 직함을 얻어 거들먹거렸기 때문이다. 축사에 나선 변 시인은 박 시인의 시집 발간을 축하한다며 고향 선배로 이 자리에 참석했다고 짤막하게 이야기했다. 여전히 그를 신기한 눈으로 바라보는 젊은 문인들이 많았다. 행사가 끝나고 회식 자리가 되자 문인들은 자리를 돌면서 인사를 나누기 시작했다. Y대학에서 강의하는 하 시인이 김 시인 옆으로 와서 술을 권했다. 싹싹하고 성격이 쾌활하여 남자들에게 인기 있는 여류 시인이었다. 입이 반달 모양으로 벌어진 김 시인이 하 시인의 술을 받으며 말했다.

"하 시인! 송 교수나 변 시인이 틀림없이 너를 부를 테니 거기로 가지 말고 여기 꼼짝 말고 있어라 잉?"
"아이쿠! 분부 받잡겠나이다! 형 말이라면 내가 갑천이 한강으로 흐른다 해도 믿지 잉!"

내가 봐도 참 시원시원한 답변이었다. 그의 반응에 만족했는지 김 시인이 해맑게 웃었다. 나는 김 시인에게 대전 문인을 대표하여 변 시인에게 술 한잔 권할 것을 주문했다. 어쩐 일인지 사람들이 변 시인 곁으로 가지 않는 것이 마음에 걸렸기 때문이다. 김 시인은 망설임 없이 술병을 들고 변 시인이 있는 자리로 갔다. 그리고는 인사를 건네고 술 한 잔을 권했다. 그러나 변 시인은 가방에서 무언가를 꺼내더니 김 시인에게 보여주었다. 메모지였다. 그걸 읽은 김 시인은 일어나 인사를 하고 박 시인에게 술을 따라주고 돌아왔다.

"형! 웬일로 저 영감탱이가 술을 마다한데? 별꼴이넹!"
"이힝! 이유가 있엉?"

"뭔 이유? 빨랑 말해봐?"

"너 신랑하고 있을 때도 이렇게 보채고 서두르냐?"

"엉? 형! 오늘 잘 걸렸엉! 이거 성희롱인거 알징? 당장 고발할꼬양!"

"고발해라 년아! 욕을 못 먹어서 환장을 하넹!"

두 사람의 대화가 무슨 코미디를 보는 것 같았다. 김 시인이 아까 본 것은 서약서라고 했다. 다시는 술을 안 먹고 여자를 돌 같이 본다는 아내와의 서약이라며 껄껄 웃었다. 그 말이 끝나자 하 시인과 나도 크게 따라 웃었다. 웃음소리가 컸는지 몇몇 사람이 우리를 쳐다보았다. 그때 송 교수가 하 시인을 보며 손짓했다. 하 시인이 김 시인을 보며 난감하다는 표정을 지었다. 그리고는 투덜거리며 자리를 떴다. "엄청 좋겠다!"는 김 시인의 말이 소음에 갇혔다.

김 시인의 시선은 술을 마시고 대화를 하는 중에도 하 시인을 떠나지 않았다. 그녀는 자리를 옮겨서도 송 교수와 변 시인을 즐겁게 해주고 있었다. 그러던 중 송 교수가 갑자기 일어나더니 대화를 중지시키고 변 시인에게 건배사를 요청했다. 변 시인은 주저하더니 일어서서 건배 제창을 외쳤다. 구호는 '문자지!'였다. 순간, 나와 김 시인, 하 시인의 시선이 마주쳤다. 변 시인은 건배사의 내용이 '문인의 자존심을 지키자!'라는 뜻이라고 했다. 웃으면서 건배가 끝나자, 송 교수는 취했는지 변 시인의 이력과 그의 훌륭함에 대해 늘어놓기 시작했다. 자기와 동향이라는 말도 여러 번 했다. 김 시인의 입에서 '똥은 똥끼리!'라는 말이 좀 크게 나와 가까이 있는 사람들이 웃었다.

변 시인은 열차표를 예약한 듯 자리에서 일어났다. 송 교수도 벌떡 일어나 변 시인의 웃옷과 시집 등을 챙겼다. 하 시인도 일어섰다. 동시에 김 시인도 일어섰다. 나도 어정쩡하게 따라나섰다. 박 시인이 현관문까지 따라 나오자 송 교수는 자기가 모시겠다며 자리로 돌아가라고 했다. 하 시인이 박 시인을 따라가려고 하자 송 교수가 하 시인을 불렀다. 김 시인과 하 시인의 눈이 부딪히는 소리가 났다. 망설이는 하 시인을 송 교수가 다시 부르자 그녀는 다시 계단을 내려갔다. 김 시인과 나도 그들의 뒤를 따랐다. 대전역 앞에 있는 건널목에 이르자 변 시인은 이제 혼자 갈 수 있다며 한사코 더 이상의 배웅을 마다했다. 송 교수는 끝까지 자기가 모셔야 한다며 아양을 떨었지만, 그는 혼자 건널목을 건넜다. 송 교수의 '충성하겠습니다!'라는 외침이 길을 건너는 변 시인의 등짝을 간질였다. 일행은 마치 무슨 약속이나 한 것처럼 다시 태화장으로 향했다. 가로등 불빛이 미치지 않는 곳이라 생각했는지 김 시인이 송 교수를 불러세웠다. 그리고는 다짜고짜 귀싸대기를 갈겼다. 양아치 같은 놈에게 달라붙어 너무 아부한다는 것이 이유였다. 나와 하 시인이 그를 말리려는 순간, 김 시인의 주먹이 또 송 교수의 얼굴을 가격했다. 공교롭게도 송 교수의 얼굴에서 코피가 났다. 내가 손수건을 하 시인에게 건네자, 그는 재빠르게 송 교수에게 가서 코피를 닦았다. 송 교수는 너무 창피했는지 손수건으로 얼굴을 닦으며 골목으로 사라졌다. 하 시인은 어쩔 줄 몰라 했다. 송 교수에게 가려는 하 시인을 김 시인이 막아섰다. 그리고는 단호하게 말했다.

"가면 너도 똑같은 년이야!"

깡마른 체구가 몹시 흔들렸다. 어디서 본 듯한 모습이었다. 그러고 보니, 남선공원 동학농민기념탑에서 죽창을 든 민중의 모습이었다. 그의 외침에, 골목 어귀에 있던 전신주들이 벌떡 일어나 가로등을 밝히기 시작했다.

김 시인의 창작터는 아파트 정문 입구에 있는 육각 정자이다. 그가 이 정자의 주인이 되기까지 많은 우여곡절이 있었다고 했다. 이곳은 할머니들의 공간이었다. 그런데 어느 날부터 김 시인이 이동식 책상을 들고 나타나 똬리를 틀기 시작한 것이다. 할머니들은 깡마른 체구에 곧 쓰러질 것 같은 그를 마땅찮게 생각했다. 게다가 담배까지 피우고 막걸릿병을 옆에 차고 사는 그를 좋아할 리 없었다. 그래서 아이들에게 그와 거리를 두라고 교육했다. 그러나 아이들은 김 시인의 주변을 맴돌았다. 이유는 여러 가지였다. 그는 아이들이 좋아하는 앵무새를 데리고 다녔다. 하굣길에 아파트 정자에서 만나는 앵무새는 그들에게 장난감이나 다름없었다. 또한, 그는 글 쓰는 재주 외에 구리공예에도 남다른 재능을 갖고 있었다. 구리 선을 벗겨 얻은 철사로 그는 작품을 만들었다. 그가 만든 작품은 자전거를 비롯하여 코뿔소, 칼, 토끼 등 다양했다. 내가 봐도 신기할 정도로 잘 만들어 냈다. 특히 자전거는 일품이었다. 김 시인은 그에게 오는 아이들에게 어렵게 만든 이 작품들을 나누어 주었다. 특히 아이들의 고민을 해결해주는 할아버지 역할까지 하고 있어 그를 좋아하는 학부모들까지 생겼다.

내가 정자에 도착하자, 그는 아이들을 물리며 나를 대학교 선생님으로 소개했다. 아이들은 배꼽 인사를 하며 물러갔다. 내가 안기도 전에 그가 핸드폰에 저장된 동영상과 사진을 보여주었다. 순간, 나는 눈이 휘둥그레졌다. 세상에 이런 일이!. 정말 그가 TV 프로그램인 '세상에 이런 일이!'에 나온 것이었다. 그의 방 안 가득한 구리공예와 열 권이 넘는 자작 시집, 그리고 정자에서 나누는 아이들과의 이야기가 소개되고 있었다. 나는 그에게 격하게 축하를 보냈다. 그는 얼굴에 만족한 표정을 지으며 가방에 들었던 청하 한 병과 캔맥주, 오징어포를 상 위에 올려놓았다. 오래 살다 보니 내게도 이런 일이 생긴다며 술을 권했다. 그러면서 몇 년 동안 소식이 단절된 사람들까지 전화가 온다며 방송의 힘을 알렸다. 촬영 시간은 길었는데 방송은 너무 짧았다며 아쉬움을 이야기하던 때, 어디선가 앵무새가 날아왔다. 이름이 '벼리'라고 했다. 그는 김 시인의 어깨에 잠시 머물더니 정자 옆에 있는 단풍나무 위로 날아갔다. 내가 앵무새에 관해 이야기하려는 순간 김 시인이 갑자기 일어나 단풍나무로 달려갔다. 순식간이었다. 그는 고양이가 앵무새를 채갔다며 화단을 따라 고양이를 쫓아갔다. 칠십 줄에 들어선 그였지만 여전히 그의 반사신경은 살아 있었다. 단풍나무 밑에는 벼리가 남기고 간 깃털이 수북이 흩어져 있었다. 얼마 후, 김 시인은 벼리 대신 그가 남기고 간 깃털 하나를 주워 돌아왔다. 낙망한 표정이 역력했다. 나는 그에게 무척 미안했다. 괜스레 그를 만나러 와 벼리를 죽게 한 것이 아닌가 하는 자책감이 들었다. 나는 위로할 말을 잃고 무안해하고 있을 때 아이들 몇이 찾아와 벼리를 찾았다. 방금 고양이가 잡아갔다는 김 시인의 말에 아이들은 흥분하며 고양이를 잡겠다고 나섰다. 그리고선 정자를 떠나 김 시인이 손으로 가리키는 방향으로 달려갔다. 김 시인은 또 다른 앵무새 깃털을 하나

가지고 있었다. 10년을 키우던 새였다. 그 역시 다른 고양이가 똑같은 방법으로 채갔다고 했다. 먹이사슬이라고 자신을 다독였지만, 그의 여린 가슴에는 지금까지 새와 교감했던 감정이 살아 있었다. 그래서 구리로 탑을 쌓고, 그 위에 깃털을 꽂아 슬픔을 예술로 승화시켰다. 그는 벼리가 죽은 것보다 아내가 돌아와 낙심할 일을 걱정했다. 그의 아내는 친정아버지가 입원해 있는 병원에서 돌아오는 길이었다. 이십여 년 동안 시만 쓰고 있는 남편을 존경하며 사는 보기 드문 여성이었다. 김 시인의 말로는 천안에서 하숙할 때 여주인이 중매를 서서 결혼했다고 했다. 출판사 일에 열성인 김 시인의 성실성에 반해 여자를 소개한 것이었다. 알콩달콩한 시간 속에 아들을 하나 얻었다. 무너진 김씨 가문을 일으킬 핏줄이었다. 그는 기대에 부응하여 서울대학교를 졸업하고 대기업에 입사했다. 아들은 전국 학력고사 순위에 이름을 올릴 정도로 공부를 잘했다고 했다. 그가 아들을 서울대학교에 입학시키기까지의 일화는 초등학교 학부모들에게 일종의 교육경전이 되어 떠돌았다.

　벼리를 찾으러 갔던 아이들 또한 빈손으로 돌아왔다. 그들은 "할아버지 어떡하냐!"며 김 시인을 위로했다. 나는 난감하여 핸드폰을 검색하기 시작했다. 속상한 마음에 술을 연거푸 마셔 나는 이미 취해 있었다. 다행히 앵무새를 파는 가게 이름이 있었다. 나는 지체하지 않고 전화를 걸었다. 다행히 주인이 전화를 받았다. 나는 가게의 위치와 가격을 물었다. 내가 부담 갖지 않고 새 한 마리를 살 수 있는 가격이었다. 문제는 그가 청주로 출장을 가고 있어 오늘 안으로 돌아올 수 없다는 것이었다. 그러는 사이에 그의 아내가 도착했다. 아이들이 돌아간 후였다. 순간, 김 시인과 내 눈이 마주쳤다. 난감했다. 나는 발한 짝을 슬그머니 운동화 속으로 밀어 넣었다. 환장하게 잘 들어가지 않았다. 김 시인의 아내는 벼리를 찾다가 고양이가 채갔다는 말에 그 자리에 털썩 주저앉았다. 그의 손에는 벼리에게 줄 먹이가 한 줌 들어 있었다. 나는 그것을 보자 마음이 울컥했다. 새에게는 사잣밥이나 다름없었다. 같이 있어 주기를 바라는 김 시인의 눈빛을 뿌리친 나는 그 자리를 빠져나왔다. 우울한 하루였다.

  한동안 김 시인을 만나지 못했다. 그러는 사이 여름이 가고 가을이 왔다. 출판사에 보낼 원고를 다듬고 있을 때, 김 시인에게서 전화가 왔다. 자기 농장으로 가서 막걸리를 마시자는 것이었다. 나는 머리도 식힐 겸 저간의 사정도 궁금하여 그러자고 했다.
  그의 아파트에 도착했을 때, 그는 벌써 차에 시동을 걸어놓고 있었다. 트렁크에서 물건을 가져가던 그의 부인과 눈이 마주쳤으나 그는 인사도 없이 가버렸다. 문득 앵무새 사건이 머리에 스쳤다. 나는 무슨 일이 있었느냐고 묻자, 그는 마누라 입이 지금 대자로 나와 있다고 했다. 친구들과 유럽 여행을 간다는 것을 자기가 반대했다는 것이었다. 나는 어이가 없었다. 남편에게 동행을 권하지 않은 것도 아니었다. 그러나 동네 밖을 나가는 것조차 싫어하는 김 시인이 이를 달가워할 리 없었다. 그는 아내의 여행을 극구 반대했다. 완고했다. 친구들하고 시시덕거리며 여행할 돈이면 자신의 시집을 몇 권 더 낼 수 있다는 주장이었다. 나는 너무 이기적인 생각이라고 반박했다. 더구나 그는 아내의 퇴직연금으로 술값을 대고 있었다. 여행이야 한 번 다녀오면 그것으로 끝나지만, 시집은 영원히 남는 것이라고 했다. 그가 지금 써놓은 작품이 3천 점이 넘는데 출간을 못 하고 있다고 했다. 나는 작품 수가 중요하냐며 그와 옥신각신하다 아파트를 출발했다.

농장으로 가는 언덕은 가팔랐다. 대전 당진 간 고속도로 둑 너머에 공한지를 일궈 만든 조그만 밭이었다. 십여 년 전, 김 시인이 우연히 이곳을 지나다가 발견한 공터를 일궈 그만의 농장이 되었다. 1년을 열심히 일해 삼십여 평의 밭이 생겼을 때는 그는 세상 부럽지 않았다고 했다. 그러던 것이, 구청에서 캠핑 시설을 만들기 위해 토지 정지 작업을 하는 과정에 그의 농장이 사라졌다고 했다. 엄격히 말하면 그의 농장이 아닌 구청 소유지였다. 한동안 김 시인의 마음은 이곳 농장에 묶여있었다고 했다. 캠핑장이 들어서고 얼마 지나지 않아 그는 다시 이곳을 찾았다. 그리고 마침내 십여 평의 밭을 다시 일군 것이었다. 그런데 밭 옆에 폐기물을 가져다 지은 움막이 흉물스러웠던지 여러 번 구청에 민원이 들어갔다고 했다. 그는 잠시 시설물을 철거했다가 제재소에서 목재를 직접 구해와 깔끔하게 농막을 지었노라며 자랑했다. 내가 보기에 그리 깔끔한 것도 아니었다. 두 명이 겨우 들어갈 수 있는 어설픈 움막이었다. 움막에 들어앉으면 앞에 놓인 숲만 보여 아늑하기는 했다. 그곳에서 일어서면, 우측으로 고속도로를 달리는 차량이 보이고 좌측으로는 캠핑 시설이 보였다. 김 시인은 캠핑장에 화장실과 수도시설이 생겨 오히려 잘 되었다고 했다. 그는 마치 조선인의 간도 개척사를 말하듯 신이 나 있었다. 예전처럼 닭을 키울 수는 없어도 이곳에 오면 마음이 편하다고 했다.

그는 준비한 물건을 꺼내기 시작했다. 술과 닭백숙 요리에 필요한 도구와 재료들이었다. 닭은 인터넷으로 농장에서 직접 주문한 토종이며 제일 실한 놈이라고 했다. 가방에서는 각종 조미료와 조리도구가 쏟아져 나왔다. 그의 세심한 성격이 그대로 드러나 있었다. 대낮이라 모두 잠을 자는지 캠핑장에서는 아무 소리도 들리지 않았다. 그래도 고속도로에서 들려오는 소음과 숲에서 낙엽 썩는 냄새는 막을 수 없었다. 그는 밭 위에 덩그러니 놓인 삽을 가리키며 말문을 열었다.

"저 삽자루와 괭이가 내 젊음을 상징하는 도구들입니다."
"무슨 말씀인지?"
"초등학교 3학년까지 우리 집은 정말 잘 살았지요. 아버지는 자전거포를 하고 어머니는 대전역 앞에서 가락국수를 팔아 돈을 벌었습니다. 내가 초등학교에 다닐 때만 해도 2층 양옥 주택에 살았습니다. 점심때가 되면 자전거포에서 일하는 일꾼이 짐 자전거에 내 도시락을 싣고 학교에 매일 오곤 했습니다. 저녁에는 삼형제가 모여 아버지, 어머니가 벌어 온 돈을 세다가 지칠 정도였다니까요."
"그랬군요! 우리 집에도 머슴이 있었는데…"

나는 순간 '쓸데없는 말을 또 했구나'라는 생각에 다소 머쓱해졌다.

"그런데 가세가 기울기 시작한 것은 자전거포를 그만두고 아버지가 건설업에 뛰어든 후부터였습니다. 처음에는 건설업자의 하청 공사에서 시작하여 관급공사로 사업을 넓혀갔지요. 그러다 주택사업에 손을 댄 것이 화근이 되어 부도가 났습니다. 부도 이유라는 게 딴 거 있습니까? 분양이 안 되면 건설업자가 돈 떼먹고 잠적하는 것이지요.

그러면 은행에서 독촉장이 날아오고 거리에 나앉게 되는 것이지요. 결국 아버지는 선화동 집을 지키지 못하고 경매로 넘긴 후 술집에서 살았습니다. 집에 들어오지 않는 날이 많았습니다. 어머니는 밤마다 세 아들을 앞에 두고 한숨을 쉬었습니다. 나는 그 숨소리에 오래도록 갇혀 지냈지요. 그 깊은숨이 우울증을 불러 결국 내 어머니는 음독자살하셨습니다. 아버지도 술기운을 이기지 못해 간경화로 여러 날 피를 토하다가 돌아가셨지요. 내가 고등학교에 다니던 때였습니다. 그때 내가 점심 도시락을 싸오지 않는 이유를 아는 사람은 없었습니다. 밥 대신 나는 운동장 구석에 있는 수돗가로 가서 물로 배를 채웠습니다. 젓가락만 가지고 가도 친구들 도시락을 나눠 먹을 수 있었지만, 내 자존심이 허락하지 않았습니다."

"슬픈 가족사가 있으셨군요! 김 시인 시의 근간이 물의 원형 모티프라고 말했지만, 그런 아픔이 있으신 줄은 몰랐습니다."

"내 시의 반은 어머니와 관련된 글이지요. 아무튼, 그래 어쩝니까? 가장이 됐잖아요! 내 동생들은 중학교 1학년 3학년으로 반에서 각각 1등을 달리고 있었습니다. 한학자였던 아버지의 피를 이어받았는지 학원에 못 가도 공부만큼은 기똥차게 잘했습니다. 그래 어쩝니까? 내가 진학을 포기하고 동생들을 고등학교에 보내기 위해 막노동판에 뛰어들었지요. 쌈박질도 엄청나게 했습니다. 옷을 벗으면 온통 칼 자국입니다. 동생들은 둘 다 명문고등학교에 진학하여 서울대학교를 졸업했습니다. 하나는 변호사로, 하나는 대기업 임원으로 있지요. 그래서인지 동생들이 나를 무서워하고 형님 말이라면 껌벅 죽습니다. 내가 무서워서 못 만나겠답니다. 썩을 놈들 아닙니까?"

"그러셨군요! 참, 대단하십니다!"

"허긴, 내가 동생들에게 뜯어 쓴 돈이 몇억 원은 됩니다. 그중 반은 고급 난을 사다가 다 죽였지요. 한때, 동양란에 미쳐 있었거든요. 난을 캐러 전국을 헤맨 적도 있습니다. 다행히 내 동생들은 착합니다. 어느 날 동생 변호사 사무실에 전화를 걸었더니, 비서 아가씨가 '항상, 형님이 원하시는 돈의 열 배를 드리라고 변호사님이 말씀하셨습니다'라고 하더군요. 나는 그 후로 동생들에게 전화를 걸지 않고 있습니다. 동생의 마음을 읽은 것만으로도 배가 불렀습니다. 헤헤, 나는 무언가에 몰입하면 물불을 안 가리는 성격입니다. 지금까지 시를 버리지 못하는 이유도 거기 있습니다."

가을바람이 외로웠다. 멀리 캠핑장 방향에서 양복을 입은 두 사람이 농막으로 올라오고 있었다. 김 시인은 그들이 구청 공무원들이라고 했다. 어느새 백숙 냄새가 구청까지 흘러갔냐며 껄껄 웃었다. 그는 자신이 품위 있게 훈계해서 보낼 거라며 막걸리를 새로 한 병 꺼냈다. 그는 자신의 낙원을 지키려는 결연한 의지로 입꼬리를 실룩거렸다.

마지막 남은 달력이 벽에서 바둥거리고 있다. 몸집을 줄이고 어디론가 떠날 곳을 찾는 듯했다. 아라비아 숫자 아래에 적힌 각종 모임의 내용도 구구절절하다. 세상을 산다는 것이, 이미 투망한 그물 안에서 유영하는 느낌이다. 죽을 날도 저렇게 달력에 표시할 수 있으면 좋겠다. 동그라미를 친 아라비아 숫자 밑에는 김 시인의 자혼도 있다. 잊지 않으려고 붉은 사인펜으로 동그라미를 두 개나 그려 놓았다. 드디어 김 시인도 며느리를 얻는 모양이었다.

지난번 만남에서 그는 며느리를 고르는데 애먹었다고 했다. 김 시인에게는 장손 며느리를 집에 들이는 중대사였다. 아들이 명문대 출신으로 대기업에 다니며, 인성이 자신을 닮은 곳이라곤 전혀 없고 지어미를 닮았다는 등 그 나름대로 지인들에게 홍보하여 선이 많이 들어 온 모양이었다. 시내 유지급 인사들의 구혼도 있었다고 했다. 그러나 아들은 아버지의 추천을 모두 거절했다고 했다. 그리고 어느 날 결혼을 허락해 달라며 집으로 한 처자를 데리고 왔다고 했다. 명문 사립대학 출신에 명문가의 여식이었다. 그는 처자에게 직업이 무엇이냐고 물었다. 그러자 그는 중앙 일간지 기자라고 했다. 언론고시라는 관문을 통과한 인재인 것만은 분명했다. 그러나 한국을 대표하는 보수신문이었다. 다음에는 종교가 무엇이냐고 물었다. 처자는 기독교라고 답했다. 김 시인은 고개를 절레절레 흔들었다. 김 시인의 집안은 대대손손 불공을 드렸기 때문이다. 순간, 아들이 아버지의 눈치를 보며 종교는 차후에 상의해 보겠노라며 끼어들었다. 그러나 김 시인의 의지는 단호했다. 30여 년을 따로 살다가 만난 남녀가 결혼생활을 하려면 사상과 종교가 맞아야 하는데 처자는 그렇지 않다는 것이었다. 아들과 아내가 무슨 구시대적 생각을 하느냐고 반문해도 김 시인은 뜻을 굽히지 않았다. 그래서 그 처자는 울면서 떠났다고 했다. 아들도 아버지의 말을 어길만한 성정은 아니어서 그 여자와 헤어졌다고 했다.

달력에 빨간 표식까지 해 놓은 것이 무색하게, 나는 김 시인의 아들 결혼식에 참석하지 못했다. 갑자기 학생 어학연수단을 인솔하여 3개월 동안 마닐라에 갈 일이 생겼기 때문이다. 그래서 김 시인에게 전화를 걸어 양해를 구했다. 그는 흔쾌히 내 사정을 이해했다. 며느리는 인근 국립대학의 의대 교수였다. 젊은 나이에 교수직에 임용되었다는 것이 대단하다고 칭찬해주었다. 그는 자기가 원하는 며느리 상은 아니지만, 지난번 일도 있고 해서 이번에는 아들에게 양보했노라며 웃었다.

어학연수를 마치고 귀국한 다음 날 아침, 김 시인에게서 전화가 왔다. 나는 귀국 후 바로 그에게 전화하지 못한 것이 마음에 걸렸다. 그래서 안부를 묻는 그에게 다짜고짜 저녁을 함께하자고 했다. 그는 거듭 감사하다고 했다. 그리고 나를 무척 기다렸다는 말에 김 시인의 외로움이 묻어났다.

호프집에서 만난 김 시인의 얼굴은 꺼칠했다. 나는 우선 필리핀 다바오시 산 초콜릿과 아라비카 원두커피를 선물로 내밀었다. 그는 아내가 좋아하는 것들이라며 이를 반겼다. 내가 며느리를 본 소감이 어떻냐고 묻자, 그는 머리를 절레절레 흔들었다. 신혼여행에서 돌아온 아들 내외가 김 시인 집에 인사차 들르자, 그는 손주 이야기를 했다고 했다. 그랬더니 며느리가 단칼에 "아이를 안 낳습니다"라고 했다는 것이다. 대학 강의에 논문도 써야 하고, 학회 참석 등 아이를 낳을 여력이 없다는 것이었다. 이에 김 시인은 아들이 장손으로 대를 이어야 한다고 점잖게 타일러도 며느리는 수긍하지 않았다. 김 시인은 하도 답답하여 아들을 그의 서재로 불러 "너도 같은 생각이냐"고 물었더니 "그렇습니다!"라는 대답이 돌아왔다. 김 시인은 분을 참지 못하고 아들의 귀싸대기를 올려붙였다. 아들을 큰 인물로 만들기 위해 수

년 동안 공들인 탑이 일순 무너져 내리는 소리가 들렸다. 붉게 이글거리는 아비의 눈빛을 견디지 못하고 아들은 집을 떠났다고 했다. 그 후로 아들은 아내와 통화만 했지, 그와는 절연하고 있다며 술잔에 맥주를 따랐다. 그런데 지난주에 사건이 하나 더 터졌다고 했다. 그는 이야기도 하기 전에 허탈하게 웃었다.

"엊그저께가 우리 어머님 기일 아니었겠습니까?"

"아하! 그러셨군요!"

"그런데 아들 며느리가 제사에 참석하지 않았습니다. 아들 녀석은 아비가 무서워서 못 온다고 하고, 며느리 년은 세미나에 참석해야 해서 못 온답니다!"

"아이고! 상심이 크셨겠습니다!"

"게다가 동생들은 어쩝니까? 이 새끼들도 형님이 무서워서 못 올라온다며 아내에게 돈만 부쳤답니다. 이거 세상 말세 아닙니까? 허긴, 동생들이 나를 무서워하는 것은 이해합니다. 나는 아버지를 대신하여 동생들이 정도를 벗어나면 무자비하게 때렸습니다. 무섭기도 했겠지요. 허나, 내 동생들은 내 젊은 날 흘렸던 땀의 결실이요, 공들인 탑입니다. 그리고 부모님의 유지를 받든 내 노력의 성과입니다!"

"김 시인님의 말씀에 전적으로 공감합니다!"

감정이 격해지면서 김 시인의 동생들은 새끼로, 며느리는 며느리년으로 추락하고 있었다. 나는 무척 서운하셨겠다며 그에게 위로주를 건넸다. 벌써 호프집 주인이 세 번째 술병을 치우는 중이었다.

"아들과 동생 놈들은 전화를 안 받지, 그래 어쩝니까? 사돈집에 전화를 걸었지요, 내 나름대로 푸념이라도 하고 위로를 받기 위함이었지요. 바깥사돈은 시내에 나갔다가 돌아오는 중이라고 했습니다. 나는 분을 참지 못하고 택시를 잡아타고 사돈댁으로 향했습니다."

"사돈댁이 시내 어딘가인 모양이지요?"

나는 침을 꼴깍 삼키며 그에게 물었다.

"예, 가까운 용운동입니다! 번지수를 찾아 집 앞에 이르자, 때마침 바깥사돈이 집으로 돌아오고 있었습니다. 순간, 이 모든 것이 네 놈 때문이라는 생각이 들었지요! 나는 다짜고짜 그에게 달려가 귀싸대기를 후려쳤지요. 나처럼 날아갈 듯한 체구가 '아구구!' 소리를 내며 쓰러졌습니다. 일어나는 그에게 '대체 딸년을 어떻게 키웠길래 삼강오륜도 모르냐!'며 또 한 번 귀퉁배기를 후려쳤습니다!"

"어~허 참! 화를 참지 못하셨군요!"

탄식하는 나를 보고 김 시인은 그제야 속이 풀리더라며 호탕하게 웃었다. 나도 그를 따라 크게 웃었다. 그리고는 궁금함을 못 이겨 바로 물었다.

"그래, 어찌 되었습니까? 사돈 댁에서도 황당하셨겠습니다?"
"어 허! 어디 황당하기만 했겠습니까! 마른하늘에 날벼락 떨어진 격이지요!"
"당연히 그러셨겠지요! 김 시인도 참 대단하십니다! 사돈댁에 찾아가 귀싸대기를 올려붙이고 오신 분은 김 시인 밖에는 없을 겁니다!"
"어 허! 그런가요? 어 허허허!"

그는 지금 생각해도 통쾌하다는 듯이 크게 웃었다.

"사돈댁에 다녀온 후 정자에서 막걸리를 마시고 있는데, 아내가 찾아왔습니다. 뻔하지 않습니까? 붉으락푸르락 어쩔 줄 모르던 아내는 내일 열한 시까지 동부경찰서로 출두하라는 말을 남기고 돌아갔습니다. 세상에 사돈을 고발하는 영감탱이가 어디 있습니까?"

나는 그의 말이 떨어지자 크게 웃었다. 사돈을 때리는 사람이나 고발하는 사람이나 피장파장이었기 때문이다.

"그래서 경찰서에 가셨습니까?"
"어쩝니까? 법은 지켜야지! 솔직히 내가 잘못한 것은 맞지 않습니까? 인정할 것은 인정해야지요."
"그래, 어찌 되었습니까?"
"벌금 물고 나왔습니다!"
"벌금이요?"
"예! 폭행죄로! 아내가 사돈에게 빌고 빌어 겨우 사건을 해결했습니다. 근데 웃긴 것은, 사건을 조사하던 경찰관이 돌아가려는 나를 부르더니 "이런 분들이 많아야 세상이 올바로 섭니다!"라며 차 한 잔을 주는 것이 아니겠습니까? 자기도 피의자에게 차를 대접하기는 처음이라고 말해 나도, 마누라도 웃었습니다!"

우리는 서로 얼굴을 바라보며 껄껄 웃었다. 그를 고소한 것은 안사돈이었다고 했다. 그 후로 사돈댁과의 관계는 물론, 자식 내외와의 연락은 끊어졌다고 했다. 아내는 아들과 연락을 하는 모양인데 '시간이 좀 필요하다'고 아들이 말했다는 것이다. 나는 그 말에 수긍이 갔다. 그리고 김 시인에게 서두르지 말라고 조언했다.

그는 자리를 파하기 전에 갑자기 망이, 망소이의 이야기를 꺼냈다. 그들은 봉기가 실패하고 옥에 갇혀서도 "바깥 구경 한번 잘했다. 그치?" 하며 서로 농담을 주고받았다고 했다. 그들이 정말 멋지지 않느냐고 했다. 불온성에 대항하여 죽음을 불사하는 결연한 의지와 실천, 이것만이 흔들리는 세태를 바로잡을 수 있다고 했다.

집으로 돌아가는 그의 발걸음이 몹시 흔들렸다. 그러나 그의 손에는 죽창이 들려 있었다. 그러나 망이, 망소이를 따르던 민중들은 그 어디에도 보이지 않았다. 시간이 슬펐다. 그리고 아팠다. 어디에선가 앵무새의 울음이 들렸다. 그때, 어디서 날아왔는지 새 한 마리가 김 시인의 뒤를 따르고 있었다. 이어 새 떼들이 몰려왔다. 앵무새 무리였다. 죽창을 들고 있었다. 나 또한 주먹을 쥐고 그들을 따르기 시작했다.

# 5

섬

# 섬

아나운서의 거침없는 입담이 가을 낙엽처럼 흩어진다. 출근길에 라디오를 듣는 것은 일상이 되었다. 아침에는 말 많은 방송보다 음악방송이 제격이다. 아파트 단지를 빠져나올 때만 해도 나는 마음이 무거웠다. 특별하게 우울한 날도 아니었다. 그렇고 그런 하루. 집을 나와 중학교에 다니는 딸을 괴정동에 내려놓고 십여 개의 신호 등을 거쳐 사무실에 도착했다. 오늘도 무료한 일상이 시작되는 것이다. 컴퓨터를 켜고, 커피를 마시며 시작하는 직장생활은 전화를 받고 공문을 작성하다 보면 무력한 중년의 오후가 될 것이다.

"평생교육원이죠?"

"예, 맞습니다. 무슨 일이시죠?"

"수강과목이 여러 개 있나요?"

"예, 140여 개 과정이 있습니다. 어떤 과목을 수강하시려고요?"
"글쎄… 딱히 정해놓은 과목은 없고요? 뭐 들을 만한 것이 있나요?"

이렇게 이어가는 이름 모를 아줌마와의 통화는 십중팔구 소득 없이 끝내기 일쑤다. 아이들이 자율적으로 행동할 수 있는 나이가 되면 주부들은 자신을 돌아보게 된다. 즉 일상에서 벗어나 새로운 변화를 기획하기 마련인데, 생활정보지를 보고 일차로 문의하는 곳이 문화센터나 평생교육원이다. 십여 년 동안 남편과 아이들에게 매달렸던 생활을 접고 결혼 전의 감각으로 되돌아가기에는 언어가 더듬거릴 수밖에 없다.

"어떤 분야에 관심이 있으신데요?"
"글쎄, 이것저것 한 번 알아보려고요!"
"홈페이지나 홍보지를 안 보셨나요?"
"아직요… 뭐 취직이 잘 되는 교육과정은 없나요?"

이쯤 되면 서서히 짜증이 나기 시작한다. 그리고 점점 목소리가 무뚝뚝해진다. 지난 학기 고객만족도 직원친절 부문에서 우리 부서가 낮은 점수가 나온 것도 나의 이런 태도가 한몫했을 것이다.

"취직이 잘 되는 교육과정을 하나만 추천해 주심 안 돼요?"
"아~ 예! 아무래도 노인복지사나 공인중개사 과정이 아닌가 싶네요."
"혹시 사회복지사 과정은 없나요?"
"예, 없습니다!"

"그럼, 과정을 마치면 취직은 시켜주나요?"

마치 무료한 시간을 메워 줄 상대를 만난 듯 한없이 전화가 계속된다. 그러다 보면 아침에 온 길을 다시 더듬어 퇴근해야 할 시간이 돌아온다.

법학과를 졸업한 후, 판검사가 되기는커녕 7급 공무원이 되는데 꼬박 10년이 걸렸다. 남들은 5년이면 승진하는데 나는 사주팔자가 더러운지 승진 직전에 안 아프던 콩팥이나 간이 심통을 부렸다. 그러다 보니, 돈이나 직장도 살아 있을 때 의미가 있기에 휴직할 수밖에 없다. 그런 후 완치되어 직장에 복귀해서 보면 오장육부가 뒤집힌다. 한참 뒤에 줄 서 있던 후배가 승진하여 팀장으로 앉아 있고, 나는 근무 평점이 곤두박질 쳐 승진서열에서 밀려나 있다. 게다가 못된 성격 탓에, 몇 년 동안 공들인 상사에게 벼락같이 대들어 근평 점수를 하루아침에 깎아 먹는 것도 다반사다. 이제는 이런 일이 한 번 더 반복되면 진급이고 나발이고 기대할 수 없게 되었지만, 그나마 변방의 한직에라도 남아 있는 것은 대학에 근무하는 덕분인지 모른다.

사십 대 중반의 나이가 되면 자신을 돌아보게 되는 것일까?

인생 사십이면 자기 얼굴에 책임을 질 나이라는데, 거울에 비친 내 얼굴 어디에도 책임질만한 구석이라곤 없어 보인다. 소설을 읽다 보면 정오에 변신을 시도하는 주인공도 있던데, 나는 그때까지 기다리지 못하고 점심을 먹으러 사무실을 나와 버린다. 그나마 다행인 것은 인근에 홀로 즐길 수 있는 공원이 있다는 것이었다. 식사 후에 나는 공원 벤치에 누워 낮잠을 슬긴다. 그러나 그곳도 이제는 사람들이 늘어 그리 오래 머물 수 있는 장소가 아니다.

늘 그랬는데도, 오늘은 왠지 심사가 뒤틀렸다. 거실에 들어와도 쳐다보는 이도, 반기는 이도 없다. 마누라는 부엌에서 조리 중이고, 막내는 컴퓨터 게임에 정신이 팔려있다. 큰딸과 아들은 텔레비전에 눈을 박은 채 요지부동이다.

'에헴! 에헴!' 하고 잔기침을 두어 번 한 후에야 눈치 빠른 막내 녀석이 달려와 배꼽 인사를 한다. 마누라와 큰 녀석은 눈길 한 번 주더니, 그뿐이다. 너무나 가벼운 가장의 존재감이다. 나는 운동복으로 갈아입었다. 그리곤 내 가족이 나에게 그랬던 것처럼, 아무 말 없이 집을 나왔다. 저마다 약속이 되어 있거나, 약속을 만들기 위해 행보를 재촉하는 사람들이 어둑해지는 골목을 어지럽게 걸어가고 있었다.

항시 아파트 정문 앞에 지루하게 손님을 기다리던 택시도 없었다. 1톤 트럭에 과일을 싣고 행상을 하는 부부와 그 옆에서 순대를 파는 남자가 장사를 준비하는 중이었다. 한 시간 정도 지나면 그 옆에 가방이나 양말 따위를 파는 보부상들이 똬리를 틀고 앉을 것이다. 그리고 눈꺼풀이 내려오는 것을 참지 못할 때쯤 그들은 수금한 돈을 챙겨 돌아갈 것이었다. 가끔 상인들을 유심히 살펴보며 '저렇게 팔아서 어떻게 생계를 꾸려갈까' 하고 걱정되었지만, 그들은 그다음 날에도 당차게 살아 있었다.

과일 노점상 부부는 상품의 신선도도 떨어지거니와 가격도 싸다는 느낌이 없어 사람들에게 별 호응을 얻지 못하고 있었다. 장사할 때도 부부가 따로따로 떨어져 행동하는 것이 그들 또한 별 재미없이 살아가는 듯했다.

섬 127

순댓집 부부는 연구 대상이 됨직했다. 남자의 팔에는 언제 새긴 것인지는 몰라도 조잡한 문신이 여러 개 있었다. 얼굴이 작고, 머리를 짧게 깎아 잘생긴 중국인을 연상케 하는 인상이었다. 그러나 여러 행태로 보아 어릴 때부터 소년원을 드나들던 잡범의 이력이 있을 듯했고, 그 부인은 꽤나 고생했으리라는 추측을 하게 했다. 그러나 과일 장사를 하는 부부보다 성교 횟수는 배가 될 것이라는 생각에 웃음이 나왔다.

"어-허~ 어허허!"
택시를 타자마자 운전사는 근질거리는 입을 다물지 못하고 실룩댔다. 제법 구색을 갖춘 개인택시였다. 차내에는 나이에 걸맞지 않게 최신 음악을 틀어 놓고, 고가의 스피커까지 구비하고 있었다. 택시를 타는 이들 대부분이 그렇듯이 정치인들에 대해 온갖 욕을 퍼붓다가도 지치면 먹고사는 문제로, 다시 자식 자랑으로 화제가 옮겨지기 마련이다.

"요즘 운전자들 수준은 한 마디로 개판 오 분 전이지요? 내가 운전한 지 올해가 꼭 오십 년인데, 옛날 기사들은 지금의 운전자와는 수준이 달랐지요! 인기가 있었다 이 말입니다!"

나는 둔감한 머리를 돌리기 시작했다. 운전경력이 오십 년이라면 이십 세부터 운전을 시작했더라도 어림잡아 그는 칠순 노인이 될 것이다. 그러나 누가 봐도 그의 나이가 칠십일 거라는 느낌은 갖지 않을 듯싶었다. 나는 그에게 갑자기 호기심이 동하기 시작했다. 운전대를 오십 년 잡았다면 그가 일 년마다 경험한 일화만 한 건씩 들려줘도 오십 편의 글은 쓸 수 있을 것이었다. 더욱이 그는 대단한 재담가였다.

"어-허~ 어허허!"
"그럼 기사님 연세가 칠십은 넘으셨을 텐데, 오십 정도밖에는 안 되어 보이십니다"
"어-허~ 어허허!, 그렇습니까? 욕심을 버리고 즐겁게 살면 젊은이도 다 그렇게 됩니다!"

신호등에 걸리자 차가 울컥하고 멈추어 섰다. 다른 택시 같으면 그냥 달릴 수도 있었지만, 차를 멈춘 것은 그도 나와의 대화를 즐기는 듯했다. 때맞추어 빨간색 미니스커트를 입은 아가씨가 건널목을 지나갔다.

"어-허~ 어허허!, 조~오타! 좋아! 옛날 생각나는구먼!"
"예전에는 기사님도 인기 좋으셨겠습니다!"
"어-허~어허허! 말하여 무엇하겠습니까?"

신호등이 들어오자 그는 오십 년의 기억을 더듬으며 싱싱한 언어들을 쏟아내기 시작했다.

"열여덟에 강원도 산판에서 운전사 조수로 시작했지요. 미국산 지에무시 아시죠? 그거 변강쇠처럼 힘 하나는 끝내줍니다! 미군 놈들 지에무시 없었으면 2차 세계대전 때 산악전투에서 전부 굶어 죽었거나 작살났을 겁니다. 제너러모터스에서 1844년에 제작한 건데 지금도 산판에서 끄떡없이 굴러다니니 미국놈들이 얼마나 차를 잘 만드는 겁니까? 역시 등치가 있고 붕알이 커야 튼튼한 물건을 만들어 낸다니까요! 바퀴가 여섯 개라 육발이라고 불렀는데, 엔진이 타이어보다 높이 달려있어서 개울물이나 진흙탕을 맘대로 다닐 수 있었지요. 짐을 가득 싣고 시속 120킬로로 80도 경사를 오를 수 있었다니까요!"

서서히 기사 양반의 뻥튀기가 시작되고 있었다. GMC 차량은 최고 속도 75km/h에 40도 정도의 경사면을 오를 수 있었다. 그래도, 차량에 대한 그의 상식이 상당함에 나는 귀를 기울이지 않을 수 없었다.

"이 좋은 차를! 아, 그 정치하는 미친놈들이 다 없애려고 했었다니까요? 배고파 굶어 죽을 판이고 발이 부르터서 십 리 길도 못 다니는 판인데, 안전이 무슨 얼어 죽을 망태기입니까! 안 그렀습니까? 그래도 역시 박통은 박통이지요! 이 지에무시가 워낙 힘이 좋은 물건이라 오지 산간도 다닐 수 있음을 알고 광산이나 산판에서는 이용할 수 있도록 조치한 것 아니겠습니까! 탁월한 리더지요!

아! 근데, 삼촌 따라 운전수가 되고 싶어 산판에 들어갔는데, 기술은 가르쳐 주지 않고 산판 일만 몇 달간 시키는 게 아니겠어요? 내 더러워서! 그래서 다시 집으로 돌아갈까도 생각했는데 솔직히 집에 가는 방법을 몰라 그냥 머물게 되었수다! 그러다가 논산훈련소로 끌려가서 고문관 칭호를 들으며 죽도록 고생하다가 산판에서 지에무시 운전했다고 속여 운전병이 되었지요. 그 인연으로 지금까지 먹구 살고 있습니다!"

차는 가양동으로 접어들고 있었다. 금요일마다 모이는 '꿈의 초막'에는 글쟁이들 몇몇이 해묵은 문장들을 들먹이고 있을 터였다. 나는 택시 기사와 더 이야기를 나누고 싶었다.

"아저씨 오늘 일당 드릴테니까, 저와 막걸리 한잔하시죠?"
"어-허~ 어허허! 막걸리요? 그래도 되겠습니까?"

잠시 머뭇거리던 그는 '일당'의 덫에 걸려 너털웃음을 쏟아냈다. 우리는 '꿈의 초막' 뒷골목에 있는 주막으로 들어갔다. 증약막걸리를 파는 집이었다. 이곳 토박이인 듯한 사내 한 명이 술을 먹고 있을 뿐, 다른 손님은 없어 마음이 편했다.

"솔직히 말해서 아까 건널목에서 본 아가씨 삼삼하게 생겼지요?"
"글쎄, 저는 자세히 보지는 못했습니다만, 붉고 짧은 치마를 입었던 아가씨 말씀이지요?"

나는 여자에 관심이 별 없는 사람처럼 눈길을 주인에게로 돌렸다. 엉덩이가 솥뚜껑만한 여자는 주전자에 막걸리를 담고 있었다.

"어-허~ 어허허! 나는 옛날 생각만 하면 참 행복합니다!"

막걸리 두 잔을 마시자 그의 얼굴이 벌겋게 달아올랐다. 작고 왜소한 키에 얼굴은 조막만 하여 그리 인기 있던 시절도 없었을 듯한데, 그는 계속해서 그가 가고자 하는 방향으로 나를 이끌었다.

"산판에서 내려와 홍천장으로 지에무시를 끌고 가는 날은 기분 끝내주는 날이었지요! 그것도 삼촌이 외출한 날이 장날과 맞아떨어지는 행운이 있어야 했습니다. 강릉집이며 영춘옥, 양평가, 서울집 등 주막마다 두세 명씩 색시들이 있었거든요. 솔직히 색시들이 관공서 직원 나부랭이보다는 나를 브이아이피로 모셨다니까요? 브이아이피로! 아무튼 홍천장에 있던 주막집 색시들은 다 내가 한 번씩 품어 보았다면 믿으시겠수?"

나는 침을 꼴깍 삼켰다. 점점 나는 그이 앞에서 작아지고 있었다. 그는 산판 따라 떠돌던 뜨내기가 아니라 경험 많은 큰 형님이 되어 있었다.

"홍천장을 보고 산판으로 가다 보면 신작로에서 손 흔드는 사람을 만나기 일쑤지요. 우리 세대치고 지나가는 차에 손 안 들어 본 사람 없고, 우마차나 경운기를 안 타 본 사람 없을겝니다! 웬만하면 다 태워주지만 이왕이면 다홍치마라고 예쁜 아가씨들은 주로 앞자리로 태우지요. 근데 장날에는 워낙 사람들이 시골장에 많이 나오니까 짐칸에 태울 수 없는 상황도 있지 않겠어요?"

그의 눈은 어느덧 트럭에 홍천장을 보고 가는 사람들을 가득 태우고 있었다.

"하루는 짐칸에 사람을 가득 싣고 읍내에서 돌아가는 길이었지요. 그런데 아가씨 세 명이 양팔을 벌리고 태워 달라며 길을 막고 난리를 치는 게 아니겠어요? 그래, 차를 세우고 인물을 쓰윽 살폈더니 그 중 얼굴이 북실북실하니 꼭 보름달 같은 저자가 한 명 있습디다. 그래서 두 명을 조수석에 앉게 하고 북실북실한 처자는 내 무릎 위에 얹혀 타게 했지요. 처음에는 그 처자도 망설이더니 자리가 없는데 어쩌겠어요? 결국 내 무릎 위에 엉덩이를 걸치게 됐지요. 어 허허허!"

이미 내 바짓가랑이에는 거시기가 단단해진 머리를 들어 올리고 있었다. 마누라 곁에서 몇 달 동안 노력해도 꿈쩍 않던 물건이었다.

"어-허~ 어허허! 부우연 살결에 몸이 탱탱한데다가 젖팅이는 얼마나 크던지, 차가 흔들릴 때마다 사람 참 환장하겠더만요. 결혼도 안 한 젊은 남녀가 몸이 부딪치니 미치겠더라니까요! 그 처자도 숨소리가 거칠어지더니 쌕-쌕 앓는 소리를 내더라고요!"

"아저씨 좀 뻥 치시는 것 아니에요?"

"어 허허허! 감각을 열고 들어 보시라니까요!"

운전기사의 말은 거침이 없었다.

"포장도 안 된 산간 신작로로 차가 달리니 상황이 오죽했겠어요? 하나둘씩 사람들을 내려주고 그 처자가 내릴 즈음해서 저녁이나 같이 먹자고 했지요. 그러자 뜻밖에 싫은 내색을 않더라구요! 그래서 차를 거꾸로 돌려 읍내에 갈 때 가끔 들리던 주막집으로 들어갔지요. 그리고는 뒷방으로 들어가 삼겹살을 취나물에 싸서 소주를 기울이니 세상 참 부러울 게 없습디다! 아마 삼천궁녀 의자왕도 일만궁녀 진시황도 내 아래로 보입디다! 아니 그렇습니까? 어-허, 어허허허!"

이야기를 재촉하려는 순간, 주막집 여자가 옥천에서 직접 뜯어 온 거라며 취나물과 돌미나리를 내놓는다. 그리고는 나를 보고 인상이 너무 좋다며 옆자리에 앉을 기미를 보이자, 그는 손사래를 치며 주인을 물리쳤다.

"그래, 그날 그 처자와 이불도 없는 방 안에서 한 몸이 되어 뒹굴었지요. 북실북실한게 허- 참! 지금도 그때 생각을 하면 하체가 불끈불끈 슨다니까요? 일이 끝나고 나자, 자기를 잊지 말라던 촉촉했던 그 목소리를 지금도 잊을 수가 없어요!"

"그래, 그분하고 지금 같이 사시는가요?"

"아니! 그때는 전화가 있었던 것도 아니고, 대략 어디쯤 사는 처자인 것만 알았지, 어디 연락할 방법이 있었던가요? 한 번 찾아간다는 것이 산판도 곧 다른 곳으로 옮겨가고 이런저런 일로 해서 잊게 되었지요."

그는 운전기사라는 직업이 당시에는 최고의 인기 직업이었음을 더 강조하더니, 다시 막걸리를 마시기 시작했다. 그리고는 요즘 택시회사에서 노조 조합장 선거가 있는데 꼭 양아치 같은 놈들만 당선된다며 목청을 높였다. 그 정도로 운전기사 수준이 형편 무인지경이라는 탄식도 곁들였다. 그러다가 신세대들의 무분별한 성생활을 이야기하더니 중년의 문제로 화제를 옮겼다.

"젊은이, 사람마다 사주팔자라는 게 있잖수? 나는 재복은 없어도 여복은 있는가 보우! 지난주에는 대둔산에 등산객 일행을 내려주고 나오는 길에 한 여자를 태웠잖겠수. 수다분하긴 해도 얼굴에 복이 붙었기에 시내로 나오면서 이런저런 이야기를 나누었지요. 처음에는 뾰로통해 있던 여자가 내 넉살에 긴장이 풀렸는지 나보고 술을 같이 할 수 있느냐고 하지 않겠어요? 이거 완전 땡 잡은 거잖수! 그래도 남자는 이럴 때 쉽게 마음을 열어서는 안된다우! 그렇다고 여자의 기분을 거슬려서는 더욱 안 되지요. 암만! 이것이 바로 테크닉! 우리말로 사교술이라는 건데, 대신 술값은 내가 낸다는 조건을 걸었지요! 그랬더니 여자도 기분이 째지는지 빙긋 웃더구만요!"

"그 여자가 술집 여자였던가요?"

이야기에 호응한다는 것이 의미 없는 문장이 되어버렸다.

"아따! 내 이야기를 마저 들어보슈! 관저동 횟집에 들어가 이야기를 들어 보니, 남편이 바람 나서 집을 나간 지 일주일 만에 집에 돌아온 날이 오늘이래요. 그래, 악다구니를 썼더니만 미안하다고 말하기는커녕 "오히려 너 같은 여자하고 사는 것이 지겹다"며 손찌검을 하더라는 거였어요! 그래 홧김에 집을 나와 무작정 차를 탄 것이 여기까지 왔다는 거예요. 그런데 다음 말이 가관 아니겠어요? 자기도 오늘부터 맞바람을 피울 건데 자기하고 한 번 자 줄 수 없느냐는 거예요! 오-마이 갓! 해피! 해삐! 인생 이즈 오 마이 해삐 아니겠어요! 어-허~ 어허허!"

움츠렸던 내 하초에 다시 바람이 일고 있었다. 오늘의 이 느낌은 오래도록 속옷에 갇혀 있을 듯싶었다.

"그래, 어떻게 되었어요? 달래서 보냈습니까?"
"예끼. 이 양반아! 그러면 천당에 절대 못 가지! 염라대왕을 내가 무슨 낯으로 뵙나? 내 평생에 용돈에 일당까지 받으며 남의 예펜네 속옷을 벗겨 본 건 처음이었수! 인생은 즐겁게 살면 다 복이 찾아오는 법입니다. 어-허~ 어허허! 오늘도 즐겁게 일을 하다 보니 형씨 같은 좋은 사람도 만나고 막걸리도 얻어먹는 거 아니겠수?"

그의 말대로 세상을 긍정적으로 바라보면 공짜도 생기고 여자도 저절로 다가와 가슴에 안기는 것일까? 그렇다면 일면식 없는 사람에게 나처럼 술을 사고, 공짜로 몸을 맡기는 이의 마음은 어디에서 오는 것일까? 몽롱한 가운데, 나는 사량도 바닷가를 걸어가고 있는 한 여인을 뒤쫓고 있었다.

나는 우연한 만남을 기대하지 않는다. 그런 만남이 내게는 없었기 때문이다. 다만 우연한 만남을 제공하는 별난 공간이 있기는 하다. 예를 들면, 시내 유명한 건물에 불이 났을 때 그곳으로 달려가 보면 구경꾼 중에 한두 명의 낯익은 얼굴을 보게 된다. 또한, 제주도 중문 단지나 중국의 자금성 또는 일본의 교토 유적지를 돌아다니다 보면 아는 사람과 조우할 때가 있다. 그만큼 지인들을 만날 확률이 높은 장소가 있다.

범생이처럼 글만 쓸 줄 아는 나에게도 우연한 만남이 찾아왔다. 전혀 예상치 못한 일이었다. 그것은 섬에서 이루어졌다. 그것도 남해의 한적한 공간에서 말이다.

3년 전에 부산에서 전국 국립대학 홍보실장협의회가 있었다. 육지에 사는 사람에게 섬은 환상과 낭만의 공간으로 다가온다. 특히, 부산은 바다와 인접한 국내 최대의 도시이며 복합문화의 냄새가 풍기는 곳이기에 고급문화를 즐기는 사람들이 선호한다.

내가 부산을 좋아하는 이유는 다양한 종류의 생선을 시장에서 볼 수 있을 뿐만 아니라, 고급스러운 거리문화가 마음에 들기 때문이었다. 또한 광안리 해수욕장 인근에 자리하고 있는 횟집과 광안대교의 야경, 해운대의 백사장과 바다가 주는 낭만, 낙동강 갈대숲으로 이어지는 해안도로의 이국적 정취 등 많은 것들이 내 성정과 맞아떨어졌다.

그날도 부산의 야경이 뿜어내는 환상적 분위기에 취해, 나는 숙소를 나와 달맞이동산 아래에 있는 청사포 너럭바위에 서 있었다. 광안리와 해운대를 거쳐 비로소 이곳에 와야 맑은 물을 볼 수 있는 곳이었다. 달맞이고개 아래에서 조용히 숨 쉬며 사는 이들이 바로 청사포 주민들이었다. 그러나 최근에는 이곳에 횟집이 들어서고, 어업에 종사하던 사람들이 시내로 이사하면서 이곳도 관광객을 끌어들이고 있었다. 나는 부산에 올 때마다 이곳에 들러 세태에 따르는 환경의 변화를 실감했다.

청사포에서 바라보는 바다의 풍경은 형언하기 힘든 매력을 지니고 있었다. 마을로 접어드는 어귀에 서면 시퍼런 바다가 마치 금방이라도 머리 위로 덮칠 듯한 위용과 생동감을 주었다. 시퍼런 바다가 눈앞에서 꿈틀댄다는 표현이 적절할지 모르겠다.

나는 청사포의 밤바다가 낮에 보았던 정경과는 사뭇 다를 것이라는 기대감에 마을 초입에서 택시를 멈추게 했다. 양방향으로 길게 드러누운 방파제와 두 개의 등대가 시야에 들어왔다. 바다는 낮에 보았던 위용을 보여 주지는 못했다. 어둠 속에 바위들은 굳게 입을 다물고 파도가 길게 누운 모래를 건드리고 있었다. 울퉁불퉁한 바위를 넘으며 나는 여러 번 미끄러졌다. 나는 콧구멍을 최대한 넓혔다. 알코올로 달아오른 콧구멍이 해풍을 시원하게 받아들였다. 취했음이 분명했다. 바다에는 한낮의 햇살에 지친 어선들이 쇠말뚝에 묶여 불안한 휴식을 취하고 있었다. 이른 저녁 시간이라 식당에는 소주를 즐기는 사람이 여럿이었다. 방죽 아래에는 낚시를 즐기는 사람도 있었다.

방파제를 따라 걸어가자 습한 바람이 온몸을 훑고 지나갔다. 어둠에 덮인 바다를 바라보는 것에 시들해진 나는 방죽을 이리저리 둘러보며 호흡을 가다듬었다. 그리고 더는 나아갈 곳이 없다는 것을 알고는 발길을 돌리다가 나는 방죽 밑에 시선이 갔렸다. 삼십 대 중반으로 보이는 한 여인이 찌에 갯지렁이를 꿰고 있었다. 여자 홀로 방죽 아래서 밤낚시를 한다는 것이 이채로웠다. 나는 그녀가 놀라지 않도록 인기척을 내며 조심스럽게 방죽 아래로 내려갔다. 시멘트 계단은 보기보다는 가팔랐다. 육십도 경사는 족히 되어 보였다. 시멘트 계단을 나무늘보처럼 내려간 나는 그에게 부담을 주지 않기 위해 조심스럽게 말을 건넸다.

"낚시를 무척 좋아하시나 봐요?"
"무척은 아니지만 좋아는 합니다!"

짧은 대답이었지만 부산 사투리의 억양이 특이하게 들렸다. 릴낚시를 다루는 솜씨며 낚시 구명조끼까지 갖춰 입은 것이 초짜는 아닌 듯 싶었다. 그녀는 잡은 물고기를 이리저리 살피고는 다시 바다에 놓아주기를 반복하고 있었다. 남들은 낚싯대를 두세 개씩 설치하고 어망

채우기에 바빴지만, 그는 시간을 즐기고 있었다. 나는 그의 얼굴을 살피기 위해 한 발짝 비켜섰다. 그러자 그의 얼굴이 불빛에 조금씩 드러났다.

광대뼈가 굵은 선을 이루고 얼굴형이 올망졸망한 것이 성격이 서글서글해 보였다. 두 팔로 안으면 가슴에 폭 안길 것 같은 몸매와 이국적인 부산 사투리. 나는 점점 호기심이 일었다. 그곳에서 나는 그녀와 부산의 명소에 관한 이야기를 삼십여 분 동안 나누었다. 그러는 동안 어떤 경계가 지워지는 느낌이었다.

나는 그녀와 인근 횟집에 들러 소주를 같이 했다. 바닷가 출신이라 그런지 해산물도 잘 먹었다. 어둠 속의 얼굴과는 다르게 그녀는 나이가 있어 보였다. 그러나 나는 그녀에게 나이를 묻지는 않았다.

그녀는 대학에 다니는 두 아들을 두고 있었다. 두 아이는 모두 부산에서 의과대학에 다닌다고 했다. 그것도 치과대학에 다닌다고 했다. 두 아이의 성격이 너무 달라 성격을 반반 나누어 가졌으면 좋겠다는 이야기도 했다. 신랑은 통영에서 양식업을 하느라 그곳에 있다고 했다. 아이들은 거의 대학 도서관에서 살다시피하고, 타향이라 무척 무료하다고 했다. 그래서 낚시도 하고 친구도 사귀며 시간을 낚는 법을 익히는 중이라 했다. 그날 그녀와 나는 무수한 이야기를 나누었다. 술자리가 다 그렇듯이, 우리도 살아 온 이야기와 살아 갈 이야기를 나누었던 것 같다.

나는 2주일 후에 KTX 열차를 타고 부산을 찾았다. 그리고 택시를 탔다. 택시 기사는 나에게 광안리는 무슨 일로 왔느냐고 물었다. 나는 친구를 만나러 왔노라고 했다. 여자친구냐고 해서 아니라고 했다. 광안리에서 내려 그녀를 만나러 가는 동안 택시 기사는 나를 주시하는 느낌이었다. 뒤통수가 가려웠다. 약속장소에서 만난 나는 그녀의 손을 끌어 5층 건물로 된 횟집으로 들어갔다. 그녀는 오랜만에 만났는데 눈도 한번 마주치지 않느냐고 했다. 그때, 나는 부산에서도 운전기사의 시선에 쫓기고 있음을 발견했다.

그녀는 장남이 편입학 시험에 합격하여 서울로 올라간다고 했다. 그리고 지난 태풍으로 양식장이 엉망이 되었다고 했다. 그래도 자신은 남편의 능력을 믿는다고 했다. 우리는 술을 마시고 노래방에 가서 몸부림을 치고 나서야 근처 모텔로 향할 수 있었다. 그녀는 한참 어린 동생이 까분다며 내 머리를 두어 번 쥐어박았다. 그래도 기분은 좋았다. 그녀를 만나면 자유를 얻는 기쁨이었다. 경계를 긋지 않는 여자, 그것이면 족했다. 그녀에게는 성에 대한 경계조차 없었다. 오히려 나 보다도 열려있는 사고를 지니고 있었다. 나는 성에 대해 무척 고지식했다. 아니, 무지하기도 했다. 초등학교 시절, 인근 야산의 산소에서 발가벗은 채 어른 놀이를 할 때도 나는 고추 세울 생각은 전혀 없었다. 중고등학교 여자 동창과 한방에서 잘 때도 나는 등을 돌려 구부리고 잤으며, 대학 동아리 여자 후배와 여행을 가서도 그의 몸에 손을 대지 않았다. 그렇다고 내게 성기능장애가 있는 것은 아니다. 오늘 아침에도 나는 이상이 없는 하체를 확인했기 때문이다. 한마디로 나는 모태솔로였다.

군에 입대하기 전날, 하마터면 나는 총각 딱지를 떼일 뻔했다. 친구들은 터미널 인근에 있는 여관에 술집 아가씨를 내 방으로 밀어 넣었다. 그러나 나는 그녀의 몸을 탐하지 않았다. 쑥스러워서가 아니었다. 연민의 감정으로, 나는 그 여자를 하루라도 편히 쉬게 하고 싶었다. 그러나 이튿날 나는 배신감과 수치심으로 몸을 떨어야 했다. 그 여자가 옆방에서 같이 잔 친구에게 어젯밤에는 돈을 공짜로 벌었다며 지난밤의 일을 떠벌였기 때문이었다. 나는 친구들로부터 '빙신!'이라는 소리를 들어야 했다. 기억에서 지우고 싶은 사건이었지만 아직도 그러지 못하고 있다.

어느 순간부터 내게 성에 대한 장벽이 없어진 걸까? 아마도 '빙신'이라는 단어를 듣는 순간부터 여자에 대한 믿음과 성에 대한 도덕성이 무너졌던 것 같다. 그래서 군에서 첫 외박을 나온 날부터 나는 여자를 정복의 대상으로 인식하고 행동했다.

우리가 몸을 씻고, 더듬고 허공에 붕 뜨는 느낌을 받아 아찔한 계곡으로 떨어지기까지 한참이 걸렸다. 어느 하나 서두르거나 조급하지 않았다. 원숙한 여인답게, 중년의 사내답게 우리는 격렬하게 때로는 부드럽게 서로의 몸을 탐했다. 그리고는 오랫동안 침대에 누워있었다. 나는 그저 마음이 편했다. 막혔던 많은 것이 한꺼번에 빠져나간 듯 시원했다. 그녀도 그런 느낌이었을까? 그녀도 마음이 개운하다고 했다. 분명, 마음이라고 했다. 그런 후 우리는 좋은 감정으로 각자의 자리로 돌아갔다.


사량도는 매력 있는 섬이었다.

나는 여름방학 때 총학생회 임원들을 인솔하여 2박 3일 일정으로 남해로 연수를 가게 되었다. 사량도는 상도와 하도, 수우도로 구성되어 있으며, 어사 박문수가 고성군 하일면에 있는 문수암에서 이 섬을 바라보니 두 개의 섬이 짝짓기 직전의 뱀처럼 생겼다고 해서 '사량도'라 명명했다고 한다. 그러나 지도상에서 본 사량도가 뱀의 모습 같지는 않았다.

가우치 선착장에서 5시 10분에 출항하는 막배를 타고 섬에 도착했을 때, 우리가 숙소로 예약한 통나무집 주인이 봉고차로 마중 나와 있었다. 남해답지 않게 바닷물은 더러웠고 폐기물이 파도에 쓸려 해변을 더럽히고 있었다. 그렇다고 기암괴석이 눈에 띄지도 않았다. 섬사람들은 의자에 앉아 지나가는 방문객을 유심히 살피고 있었다.

그녀를 만난 것은 사량초등학교 인근에서였다. 옥루봉, 향봉, 가마봉 그리고 불모산을 등산하고 숙소로 돌아오던 길에 가게에 있는 그를 발견했다. 그녀를 본 순간, 옥루봉 바위 끝에 서 있던 아찔한 감정이 솟구쳤다. 부산에서 그녀를 본 후 7년 만이었다. 처음에는 서로 멍한 얼굴로 바라보기만 했다. 그리고는 주인을 의식해서 애써 눈길을 피했다.

나는 구매한 물건값을 계산하고 가게를 나와 십여 미터 떨어진 곳에서 그녀를 기다렸다. 그도 몇 가지의 생필품을 산 후 내 뒤를 따라왔다. 우리는 자연스럽게 한적한 초등학교 잔디 위에 자리를 잡았다. 이름을 알 수 없는 붉은빛의 바닷게들이 운동장 수로를 들락거렸다. 우리는 학생들이 언제 나타날지 모르는 곳이기에 그곳을 벗어나 대항 쪽으로 향했다. 해는 아직도 빛의 위력을 보이며 머리 위에서 끓고 있었다.

우리는 바다가 보이면서도 그늘진 바위틈에 앉아서야 여유를 찾았다. 그녀는 햇볕에 얼굴이 그을리고 화장을 하지 않았을 뿐, 예전의 모습을 그대로 간직하고 있었다. 따로였지만, 그녀와 내가 사량도에서 함께 잠을 잤다는 사실이 믿어지지 않았다. 나는 전날, 그녀의 남편이 경영하는 멸치 공장도 학생들과 둘러보기까지 했다. 통나무집 여주인의 말에 의하면 그녀의 시아버지는 이곳 유지라고 했다. 그의 아들 또한 서너 척의 큰 어선을 보유하고 있는 부호였다.

나는 그녀의 말에서 7년의 공백을 느끼고 있었다. 예전처럼 우리가 부산에서 만났다면 그녀와 나는 모텔에 가 있을 것이었다. 그러나 우리는 다소 멋쩍게 거리를 두고 재회의 기쁨을 나누었다.

두 아들이 병원에 취업한 후, 그녀는 남편을 따라 이 섬에 살고 있다고 했다. 간혹 통영에 있는 아파트에 들러 집을 정리하는 일을 빼고는 거의 이 섬에서 바다를 느끼며 살아가고 있노라고 했다. 그는 이제 심심하거나 외롭지는 않다고 했다. 편안하게 말을 이어가는 그녀의 등 뒤로 옥루봉이 솟아 있었다. 그녀와 옥루봉은 서로 겹쳤다가 분리되기를 여러 번 반복했다. 그녀는 어느덧 이 섬의 옥녀가 되어 있었다. 그리고 나는 그의 아비가 되어 그를 탐했던 악행을 기억하고 있었다. 내가 그녀를 탐하려 한다면 그는 저 옥루봉에 먼저 올라가 나에게 소 울음을 내며 기어오르라고 할 것 같았다. 그러나 나는 옥루봉의 전설 속 그 아비처럼 소가 될 생각은 전혀 없었다. 소 울음을 내며 절벽을 기어오르면 그는 옥녀처럼 바다에 몸을 날려 죽어 버릴 것 같았기 때문이었다. 우리는 오랫동안 여러 이야기를 나누었다. 부산에서처럼 싱싱한 언어들은 아니었다. 그저 시든 삶의 이야기들이었다. 대화는 일상의 그물을 벗어나지 못했다.

　대항으로 붉은 노을이 번지고 있었다. 그것은 우리가 부산에서 느꼈던 욕정의 불덩이가 하늘에서 흩어지는 모습이었다. 그 아래에 아름다운 섬과 정숙한 옥녀가 함께 있었다. 이제 옥녀는 외로운 여인이 아니었다. 뭍에서의 축축한 인연과 사랑으로 섬에서 다시 태어난 옥루봉이었다. 섬은 그의 가족을 지키는 울타리로 누워있었다. 나는 옥녀와 그 섬을 오래도록 지켜 주고 싶었다. 그러면 전설의 옥녀와 그의 아비도 환생하여 그 섬을 다시 건강하게 일굴 것 같은 느낌이 들었다. 나는 옷매무새를 고치며 그녀의 손을 꼭 잡아 주었다.

　화장실을 다녀온다던 운전기사는 술에 취해 인사도 없이 떠나버렸다. 길이 있는 곳이라면 어디든 달려갈 사람이었다. '어-허, 어-허허!' 소리를 수만 번 외치다가 저승길로 차를 몰 사람이었다. 그는 외로운 섬이 다가오면 이리저리 흔들어 볼 것이다. 그리고 "어-허허!" 소리를 내다가 다가오는 사랑을 외면하지 않을 것이다.
　어둑해지는 거리로 나왔을 때, 하나의 길이 무수한 길로 이어져 있었다. 그런데 정작, 내가 갈 길은 오직 하나였다. 그것도 내가 걸어왔던 그 길로 다시 돌아가야 하는 재미없는 행로였다.
　아파트 앞에 있던 상인들은 귀가하고 없었다. 벌써 시간이 이렇게 되었나 싶었다. 나에게 지금이 몇 시인지는 그다지 중요하지 않았다. 시장 어귀에는 고기로 배를 채운 사람들이 엇박자 걸음으로 흐트러진 문장을 허공에 날리고 있었다.
　아파트 정문에서 우리 집에 이르는 동안 나는 한 사람도 만나지 못했다. 2천 세대가 사는 아파트 단지에서 산목숨 하나 발견하지 못한 것도 드문 일이었다. 아파트 대부분의 세대는 불이 꺼져 있었다. 잠을 청하지 못한 사람들은 브라운관의 푸른 빛을 창문으로 내보내고 있었다.

현관의 자동문에 검지를 대자, 도어가 드르륵 하고 소리를 냈다. 짧지만 큰 소리였다. 아내와 아이들은 자고 있었다. 모두가 나의 잠입을 편하게 허락하고 있었다. 나는 이미 물결이 되어 있었고, 가족은 섬이 되어 여기저기 누워있었다. 그 섬은 사량도 근처에서 보았던 섬과 같은 형상이었다. 큰 섬 주위에 아주 작은 섬 세 개가 자연스럽게 놓여 있었다. 나는 그 섬들을 오래도록 곁에 두고 싶었다. 섬을 물끄러미 바라보던 나는 뒤척이는 아내의 몸짓에 놀라 침대로 기어들었다. 그리고 청사포의 바람을 담은 대항의 저녁노을 속으로 들어갔다.

# 6

## 사마산

# 사마산

 사마산이 전설을 품고 길게 누워있었다. 마치 죽은 말의 형상으로.
 사마산은 나의 고향 마을에 있는 산 이름이다. 여느 시골과 마찬가지로 마을 앞으로 논이 펼쳐져 있고, 개울이 있고, 그 개울을 건너면 동서 방향에 사마산이, 북남 쪽에는 미륄산이 자리하고 있다. 1년 내내 물줄기가 끊이지 않는 개울은 공주군과 청양군을 경계 지으며 사마산 아래로 흘러 금강과 합류하고 있다. 그곳에는 선대의 왕이 전투하다 사망했다는 왕둠벙, 그리고 왕이 타던 말이 묻혀 있다는 사마산이 뜬금없는 전설을 간직한 채 분지형의 마을을 형성하고 있다.
 산등성이를 일궈 경작한 곡물과 논에서 나는 쌀이 수입원이었던 내 고향은 노름과 쌈박질이 일 년 내내 끊이지 않는 곳이었다. 이러한 척박한 땅에서 태어난 초등학교 선·후배들은 시내버스 안내양으로, 또는 공상으로 소기에 취업해야 했다. 자식을 도시로 밀어낸 아버지들은 술집을 돌아다니며 취업한 자식을 자랑하곤 했다.

아마도 사마산이 나다니엘 호오돈의 '큰 바위의 얼굴'에 나오는 바위나, 이외수의 '장수하늘소'에서의 장암산과 같은 정기 어린 산이었으면, 나는 벌써 말단 공무원이 아닌 행자부 장관이라도 하고 있었을 것이다. 하지만 나는 이 고장에서 대학을 졸업한 최초의 지식인이라는 이유만으로 고향에 부담을 느끼고 있었다. 또한 선·후배들의 부러움 또는 시기로 나는 항상 대열에 끼지 못했다. 그때마다 나의 마음을 보듬어준 게 사마산이다. '큰 바위의 얼굴'에 등장하는 주인공처럼 나도 유명인이 되어 낙후된 고향마을을 일신시키고 싶었다. 그러기에 군부독재를 자산으로 한 새마을 운동과 각종 부역도, 멸공이나 간첩 신고를 권고하는 글들이 우리 집 사랑채 벽에 벌겋게 달궈져도 당연한 것으로 생각했다.

아무튼 긍정과 부정을 공유한 나의 고향 마을은 자유와 민주, 그리고 희생의 요구에도 동요 없이 평온을 유지하고 있었다. 나는 오히려 그것이 좋았다. 유년의 기억을 더듬을 수 있는 사물이 곳곳에 놓여 있는 고향은 언제나 나를 동심으로 돌아가게 했다. 특히 사마산 밑의 왕둠벙은 전설이 주는 신비성과 두려움을 잊고 알몸으로 물놀이를 하던 곳이라 그런지, 마을 초입에 들어설 때면 눈길이 더 가는 곳이다. 특히, 마을 뒷산에 있는 무덤가에 앉아 마을을 굽어보는 즐거움이란 이루 말할 수 없는 평온함을 준다.

유년 시절, 왕둠벙에서 물놀이를 하다 말의 요동치는 환영을 보고 혼비백산하여 달려 나왔던 예전의 감각을 되살린 것은 재석의 부음 소식이었다.

"그 자식 죽어 버렸다"

전홧줄을 달구는 재석 어머니의 음성은 갈대의 소음처럼 버석거리고 있었다. 회갈색 전화기를 급하게 떨궈 버린 나는 경망한 행동을 자책하지 않을 수 없었다. 수화기를 놓기 전에 최소한의 예를 표했어야 할 일이었다. 그리고 죽음의 내력이나마 간단히 묻는 정도의 예는 표했어야 했다. 그러나 그럴 수도 없었다고 합리화하며 나는 이내 돌아서고 있었다. 그녀의 음성에서 재석은 이미 오래전 멀어진 살붙이라는 것을 감지할 수 있었기 때문이다.

오늘 나는 문득 재석을 떠올렸다. 그리고 빛바랜 수학책에서 그의 전화번호를 찾아냈을 때만 해도 마음이 설레고 있었다. 재수 시절에 사용하던 수학 정석에서 발견해 낸 재석의 전화번호는 너무 오래되어 쓸모가 없었다. 어쩌면 그것은 요단강행 특급열차로 가는 좌석번호였는지도 모른다.

검게 채색된 구름이 사마산을 넘어갈 때, 거대한 형체의 떨림이 있었다. 그리고 갑자기 사마산이 일어나 나에게로 달려들고 있었다.

봄비가 후줄근하게 내렸다. 사흘째 이어지는 칙칙한 날씨였다. 1980년 서울의 봄은 그렇게 낮게 가라앉고 있었다. 군부독재를 외치는 소음과 최루탄이 바람을 타고 날아올랐다. 안양역에서 전경에게 보여주었던 책가방은 남영역에서도 보여주어야 하는 수모를 겪었다. 그것은 나의 치부를 보여주는 것만큼이나 부끄러운 일이었지만, 나는 저항하거나 토를 달지 않았다. 사마산을 바라보며 자란 내 의식의 저변에는 국민의 안녕과 공공의 이익을 위해 필요한 모든 행동을 수

용할 자세가 되어 있었기 때문이다.

내가 다니던 재수학원은 남영역을 빠져나와 우회전하면 창고를 개조해 만든 건물로 도로와 인접해 있었다. 도로 건너에는 세종학원이 있어 우리를 유혹하는 플래카드가 일 년 내내 걸려 있었다.

광주사태로 그날도 전경과 대학생 간의 격렬한 투석전이 벌어지고, 우리는 최루탄 냄새를 견디지 못해 학원 수업을 중단해야 했다. 투덜대는 재석을 따라 학원을 나설 때는 이미 데모 행렬이 서울역으로 몰려간 후였다. 찢어진 호외에는 광주의 참상이 전두환의 초상과 겹쳐 널브러져 있었다. 우리는 일찍 귀가하는 시민들을 따라 삼각지를 지나 영등포역을 지나고 있었다. 공교롭게도 우리는 자유와 민주의 구호에 역행하여 한강교를 향하고 있었던 셈이다.

한강교 너머 흑석동과 한남동의 대학가에서 몰려나온 학생들의 흔적이 거리 여기저기서 묻어나고 있었다.


"상 - 늠의 자식들!"

나는 재석이 뱉어낸 저주의 대상이 누구인지를 묻지는 않았다. 하지만 그가 시위대열에 미친 듯이 합류했던 지난 행적으로 보아 예상되는 바였다. 오히려, 수업을 방해한 자들에게 강한 거부감을 가진 것은 나였다. 농사를 지으시는 부모님, 6남매의 장남으로 명문대학, 그것도 법학과에 반드시 진학해야 한다는 압박감은 늘 나의 사회 감각을 무디게 하고 있었다. 지금 생각해도 교수의 아들이며 막내였던 재석과는 여러 면에서 어울리지 않았다. 그런데도 우리는 항상 붙어 다녔다.

힘없는 바람이 썩은 강물을 품고 한강로를 스쳐 가고 있었다. 한강대교 직전에서 왼쪽으로 한참을 걸어 온 우리는 적당한 자리를 잡고 앉았다. 자동차 소음을 제외하곤 제법 봄비의 정취를 느낄 수 있는 쓸만한 쉼터였다. 우리는 잡다한 이야기를 주고받다가 사는 이유에 관한 이야기를 했던 것 같다.

"정말 왜 사는지 모르겠다"
"왜 사는지 모른다구?"

나는 문득 '키 작은 코스모스'라는 소설에서 어느 여자가 중년의 남자에게 던진 물음을 떠올렸다.

"어느 소설에는 왜 사는지 모르기 때문에 사는 거라고 쓰여 있더군. 그러나 누가 뭐라고 하든 나는 출세하려고 살고 있다. 출세가 제일이냐고 묻겠지! 아마도 교수의 아들인 네 놈은 농부의 아들인 내 심정을 모를 거다."

재석이 피식 웃었다. 그리고 동시에 종이컵에 담긴 소주가 입속으로 들어갔다.

"아버지를 도우려 지게를 지고 논에 나간 적이 있지, 바로 오늘같이 비가 온 직후였어. 소에게 줄 풀을 베어 지게에 얹었지. 그리고 뒤뚱거리며 집으로 돌아오던 길에 지나가던 자가용이 튀긴 흙탕물을 뒤집어썼어. 그때 내가 달아나는 운전사에게 뭐라고 욕했는지 아냐? 개새끼! 앞으로 너보나는 나는 놈이 되리라고 그랬지. 아니, 악다구니를 썼지!"

"그래서, 출세를 하시겠다는 게군. 나의 친구이자 농부의 아드님께서! 출세라… 무엇을 위해서? 그리고 누구를 위해서? 권력을 지향했던 자들의 말로가 어땠는지 아니? 싸구려 하숙집이야 임마! 정신 차려!"

"싸구려 하숙집? 뭔 개풀 뜯어 먹는 소리야? 임마!"

"나의 친구이자 농부의 아드님! 내가 니체를 말하고 있잖아요? 니체를! 스위스와 이태리의 싸구려 여인숙을 전전하며 정신병을 앓던 그 위대하신 분 말이야! 권력의 귀소란 싸구려 하숙집이란 말이다!"

우리는 동시에 큰 소리로 웃었다. 오징어를 씹으면서도 재석은 평소의 습관대로 자신의 논리를 전개하고 있었다. 아니, 오징어가 아니라 개 풀을 뜯어 먹고 있었는지도 모른다.

"라울의 법칙, 보일의 법칙, 러더퍼드의 원자모델을 아무리 외워도 세상은 변하지 않아! 그러나 독재 권력은 행동하는 몸짓이 있는 한 무너지기 마련이지. 강물이 흐르는 것은 밀어내는 무언의 힘이 있기 때문이야. 그 무언의 힘은 민중의 가슴에서 나오는 거고."

게슴츠레한 눈으로 나를 바라보는 재석을 향해 나도 지지 않으려고 입을 열었다.

"아궁이에 불을 때기 위해 나무를 베어온 것도, 조상에 제를 지내려 동동주를 담근 것도 한때 죄가 된 적이 있었지! 면서기만 나타나면 산으로 도망쳐야 했던 그 치욕을 맛보지 않은 자들은 나를 이해하지 못해! 나는 박정희 정권 때 아버지 대신 신작로 보수공사와 사방공사에 나간 적도 있지. 그때 나는 불평 한마디 하지 않았어! 조국과 민족의 발전을 위해 월남전 참전도 불가피한 것이고 부역도 필요한 일이라고 생각했지. 다만 부역의 현장에서 삽질하는 자와 뒷짐을 지고 있는 자의 차이를 생각했을 뿐이지. 그런 생각은 대상의 크기와 높이만 다를 뿐, 지금도 변함이 없어!"

"아-하! 그래서 감독관이 되시겠다? 못 말리는 촌놈이군!"

오늘도 나는 재석과 생각의 차이를 확인하고 도로로 기어올랐다. 도로는 혼잡했다. 불만과 허기진 음성들이 엉켜 거리를 느리게 빠져나가고 있었다.

"이제 나는 역전으로 가야겠다. 돈 좀 있냐?"

"돈?"

"세상을 뒤엎는 대열에 기부금 좀 내란 말이다! 대열에서 이탈되었을 때의 우울함을 맛보지 않은 자들은 대열의 가치를 모르지! 물론, 너도!"

무려 오만 원을 내 지갑에서 강탈해 간 녀석은 다시 자유와 민주의 광장으로 분주하게 내닫고 있었다. 날품을 팔아 보낸 아버지의 손때 묻은 돈이었다. 나는 투덜대며 반대 방향에 있는 안양의 자취방을 향해 걸었다. 그러나 그리 기분이 나쁘지는 않았다.

재석이 학원에 나타난 것은 목요일 오후였다. 그동안 재석은 연락을 누절한 채 나타나지 않았었다. 그의 눈 밑에 자리한 푸른 멍 자국이 그리 편치 않은 시간이었음을 말해주었다. 그는 큰형에게 말을 듣지 않는다고 흠씬 두들겨 맞았다는 두서없는 말만 지껄였다. 그러면서 그는 누군가를 찾고 있었다. 그의 속내를 아는 나는 모르는 체했다. 그리고 어제가 재석이 칠판을 지우는 당번 일이었으며, 칠판을 지우는 일을 혜진이 대신해 주었음도 이야기하지 않았다.

혜진이 재석의 칠판 닦는 일을 도와준 것은 어제만이 아니었다. 한 달 전에도 그런 적이 있었는데, 그때는 단지 지저분한 칠판을 닦는 착한 여학생으로만 생각했었다. 그러나 그러한 행위가 재석을 향한 관심 표현이라는 것을 최근에야 알았다. 안양에서 전철을 이용해 통학하던 나는 수원에서 승차한 그녀와 가끔 만났다. 시력이 몹시 나빠 측면에서 보면 눈이 이중으로 겹친다는 것을 제외하면 순수한 이미지의 꽤 괜찮은 여자였다. 그녀의 재석을 향한 관심과는 달리, 그는 여자에 별 관심을 보이지는 않았다. 육체파 여학생을 향해 보기 드문 몸매를 지녔다고 극찬했던 것을 빼고, 그는 여자보다 정치 담론에 열을 올렸다. 그런데 최근 들어 그녀를 향한 재석의 관심이 부쩍 많아졌음을 알 수 있었다. 사내로서의 본능이라기보다 무언가 외로움을 나눌 대상을 찾는 것 같았다. 그것은 어제저녁에도 나타났다. 세종학원 옆을 지나가던 그가 갑자기 "수원도 시골이지?"하는 물음을 던져왔기 때문이다. 그 물음 속에는 봉천동에 사는 자기 집과의 비교를 통해 공통분모를 찾으려는 의도가 분명했다. 나는 수원이 신흥도시이며 아직도 많은 지역이 낙후되어 있음을 이야기함으로써 재석을 위로했다.

수업을 알리는 비발디의 음악이 울리자 그는 화장실을 다녀오겠다며 강의실을 나갔다. 그리고 잠시 후, 지리 강사의 강의가 시작되었고 그가 사바나 기후의 특성에 대해 열을 올리는 순간 잡음이 들렸다. 날카로운 여학생의 목소리와 분노한 사내의 음성이 얽히는 소리였다. 강의실 여기저기서 학생들이 뛰어나왔다. 나도 그들에 끼여 후문 근처에 있는 화장실에 이르렀을 때 사건은 이미 종료되어 있었다. 사건의 중심에 재석이 있음을 안 것은 분노한 얼굴로 가방을 가지러 온 그를 만난 후였다. 혜진이 화장실에서 담배를 피우던 중 어떤 사내와 다툼이 일어났고, 재석이 그에게 주먹을 휘두른 것이었다.

학원 총무가 담임선생의 호출이라는 말을 전하자, 우리는 '쓰발' 소리를 내며 학원 뒷담을 넘었다. 그리고 봉천동행 55번 버스에 몸을 실었다. 그러나 재석은 그의 집으로 가는 대신, 음습한 골목을 따라 산동네로 향했다. 단독주택이라기보다는 단독형태의 다가구 주택단지란 용어가 더 어울리는 동네였다. 많은 사람이 그곳에 붙어살고 있었다. 여기서도 아이는 태어나고, 그들은 살아있음을 확인하기라도 하듯 여기저기서 우는 소리를 냈다. 하수구 냄새와 함께 기분 나쁜 공기가 숨통을 조여 왔다. 가랑비가 속옷으로 스며들어 축축함이 전해졌다. 그곳에는 민주와 비민주 사이에서 몸부림치는 광주의 전운과는 무관하게 사람들이 살고 있었다.

재석은 능숙한 솜씨로 소주병 마개를 벗겨냈다. 익숙한 동작이었다. 나는 재석보다 먼저 소주병을 목젖으로 밀어 넣었다. 차가운 알코올이 창자 전체로 퍼져나갔다. 그제야 재석은 무작정 뒤따라온 내게 눈길을 주었다.

우리는 두어 잔의 소주를 더 마신 후 평정심을 되찾았다. 재석은 두

서없이 아침에 일어났던 일을 들려주며 한 번 더 흥분했다. 지난주에 한강대교 아래에서 헤어진 후 우리가 못 만난 것은 그가 수사기관에 구금되었기 때문이라고 했다. 그가 나에게서 돈을 가지고 간 이유는 우선 내 돈이 순수하기 때문이라는 말도 했다. 들녘에서 거두어들인 돈에서 그는 무한한 자유를 느낀다는 멋진 말도 했다. 그는 시위대에 참가한 학생들에게 농부가 수확해 얻은 돈으로 무엇인가를 사주고 싶었다고 했다. 그날도 시위에 지친 학생들에게 빵과 음료를 사주었다고 했다. 그런데 그 학생들이 학생회 간부들이었고, 공교롭게도 그 장면을 정보과 형사가 목격한 모양이었다. 재석은 구금 동안의 행적을 이야기하지는 않았다. 다만 그는 무척 수치심을 느끼고 있었다.

재석이 수척한 몸으로 귀가했을 때 집은 냉기로 가득 차 있었다. 수색영장도 없는 형사들이 집과 광고업을 하는 형의 사무실을 뒤집어 놓았다. 그리고 일간지 사회부 기자였던 누나는 이유도 없이 편집부로 전속되어 깨알 같은 활자를 보며 분을 삭이고 있었다. 보복이 이렇게 신속히 이루어질지는 예견치 못한 일이었다. 그리고 오늘 아침, 참지 못한 형의 주먹이 그의 얼굴을 강타한 것이었다. 학원에서 은신하려던 재석은 수업 직전에 들른 화장실에서 담배를 피우고 있는 혜진을 발견한 모양이었다. 그리고 그 맞은편에서 몰래 지켜보는 학원 담당 형사를 보고 달려가 그의 뺨을 갈겼다는 것이다. 며칠 전에 그를 심문한 형사였다. 취조 과정에서의 모멸감과 적대감이 그의 감정을 폭발시켰을 것이었다.

재석은 산등성이에 달라붙은 집들을 가리켰다. 그 집 중의 하나가 자기 집이라 했다. 화학공학과 교수였던 그의 아버지가 십여 년 전 간

경화로 죽었다는 말을 듣고서야 나는 그가 산동네에 사는 이유를 알 수 있었다. 그리고 풍족했던 유년 시절과 다른 환경에서 그가 생활하기가 쉽지 않을 것임을 짐작했다.

 재석은 그곳에서 또 다른 연락처를 나에게 남기고 떠났다. 집에는 들어가지 않겠노라며 그는 훌쩍 떠나버렸다. 나는 여느 날과 마찬가지로 또 서울에 혼자 남겨졌다.

 설악산 대청봉에 첫눈이 내렸다는 보도가 있었다. 입시는 막바지에 접어들고 있었다. 참으로 지루한 터널을 통과했다는 생각이 들었다. 여름이 지나자 수강생들은 각자의 학업 방식을 택해 흩어지고 있었다. 나도 학원가의 분위기에 편승하여 단과학원으로 옮겨 수강했다. 안양 우체국 뒤편에 있는 독서실에서 암기과목을 공부하고, 여분의 시간을 활용하여 국영수 과목을 수강했다. 악바리처럼 대드는 나와 재석의 성적은 항상 비슷했다. 나는 이러한 이유를 교수와 농부의 DNA 차이라고 단정했다.

 군사정권이 사회 전반을 장악함에 따라 광주 항쟁은 신문지의 지면에서 사라지고 있었다. 그래도 여기저기서 들리는 시위군중의 외침과 언론에서의 비판성 기사들은 지칠 줄을 몰랐다. 발 빠른 문화공보부의 언론통폐합 정책 입안과 함께 교육부에서도 자칭 혁신적이라는 대입 정책을 실행에 옮기고 있었다. 정책의 근간은 한 마디로 대학의 문호를 개방하여 쉽게 입학하고 어렵게 졸업하게 한다는 것이었다. 정원의 130%를 선발하여 졸업까지 30%를 자동 탈락시킨다는 것, 그리고 지원자가 원하는 세 곳의 대학을 선택하여 입학원서를 제출할 수 있다는 내용이었다.

　입시 창구는 대혼란이었다. 내 몸 추스르기에 바빴던 나는 재석을 생각할 여유가 없었다. 대입학력고사 성적표를 받은 나는 허둥대고 있었다. 나 뿐만이 아니라 다른 지원자들도 마찬가지였다. 원서를 여러 대학에 내는 것은 자유지만, 면접일이 같아 선택은 결과적으로 한 곳만 할 수 있었다. 기대에 훨씬 못 미치는 점수를 받은 나는 자신감을 잃고 있었다. 삼수에 대한 부담감으로 나는 결국 지방대학을 택했다. 학과의 선택은 주위의 기대에 부응하여 법학과를 지원했다.

　면접일 전날, 나는 대전 원동에 있는 여인숙에 숙소를 잡았다. 머리 위로 경부철도가 지나가는 희한한 집이었다. 좁은 방에 틀어 앉아 문제지를 훑어보던 나는 재석 생각이 났다. 그리고 바로 일어났다. 나는 여인숙을 잊지 않기 위해 몇 번을 뒤돌아보는 촌극을 연출한 후, 공중전화 부스를 찾았다. 재석은 예상대로 집에 없었다. 그러나 재석이 어느 시민단체의 일원으로 활동하고 있으며, 그곳에서 기숙하고 있음을 확인한 것은 큰 수확이었다.

　나는 면접을 보기 위해 일찍 일어났다. 긴장해서인지 밤새 잠을 설쳤다. 몇 가지 예상되는 질문에 답할 내용도 정리했다. 문제는 대학으로 가는 버스를 타기 위해 하숙집을 나서는 순간 일어났다. 하숙집 아줌마는 대학까지는 버스로 한 시간가량 걸릴 거라며 서두르라고 했다. 나는 한 시간이라는 말에 발이 저렸다. 면접은 정확하게 한 시간 남아 있었다. 다행히 1번 버스가 바로 도착했다. 만원 버스에 50분을 시달린 끝에 나는 대학 정문에서 내릴 수 있었다. 어떤 응시생이 차를 빨리 달려 달라고 기사에게 부탁한 덕분이었다. 마음이 급한 수

험생들은 고사실을 향해 달려가고 있었다. 나도 무리를 따라 뛰었다. 그러면서 '내가 지금 뭐 하고 있나?'라는 자괴감이 들었다. 치밀하지 못한 내 성격이 결국 나를 괴롭히고 있었다. 어렵게 찾은 법학과 사무실 앞에는 면접을 기다리는 수험생들이 대기하고 있었다. 나는 수험번호를 확인하여 겨우 내 자리에 설 수 있었다. 그때서야 내 몸이 땀으로 흥건히 젖어 있음을 느낄 수 있었다. 웃음이 나왔다. 영하의 날씨였다.

학과 선택의 동기를 묻는 젊은 교수의 질문에 나는 '권력을 얻기 위해서'라고 솔직하게 답했다. 다소 당황하는 교수의 태도에 나는 쾌감을 느꼈다. 젊은 교수는 아버지의 직업에만 관심이 있는 모양이었다. 그는 농사를 짓는 집안에서 어떻게 등록금을 마련할 것이냐는 질문을 던졌다. 순간 검게 다가오는 사마산의 그림자를 보았다. 그의 상판대기를 후려치고 싶은 분노를 누르고 잠시 숨을 골랐다. 그러자 사마산이 사라졌다.

합격자 발표가 있기까지 참으로 무료한 시간이 지나갔다. 방송에서는 각 대학의 예상 합격선을 이야기하며 호들갑을 떨었다. 국공립대와 서울 소재 인기 학과는 대부분 미달이었다. 비인기학과로 학생들이 쏠린 결과였다. 그러나 내가 지원한 학과의 미달 소식은 들려오지 않았다. 초조한 시간이 흐르고 있었다. TV에서는 삼청교육대 재소자들의 교육 장면을 뉴스마다 내보냈다. 정부의 홍보성 기사가 연일 머리기사로 올랐다. 근엄한 형상의 대통령 사진도 클로즈업되었다. TV가 많은 사람을 괴롭혔다. 내가 지원한 대학의 정문과 후문에는 전경들이 24시간 근무를 섰다. 서울 소재 대학의 여학생단체가 내가 지원한 대학에 다녀갔다는 소문도 들렸다. 시위에 적극적으로 나서지 않는 총학 측에 가위를 선물로 전하고 갔다는 풍문은 웃음으로 떠돌았다.

합격자 발표가 있기 전날, 나는 뜻밖에도 재석의 전화를 받았다. 그의 목소리는 가라앉아 있었다.

"법학과에 붙었다고? 결국 권력의 실타래 끈을 잡았군! 십 년 후엔 청와대에 가 있을랑가 몰라? 그간의 노력으로 보면 자네는 수석 아니면 차석이야. 다만 점수가 모반했을 뿐이지! 나에 대해 무척 궁금하지 않냐? 나는 이미 학교는 결정되어 있어. 세상을 편하게 살려면 한없이 편해질 수 있다는 것을 이번에야 알았어. 그리고 네가 지향하는 권력이 매력 있다는 생각도 해봤지. 우리 어머니는 지금, 아버지가 재직했던 학교에 연일 출근하고 계셔. 10년 전 아버지의 후광이 지금도 통할 수 있다니 참 신통하단 말이야! 결원이 발생하는 학과만 나오면 나는 교직원 자녀 자격으로 그 학과에 들어가게 될 거야! 나는 요즘 어머니의 극성에 감탄하고 있어! 그래서 어머니의 말씀을 잘 따르는 효자가 되기로 했지. 왜냐구? 학생이 데모하다 잡히면 훈방조치 되지만 일반인은 쇠고랑을 차거든. 완벽한 논리 사이에 자리하고 있는 틈새를 공략하기로 한 셈이지."

약간은 홍분한 말투였다. 재석은 오늘도 자기 말만 길게 쏟아내고 수화기를 끊었다. 나는 또 당한 꼴이 되었다. 그는 늘 그렇게 행동하고 있었다. 그러나 나는 재석이 싫지는 않았다. 보수적인 내 사고와는 다르게 진보 성향을 지닌 그와의 사이에는 뫼비우스 띠와도 같은 성질이 있었다.

드디어 나는 합격통지서를 받았다. 재석의 말과 같이 내가 뛰어났기보다는 새로운 입시정책의 수혜자였다. '아마도 합격선에 걸치지 않았을까?' 하는 생각이 들었다. 다행히 전국의 의대, 법정대, 경상대 등은 경쟁률이 저조하거나 미달이 많았다. 반면에 기초과학대, 사회대, 인문대 등은 사상 초유의 경쟁률을 보였다. 이에 각 신문사는 1면 머리기사로 사태의 원인을 분석하며 난리를 쳤다.

왕마가 죽어서인지 이 고장에서는 인재가 배출되지 않는다고 탄식하던 마을 사람들은 나의 합격 소식에 '잔치를 해야 한다!'며 축하했다. 우리 집은 온 식구가 먹을 수 있는 한 달 식량을 잔칫날에 모두 소진했다. 촌민들에게 법대는 출세가 보장된 최고의 상품이었다. 어느덧 그들의 입에서 판·검사 용어가 나오고 있었다. 80년의 첫해는 그렇게 끝이 났다.

자유와 방종의 시간이 흐르고 있었다. 이제는 나도 여학생의 얼굴을 정면에서 바라볼 수 있는 촌티 벗은 사내가 되고 있었다. 아이러니하게 재석도 법학과에 재학 중이었다. 아버지의 후광과 어머니의 극성도 있었지만, 그도 새로운 입시정책의 수혜자가 된 것이다.

입대와 복학이라는 시간 속에 우리는 엇갈리는 행보를 이어갔다. 재석이 나보다 일 년 먼저 입대한 관계로 전화 통화를 제외한 실질적인 만남은 두 번에 그쳤다. 그가 이등병 계급장을 달고 휴가를 나왔을 때와 내가 이등병을 달고 휴가를 나왔을 때였다. 재석과 나는 대입 합격 후 바로 술자리를 가졌다. 거기에서 재석은 혜진도 같은 대학에 입학했다고 했다. 신입생 오리엔테이션이 있던 날, 사회과학대에서 나오는 그를 만났다는 것이었다. 그때 나는 묘한 인연의 끈을 예감했다.

대학에 입학하자 나는 독하게 행동했다. 꼭 필요한 모임이 아니고는 참석하지 않았다. 동기들과 함께하기보다는 복학생을 따라다니며 그들 틈새에서 혜택을 누리고자 했다. 그들의 무디어진 감각을 내가 대행하는 대신, 그들의 노련함과 복학생의 특권을 나누어 가졌다. 그 결과 나는 삼학년 때 입실할 수 있는 고시원을 한 해 일찍 들어갈 수 있었다. 학기 중에는 고시원에, 방학 때에는 계룡산 암자에 틀어박혔다. 그러나 그 암자에 오래 있을 수는 없었다. 겨울방학 직전에 암자가 대거 철거되었다. 무속신앙의 집결지인 계룡산 암자가 불순분자들의 은신처가 되고 있다는 정보에 의한 행정 집행이었다. 물론 건전한 정서에 반하는 사이비 종교 척결과 국립공원 내 불법 설치물 철거라는 명분은 있었다. 계룡산에서 보기 좋게 쫓겨난 나는 경찰서에서 조사를 받기까지 했다.

'83년 겨울, 나는 사법고시에 응시해 보기 좋게 낙방했다. 그런 후 바로 입대를 결심했다. 그때 재석도 '사회사상연구회'라는 동아리에서 활동하다 지도교수와 학생처장의 간곡한 권유로 입대한 후였다. 구속과 입대라는 양자택일 선상에서 재석은 망설일 것이 없었다. 사회주의 사상을 학습하고, 이를 실행에 옮기려는 이들의 의지는 점점 힘을 잃고 있었다. 재석 또한 입학 과정에 약점이 있어, 아버지의 동료 교수에게 누가 될 수 있다는 어머니의 권고로 바로 입대를 결심했다.

생각과는 다르게, 개성이 말살된 군 생활은 편안함을 주었다. 일어나라고 하면 일어나고, 뛰라고 하면 뛰면 그만이었다. 명령과 복종 그이상도 이하도 요구하지 않는 별난 집단이었다. 중공 민항기가 불시착하여 온 세상이 난리를 피워도 정해준 장소에서 근무만 서면 그만이었다. 심지어 긴급상황임을 선포하며 호들갑을 떨어도 나는 긴장하지 않았다. 그렇다고 머릿속에 갈무리된 영어단어나 법률용어를 기억하려 애쓰지도 않았다. 그런 나에게 국방부는 표창까지 주었다. 청와대를 급습하다 잡힌 김신조가 공동기자회견에서 말을 잘한 덕분이었다. 서울에 대한 첫인상을 말해달라는 기자의 질문에 그는 '넘치고, 넘치고, 넘친다!'고 답을 했다. 이 표현은 한 마디로 기가 막힌 문장이라는 거였다. 전략과 전술뿐만 아니라 대화에서도 승리해야 한다는 이데올로기적 발상은 전군에 이념 무장 및 발표력 증진책을 요구하게 되었다. 그리하여 이념 무장에 대한 '5분 발표'가 점호 때마다 실행되었다. 소대, 대대, 그리고 연대를 대표한 나의 발표력은 군대가 결코 개성이 말살된 곳만은 아니라는 생각을 하게 했다. 아마도 사단장 표창장과 함께 주어진 5일 동안의 달콤한 휴가가 또 나를 합리화시킨 것이다.

내가 개성 없는 제복을 벗고 복학을 했을 때 정권은 바뀌어 있었다. 하지만 군사정권은 그대로 대물림되어 있었다. 그 무렵, 나는 혜진에게 재석이 구금되었다는 전화를 받았다. 4.19 기념행사 직후였다. 내가 혜진과 직접 대화한 것은 그것이 처음이었다. 약간은 신기하기도 했다. 같은 전철을 타고 학원에 다닐 때도 나는 그에게 말을 건넨 적이 없었다. 그에 대한 이미지는 단지 학원강사의 질문에 조리 있게 답하던 모습만이 남아 있을 뿐이었다. 그리고 담배를 피우던 색다른 모습도.

나는 재석을 걱정하는 혜진의 음성에 고마움을 느꼈다. 그러나 나는 그녀를 위로할 수는 있었지만, 재석을 석방할 수 있는 아무런 힘이 없었다. 주변을 둘러보아도 모두가 빈손이었다. 권력이라곤 면사무소 서기로 근무하는 중학교 동창과 파출소 순경으로 있는 고등학교 동창뿐이었다. 나와 재석은 힘이 필요했지만, 그 어디에도 존재하지 않았다. 그때 나는 또 니체를 떠올렸다. 나를 에워싸고 있는 니힐리즘의 잔재를 일소하고 현실을 초극할 방법은 역시 권력밖에는 없었다. 권력이야말로 살아 움직이는 생명의 힘이었다.

일주일이 지나갔다. 재석은 석방되었다며 나에게 전화를 걸어왔다. 나는 그날 재석을 만나기 위해 갈월동으로 올라갔다. 용산의 풍경은 예전과 다름이 없었다. 다만, 우리가 다녔던 학원은 이삿짐센터로 바뀌어 있었다. 입시정책의 실패에 따른 제도의 변화로 학원은 성남시로 이주하여 기숙사 학원으로 운영되고 있었다. 여론의 비난에도 불구하고, 문교부 장관은 여전히 자리를 지키고 있었다. 뒷배가 얼마나 강한지 그는 얼마 후 주일대사로 임명되기까지 했다.

남영역 앞의 단과학원과 주변의 종합학원들은 예전의 칙칙한 모습으로 서 있었다. 약속 시간보다 일찍 도착한 나는 갈월동 일대를 돌며 기억을 더듬고 있었다. 최루탄과 학원 수강중, 호외와 칼국수, 생맥주와 광주의 영상이 뒤엉켰다. 재석을 만나면 기억을 이어갈 수 있을 것이었다. 선린상고 진입로에 있던 치킨 가게 또한 예전과 조금도 변한 게 없었다. 수십 개의 똥집과 닭발이 나의 공복을 달래게 한 장소였다.

재석은 구석진 공간에 앉아 있었다. 약간은 수척한 모습이었다. 조금은 나이도 들어 보였다. 나는 그를 보는 순간, '가슴 속에 사상이 흐르고 사랑을 느낄 때, 혁명가는 고뇌한다'는 말이 갑자기 생각났다. '나는 어머니를 사랑하지만, 결혼은 하지 않았던 게 나았네'라고 친구에게 말했다는 어느 혁명가의 목소리도 생각났다.

"나보고 빨갱이 새끼라고 하더군! 그래서 나도 그러는 당신은 일본 순사냐고 했더니 나를 개 패듯이 두들기는 거 있지? 몽둥이로 발톱을 짓이기어 양발에 패랭이꽃이 피어났네! 태어나서 그렇게 맞아 보기는 처음이었지!"

몸을 움츠린 채 창백한 얼굴로 쏟아내는 그의 말에 나는 당황했다. 투사다운 예전의 결기가 많이 사라진 모습이었다.

"묘하게도, 모래성을 쌓아 놓고 개미와 놀던 어렸을 때가 생각나더군. 개미가 모래성을 넘어가려는 순간, 나는 개미를 잡아 다시 성안에 가두곤 했었지. 그것을 반복하기를 수십 번, 개미를 감시하던 나나 탈출을 시도하던 개미나 모두 지치곤 했어. 그래서 나는 모래성 위로 기어오르는 개미를 잡아 땅에 패대기쳤지. 그래도 개미는 죽지 않고 버둥대더군. 그러는 개미를 땅속에 아예 묻어 버렸지. 그리고 발로 뭉개기까지 했어. 물론, 그 개미는 죽었을 테지.

그랬어! 나는 개미가 되어 있었어. 쌓아 놓은 모래성을 넘으려는 나를 누군가가 자꾸 패대기쳤지. 개미와 다른 점이 있었다면 죽기 직전 나는 살아 나왔다는 거지!"

재석의 음성에는 권력에 질식된 약자의 비애가 묻어나고 있었다. 우리는 취하도록 술을 마셨다. 그날만이라도 세상을 잊고 싶었다. 술이 달착지근하게 미각을 돋구었다. 재석은 혁명의 선두에 서거나 체제를 전복하려는 급진주의자는 아니었다. 항상, 지략을 제시하는 참모형이었다. 이번 사건도 그러했다. 재석이 복학하고 쓴 '자본주의 사회의 소외 원인'이라는 논문은 지도교수가 극찬하리만큼 깊이가 있었던 모양이었다. 그런데 그 논문을 총학생회 홍보부장이 부분 발췌하여 대자보로 붙인 것이 화근이었다. 즉, 마르크스의 소외론은 현 사회에서도 정당화되며, 현 사회는 사회주의 국가로의 이행을 도모해야 한다는 논조로 바뀌어 있었다. 학원을 사찰하던 형사는 곧바로 보고서를 작성했고, 재석은 마르크스의 이론을 차용한 것만으로도 이미 이적행위자가 되어 있었다. 논문의 내용이 결코 불온성의 내용물이 아님을 지도교수가 변호해도 그들에게는 내용 자체가 그다지 문제 되지 않았다. 상부에 한 건이라도 더 보고함으로써 상사의 주목과 신임, 그리고 승진을 기대할 수 있었기 때문이다.

"책상 하나와 의자 두 개, 그리고 희미한 전등 하나, 여기저기 널려 있는 몽둥이와 포승줄… 우리가 TV나 영화에서 많이 본 장면 아닌가?"

묵묵히 듣고만 있는 내 얼굴 위로 절망한 그의 눈빛이 스쳤다. 그러나 그리 차갑지는 않았다.

"내가 그 배역을 맡고 있었단 말일세! 드라마에서 본 똑같은 배역이었어! 정말 똑같았지. 다른 것이 있다면 내가 너무 빨리 비밀을 털어놓는다는 것이겠지. 나는 비밀 아닌 비밀들은 일찌감치 털어놓아 형사들을 안심시켜 놓지! 이를테면 마르크스 이론의 학습장에 참석한 명단 정도를 까발리는 것이지. 그들은 기껏해야 아마추어들이니 추궁을 당하면 뺨이나 실컷 얻어맞고 서약서 정도나 쓰고 나오겠지. 문제는 배후에 결성된 연합공동체의 계보나 집결 장소를 말하지 않는 일인데, 그건 그리 문제가 되지 않지! 악다구니를 쓰는 형사에게 한 대 두 대 계속해서 맞다 보면 나도 저절로 깡다구가 생기거든! 아마도 미전향장기수들이 이십 년 또는 그 이상 신념을 견지할 수 있었던 것도 이러한 반항의 힘이 생겨났기 때문일 걸세.

아무튼 수도 없이 얻어맞았지! 그런데, 굽히지 않는 나를 철창 속에 밀어 넣었던 놈들에게 약간의 변화가 있음을 감지했지. 그들은 나 때문에 아주 골치 아파하고 있었어. 나는 그때까지만 해도 그들이 나를 너무 때려서 걱정하고 있는지 알았지. 순진한 생각이었어! 그들은 나의 상처 부위를 치료해주고 찜질 마사지까지 해주더군. 갑자기 겁이 났어! 묘한 것은 그들이 오랫동안 생활해 온 가족처럼 느껴지며 고맙기까지 한 거였어! 인간의 간사함이란 그런 것인가? 갑자기 그들은 나에게 협상을 해 왔지. 적당한 선에서 마무리하자는 것이었지. 영문을 모르는 나로서는 이보다 더 좋은 조건이 어딨나! 나는 서둘러 인주를 엄지에 발라 힘껏 눌러주고 그곳을 빠져나왔네.

재석의 쓸쓸한 눈이 허공을 문질렀다. 그는 악몽을 꾼 후 편안하게 꿈의 내용을 이야기하는 듯했다. 나는 그가 풀려날 수 있던 이유를 묻지 않을 수 없었다.

"혜진의 덕분이었지! 자네에게 자세히 이야기는 안 했지만, 혜진과 나는 캠퍼스 커플이었네. 어울리지 않는 커플이라는 말도 들었지. 내가 좀 털털하지 않나?"

순간, 나는 침을 꿀꺽 삼켰다. 그러나 아무 말도 하지 않았다.

"사상학습에 필요한 이론서를 찾다 보니 사회학과인 혜진과 자주 만나게 되더군. 사회주의에 대한 내 편협한 이론을 전개하다 보니 그녀와 충돌이 잦았지. 그것이 둘 사이의 우정을 견고히 하는 시간이 된 셈이지. 그러나 그녀는 자기관리에 철저한 여자였어. 절대로 일탈이란 없었지! 이번에 알았지만, 그녀의 아버지는 수원에서 검찰 고위 간부로 재직하고 있었어. 그분의 배려로 나는 목숨을 건졌지. 대신 그는 나와 혜진에게 서약서를 쓰게 했지. 다시는 서로가 만나지 않겠다는."

재석은 씁쓸한 표정을 하고 있었다. 가슴 저리는 고통을 이기려는 듯 재석은 계속 술을 마셨다. 나는 그를 보며 앞으로는 권력을 지향하는 나를 더는 비웃지 않을 듯싶었다. 이번에도 재석은 자기의 의사와는 무관하게 권력과 권력의 틈새에서 보기 좋게 빠져나온 셈이었다. 억세게 운 좋은 녀석이었다.

혜진을 만났다. 실로 오랜만이었다. 정말 뜻밖의 조우였다. 성남에서였다. 대전지검에 근무하던 나는 업무와 관련하여 출장을 자주 나갔다. 나는 고향 사람들이 학수고대하던 판·검사가 되기는커녕 그들의 시중을 드는 검찰직 공무원이 되어 있었다. 다섯 번의 낙방 끝에 선택한 최후의 무덤이었다.

　수없이 반복되는 국정감사와 그에 필요한 서류를 준비하는 과정에서 나는 서서히 제도의 시녀가 되고 있었다. 공무원 복무지침과 규정집을 반복하여 읽는 동안 군사정부가 문민정부로 바뀌었다. 보통의 정부가 비통의 정부가 된 것처럼, 개혁의 정부가 또 어떤 결과를 낳을지는 아무도 몰랐다. 이때 나는 사건 브로커들과 소송 중인 학교 동기들, 그리고 판·검사처럼 환대해 주는 고향 사람들을 통해 권력의 맨 끝에서 단맛을 즐기고 있었다. 그럴 즈음, 혜진을 보았다. 수원시청 감사과장의 아들 결혼식장에 그녀가 와 있었다. 나는 그녀가 수원에 살았었음을 상기했다.

　흰 가운을 입고 요리대 앞에 서 있는 혜진은 평범한 여인이 되어 있었다. 여전히 도수 높은 안경을 걸쳐 눈이 이중으로 보였다. 그녀의 안경에서 담배와 칠판 지우개가 떠올랐다. 나는 한 시청직원을 통해 그녀에 관한 몇 가지 소식을 알 수 있었다. 재석과 혜진이 부모의 반대를 무릅쓰고 살림을 차렸다는 것, 그리고 생계를 위해 시작한 국숫집이 오늘에 이르러 뷔페식당을 운영하게 되었다는 것, 그리고 남편은 오수처리장 설치 반대 시위 주도 혐의로 수배 중이라는 것 등등이었다.

　나는 혜진이 나를 발견할세라 황급히 그곳을 빠져나왔다. 학원 시절, 열차 안에서 또는 강의실에서 그에게 접근하지 못했던 것처럼. 그러나 그 이유가 부끄럽게도 권력의 맨 뒷줄에 몸을 의탁하고 있는 내 모습을 숨기기 위해서였음을 안 것은 얼마 가지 않아서였다.

재석이 죽었다는 소식을 접했을 때, 그가 실제 죽었는지, 그렇지 않으면 아들의 자격이 없다는 어머니로서의 탄식인지를 놓고 나는 해석에 애를 먹었다. 그러나 그러한 혼란은 그리 오래가지 않았다. 저녁 아홉 시 뉴스에 환경연합 단체회원들 틈에 끼어 시위대를 이끄는 재석의 모습을 발견할 수 있었기 때문이다. 그의 옷은 여전히 청바지에 점퍼 차림이었다. 이십 년 전 모습 그대로였다. 청바지를 입고 요리대 앞에 서 있던 혜진의 모습도 떠올랐다. 부창부수였다.

나는 권력의 뒷줄에서 앞줄을 탐하고, 재석은 권력의 담 밖에서 오만한 권력과 부조리를 깨부수는 일을 하고 있었다. 그것이 권력을 지향하든, 부조리한 사회 개혁을 지향하든 그것은 각자의 삶의 내용일 것이었다. 그리고 많은 사람은 우리와 같이 각자의 길을 걸어가고 있을 터였다. 나는 한강 둑 밑에서 재석과 이십여 년 전 나누었던 대화를 다시 시작하고 있었다. 무엇을 위해, 어떻게 살 것인가에 관해.

나는 유년의 시절로 돌아가 사마산을 다시 보았다. 그때, 사마산이 움찔했다. 그리고 우렁찬 말 울음이 들렸다. 나는 무서워 방으로 기어들고 말았다.

# 7

언더스텐

## 언더스텐

 허리가 욱신거린다. 남편과 화끈한 정사라도 했으면 웃고 넘길 일이지만, 이건 완전히 노동의 후유증이다. 정자 씨는 집들이를 위해 새벽부터 분주하게 움직였다. 어제부터 남편은 많은 사람을 초대했다며 주문이 많다. 메뉴는 주꾸미가 제철이니 샤브샤브로 하자고 한다.

 "정자야! 샤브샤브가 뭔지는 알지?"
 "당신 나를 뭘로 알고 그딴 질문을 하는 거야? 글구 정자 씨가 뭐야, 정자 씨가? 오십이 넘은 사람한테!"
 "이놈의 마누라가 입이 거칠어졌어! 아무튼 사람들에게 나 쪽팔리지 않게 해야 해! 언더스텐?"
 혈액형이 A형으로 꼬장꼬장한 남편의 성격이 그대로 드러난다. 사람들은 남편의 성격을 트리플 A+라 단정하고 언더스텐이란 별명을 지어줬다. 이런 남자하고 사는 나도 미친년이기는 하다. 그런데 몇 분도 안 되어 "주꾸미볶음도 하는 것이 좋겠다!"고 전화가 왔다. 조금 뒤에는 "쭈꾸미데침은 어떠냐?"고 전화가 올지도 모른다.

정자 씨는 어둠이 걷히자 집을 나섰다. 벚꽃이 대청댐까지 밀고 올라갔지만, 날씨는 선선했다. 토요일이라 그런지 사람들이 꽤 나와 있다. 이곳 테미고개 아래에는 아침마다 벼룩시장이 선다. 상품의 신선도는 물론 가격도 저렴하다. 이곳보다 더 싼 곳은 대전역 앞에 서는 벼룩시장이다. 그곳은 경작자가 직접 수확한 곡물을 파는 보따리상이 대부분이어서 가격뿐 아니라 인심도 좋다. 그러나 거리가 더 멀다.

정자 씨는 아파트 울타리를 벗어나자 자신이 사는 아파트를 올려본다. 피로가 확 가시는 느낌이다. 이곳으로 오기까지 15년이 걸렸다. 처음부터 집이 없었던 것은 아니었다. 남편이 중학교로 발령이 나자 태평동에 있는 공무원 임대아파트로 입주했다. 그리고 알뜰하게 10년을 절약한 끝에 갈마동 25평 아파트를 신규 분양받았다. 아파트 투기 열풍이 전국을 강타했던 시기라 내 집 마련의 기쁨은 두 배였다. 그것도 100여 미터의 긴 줄에 섞여 어렵게 접수하여 분양받은 것이라 떨 듯이 기뻤다. 사람들은 로또에 당첨되었다고 축하했다. 그런데 그 기쁨은 오래가지 못했다. 정자 씨는 아들과 딸 둘을 데리고 월세방으로 이사해야 했다. 남편이 아주버니에게 보증을 선 것이 잘못되어 아파트 계약금과 통장에 있는 돈을 전부 내놓아야 했다. 아주버니 또한 건축업을 하는 시골 친구에게 사기를 당해 두 쪽 불알만 남았다. 친구는 이미 가족과 필리핀으로 도망간 후였다. 정자 씨는 울고불고 난리를 쳤다. 그런 아내를 보고 남편은 도리어 화를 냈다. 형님이 잘못

한 일을 이제 와 어쩌냐는 식이었다. 남편은 정자 씨가 숨겨 둔 통장을 귀신같이 찾아내 형님에게 드렸다. 정자 씨도 어쩔 수 없었다. 아주버니는 동생을 위해 젊음을 희생한 분이었다. 일찍 돌아가신 아버지를 대신해 고등학교 진학을 포기하고 어머니와 동생을 부양했다. 자기보다 영특하고 운동을 잘하는 동생에게 길을 열어주고자 함이었다. 논 두 마지기에 산비탈에 일군 화전이 전부인 시골 살림에 동생의 학비를 마련할 방법은 막노동밖에 없었다. 겨울만 되면 아파트 공사장에 나가 미장일로 돈을 모았다. 그리고 그 돈으로 소 두 마리를 사서 우골탑으로 세운 것이 남편이었다. 그러니 형님 말이라면 껌뻑 죽을 수밖에 없었다. 아주버니가 친구에게 돈을 빌려준 것도, 동생이 결혼하면 살 집을 마련해 줄 요량이었다. 그런데 친구가 부도를 내고 밀항선을 탔으니 도리 없는 일이었다.

남편이 소리 없이 사라진 것은 정자 씨가 땀을 뻘뻘 흘리며 셋방을 구하러 동분서주하던 때였다. 자전거를 타고 학교에 출근한 남편이 자정이 되어도 돌아오지 않았다. 여기저기 전화를 걸어 수소문해도 아는 이가 없었다. 학교에서는 자전거를 타고 정상 퇴근했다고 했다. 정자 씨는 체육교육과 동기인 박 선생에게 전화했다. 그는 인근 갈마동 공무원 아파트에 살고 있었다. 아내의 승용차를 타고 온 그는 정자 씨에게 가볼 곳이 있다고 했다. 그의 아내는 결혼 전부터 정자 씨와 알고 지내던 사이였다. 퇴근 후 저녁 술자리에서 남편이 이상한 말을 몇 번 했다는 것이었다.

차는 시내 한복판을 지나 판암동 방향으로 가고 있었다. 박 선생에게 "어디로 가느냐"고 묻자 그는 세천유원지라고 했다. 식장산 입구에 있는 유원지였다. 근무지는 달랐지만, 남편과 박 선생이 종종 만나는 장소였다. 둘은 아홉 시까지 그곳에 있었다고 했다. 세천유원지에는 과거 대전시민의 식수원이었던 저수지가 있었다. 그러나 지금은 대청댐 물을 정수하여 음용하고 있어 농업용수로 사용하고 있었다. 유원지 입구에는 등산객 및 인근 주민들이 밤늦게까지 즐길 수 있는 음식점이 있었다.

정자 씨는 '설마!' 하며 탄식했다. 박 선생이나 그의 아내도 같은 생각을 하고 있었다. 남편은 무슨 일이든 혼자 고민하다 소리 없이 실행에 옮기는 사람이었다. 오늘은 술을 많이 먹었다는 박 선생의 말에 걱정은 배가 되었다.

유원지 입구에 있는 식당들은 모두 문을 닫고 아무도 없었다. 박 선생이 손전등을 들고 앞장서고 두 사람이 뒤를 따랐다. 길은 경사지고 좁았다. 다행히 보름이 멀지 않아 어둡지는 않았다. 저수지는 검은 수렁처럼 시꺼멓게 누워있었다. 그 위로 흐린 달빛과 바람에 흔들린 물결이 섞여 소리를 냈다. 박 선생이 손전등으로 저수지 이곳저곳을 비췄다. 남편을 부르는 정자 씨의 목소리가 계곡을 흔들었다. 서너 번의 울림에도 아무런 기척이 없자 세 사람은 조바심이 났다. 박 선생이 방죽을 따라 걸어갔다. 얼핏 방죽 끝에 있는 수문 근처에서 작은 움직임을 보았기 때문이다. 이번에는 세 사람이 홍 선생을 부르며 이동했다. 있었다. 그곳에 홍 선생이 넋 나간 사람처럼 앉아 있었다. 마치 저승사자를 기다리고 있는 사람처럼.

집에 오는 내내 홍 선생은 말이 없었다. 정자 씨만 계속 신세타령만

이어갔다. "이쁜 아내와 어린 자식들을 두고 혼자 뒈질려고 했느냐!"며 흐느꼈다. 박 선생은 정자 씨를 달래면서도 '이쁜 아내'라는 말에 웃음이 나오는 것을 참았다. 홍 선생은 "어린 자식들이 눈에 밟혀 차마 물에 빠지지 못했다!"며 엉엉 울었다. 그렇게 한고비를 넘겼다.

정자 씨는 다시 한번 돌아서서 아파트를 올려다봤다. 이사 온 지 일주일이 채 안 되었지만 수십 번을 쳐다봐도 흐뭇하고 행복할 수가 없었다. 새 아파트도 아니었다. 지은 지 15년째 되는 아파트였다. 꽃무늬로 도배를 하고 화장실과 주방은 리모델링 했다. 색깔과 디자인은 모두 남편이 일주일을 다니며 고르고 고른 것이었다. 거실 마루가 좀 거슬렸지만, 돈이 생기면 새로 하기로 하고 인도풍의 카펫을 깔았다. 방 두 개에 화장실이 한 개 있는 아파트, 이게 사는 행복인가 싶었다. 내 집이었다. 비록 방과 화장실이 한 개씩 부족하다고는 하나 남부럽지 않았다. 더욱이 10층 아파트 베란다에 나와 보면 시내는 물론 보문산과 식장산이 한눈에 들어왔다. 아파트로 이사해 정자 씨가 식장산을 보며 남편에게 한 말은 "그때 죽었어야 했어!"라는 것이었다. 그때 계면쩍어하던 남편의 얼굴이 여전히 생생했다. 남편은 그때의 행동이 부끄러웠는지 얼굴을 돌렸다. 그러더니 테미고개가 있는 산 이름이 뭐냐고 갑자기 물었다. 대답을 못 하는 정자 씨에게 적어도 자신이 사는 지역만큼은 알고 있어야 한다며 잔소리를 늘어놓았다.

수도산이라 했다. 해발 107m로 상수도 공급을 위해 대흥배수지 시설이 생기면서 수도산이라 불리게 됐다고 했다. 테미라는 지명은 백제어로 '성과 성을 잇다'라는 뜻이라고 했다. 백제부흥운동이 이 테미성에서 시작되었는데, 이곳에서 봉화를 올려 다른 지역과 교신했다고 했다.

정자 씨는 수도산이란 이름을 처음 들었다. 남편이 꽤 똑똑하다는 생각이 들었다. 그러면서 이곳에서 올린 봉화가 좌로는 보문산과 식장산, 계족산으로, 우로는 도솔산과 계룡산, 공주산성으로 이어지는 장면이 떠올랐다. 남편의 잔소리는 계속 이어졌다.

식장산에는 먹을 것이 쏟아지는 옹기솥이 묻혀 있고, 보문산에는 재물이 끝없이 쏟아져 나오는 화수분 바가지가 묻혀 있으니 이 아파트 또한 명당이라는 것이었다. 그리고는 옹기솥과 바가지 전설로 이어가려는 남편을 정자 씨가 제지했다. 그러자 자존심이 상했는지 남편도 돌아서며 한마디 했다.

"식장산하 가활만인지지(食臧山下 可活萬人之地)라! 언더스텐?"

이에 한참을 생각하던 정자 씨도 자존심을 살려 남편을 향해 응수했다.

"식장산중 가활사인지수(食臧山中 可活死人之水)라! 언더스텐?"

두 사람이 얼굴을 마주하며 웃은 것은 실로, 몇 달 만이었다.

정자 씨는 벼룩시장 초입에 들어서며 낮게 중얼거렸다.

"하지만 어쩌랴! 내가 선택한 길인 것을!"


산이 가까워서인지 매미 소리가 거세다. 어떨 때는 시냇물이 흘러가는 듯도 하고, 쌀이나 들깨가 대나무 체 아래로 구르는 소리 같기도 하다. 여기에 새소리까지 합쳐지면 자연의 소리가 아니라 소음공해다.

정자 씨는 요즘 아침 산책을 하는 것이 행복하다. 아침 일찍 보문산 산책로를 따라가면 관망대에 이른다. 그곳에 서면 대전시가지와 산하를 한눈에 볼 수 있다. 동쪽으로 식장산, 북쪽으로 계족산, 서쪽으로 계룡산이 보이고, 그 가운데로 대전천, 유등천이 흘러 갑천에 합류하여 금강으로 흐른다. 그 물에는 정자 씨의 고향에서 흘러온 맑은 물도 섞여 있다. 정자 씨는 어릴 때 보문산을 딱 한 번 와 본 적이 있었다.

어린이날이었다. 엄마의 손을 잡고 버스에서 내려 보문산 입구까지 오는 내내 정자 씨는 신기한 세상을 바라보느라 정신이 없었다. 노점상들이 매달아 놓은 형형색색의 풍선, 구름과자, 처음 보는 왕달팽이 모양의 아이스크림 등 처음 보는 것이 대부분이었다. 그러나 엄마는 어느 것 하나 사주려는 기색 없이 그녀의 손만 잡아끌었다. 그래도 케이블카를 타고 놀이동산에 올라 회전목마와 비행기를 탈 때는 하늘을 나는 기분이었다. 그늘에서 도시락을 먹는 가족에게 그녀가 다가가고 있을 때, 엄마는 그의 손을 끌며 가자고 했다. 그리고는 그늘에 서 있는 아이스크림 장사에게 다가가 한 개를 샀다. 꽃무늬 월남치마 깊숙한 곳에서 꺼낸 동전이 장사에게 건네졌다. 왕달팽이 모양의 아이스크림이 돌아왔다. 그녀는 입에 한 입 넣은 뒤 엄마에게도 한 입 먹으라고 했다. 엄마는 대답 대신 손을 가로저었다. 그녀는 보문산 길을 걸어오는 내내 엄마 손을 꼭 쥐고 내려왔다. 손에 묻은 아이스크림을 코로 가져가 향기를 맡고 샅샅이 핥았다.

지난달 남편은 대천으로, 큰딸은 공무원 시험에 합격하여 당진군청에 발령이 났다. 막내딸도 전문대학을 졸업하고 애견숍을 차려 밥벌이에 나섰다. 개밥을 팔아 가게 월세나 벌까도 싶었지만, 언니하고 누가 수입이 많은지 기 싸움할 때는 전혀 밀리지 않는 모습이었다. 아무튼 정자 씨는 요즘 팔자가 늘어질 판이었다. 이런 것을 보고 옛사람들이 고진감래라고 했는가도 싶다. 그의 마지막 고생은 집들이로 끝나는 듯했다. 그날은 생각만 해도 지긋지긋한 날이었다.

점심에 한 팀을 보내고, 저녁에 또 한 팀을 맞았다. 정자 씨가 극구 반대했던 초등학교 동창들이었다. 정자 씨는 남편과 결혼한 내력을 속속들이 알고 있는 동창들과 만나는 것이 싫었다. 그런데 남편은 옛일을 상기시켜 정자 씨를 쑥스럽게 하려는 듯 보란 듯이 동창들을 불렀다. 대전에 사는 동창들만 일곱 명이나 되었다. 친구들은 정자 씨의 요리 솜씨를 칭찬하며 웃고 떠들며 즐겼다. 그런데 정자 씨를 뿔나게 만든 것은 냉장고에 보관한 기름병을 내오면서부터였다. 시아주머니는 정자 씨 집들이에 쓰라고 각종 채소와 참기름을 보내왔다. 거기에 지난봄에 담갔다며 매실주도 한 병 보내왔다.

술이 거나해진 홍 선생은 냉장고에 가서 매실주를 가져왔다. 그러면서 고향에 계신 우리 형님이 보내셨다며 친구들에게 한 잔씩 돌렸다. 그리고 건배 제창과 함께 원샷을 외쳤다. 그런데 술자리가 난장이 되고 말았다. 매실주가 아니라 참기름을 따라주고 건배를 외친 것이었다. 거기까지는 좋았다. 남편은 참기름을 물리고 정자 씨에게 매실주를 가져오라고 해서 술잔을 채우게 했다. 그러더니 이왕 맛본 거 박카스 병에 참기름을 담아 친구들이 집에 갈 때 챙겨 보내라고 했다. 순간 정자 씨의 눈이 뱁새 눈처럼 찢어졌다. 그러나 이를 눈여겨보는 사람은 없었다. 거기에 형님이 보내주신 오이며 가지까지 봉지에 나누어 주라고 주문했다. 정자 씨는 술상을 당장 엎고 싶었지만 그러지는 않았다. 연신 친구들이 "너 정자에게 잘해야 한다!"며 그녀를 띄워 줬기 때문이다. 그러나 아무도 정자 씨의 과거를 이야기하는 사람은 없었다. 마치 동창들 사이에는 금기어 같았다.

사실, 정자 씨에게는 부끄럽지만 당찼던 과거가 있었다. 그녀는 이웃 동네에 살며 사범대학에 다니는 홍 선생이 멋져 보였다. 두 집 모두 사는 형편은 볼품없었지만, 부지런한 가족들이었다. 당시만 해도 시골에서 대학에 간다는 것은 집안의 자랑이었다. 그러나 정자 씨는 아버지의 엄명으로 중학교를 마치고 집안일을 거들었다. 그녀는 읍내 고등학교에 진학한 친구들이 그렇게 부러울 수가 없었다. 그래서 그는 친구에게 교복을 빌려 입고 읍내를 돌아다니다가 집에 돌아오곤 했다. 이런 정자 씨를 보고 아버지는 '미친년!'이라며 고함을 질렀고, 어머니는 눈물을 훔치며 딸을 두둔했다.

정자 씨가 라디오를 듣던 중 귀가 번쩍하는 일이 있었다. 바로 대전에 있는 검정고시학원 광고였다. 뒤이어 들은 산업체 부설 고등학교 학생모집 광고는 그에게 신세계를 열어주었다. 당시만 해도 그녀는 산업체 부설 고등학교가 있다는 사실조차 몰랐다. 정자 씨는 엄마에게만 귀띔하고 아침 첫차를 타고 금산으로 나왔다. 그리고 곧장 대전행 버스에 올랐다. 아버지가 잡으러 오지 않나 몇 번을 돌아본 끝이었다. 그녀의 가방에는 홍 선생 마을에 사는 선배 주소와 전화번호가 들어 있었다. 엄마가 구해다 준 것이었다. 선배 언니는 전문대학 호텔조리학과에 다니고 있었다.

정자 씨가 대전에 도착하여 다짜고짜 찾아간 곳은 방적회사 사무실이었다. 그러나 시기를 놓쳐 당장은 입학할 수 없었다. 입학을 위해서는 한 해를 기다려야 했다. 그리고 미성년자라 부모의 입사동의서를 제출해야 했다. 정자 씨는 소제동에 있는 선배의 집을 찾아 나섰다. 그리고 선배 언니의 도장을 흐리게 찍어 서류로 제출하고 공장 생활을 시작했다.

그녀는 방적기에 악착같이 달라붙었다. 그리고 저녁에는 졸린 눈을 비벼가며 수업을 들었다. 그녀는 정확히 입학 후, 한 달째 되는 날 세 달 치 월급봉투를 들고 시골집을 찾았다. 다행히 부모는 일 나가고 없었다. 정자 씨는 안방 침구 밑에 월급봉투를 놓고 나왔다. 교복을 입고 찍은 사진도 있었다. 그리고는 누가 볼세라 집에서 달려 나왔다. 후에 안 일이지만, 아버지는 그날 이불 속에서 울었다고 했다. 어머니는 그 모진 양반이 우는 것을 처음 보았노라고 했다.

정자 씨가 홍 선생을 고향에서 만난 것은 추석날 저녁 동창회 모임에서였다. 명절 때면 도시에 나간 친구들이 고향에 와서 모임을 하곤 했다. 홍 선생은 체육교육학과 2학년이었고, 정자 씨는 방송통신대학 국문학과 1학년이었다. 친구들은 한결같이 꽃 피는 청춘이었다. 시골티를 벗고 나타난 동창들은 신사 숙녀가 따로 없었다. 그래도 정자 씨의 눈에는 홍 선생만 보였다. 하얀 바지에 스포츠 상의를 입은 홍 선생은 정자 씨가 찾는 이상형이었다. 거기에 가운데에 가르마를 한 긴 곱슬머리와 맑은 눈은 영화배우처럼 보였다. 중등학교 교사 직업까지 보장된 사람이었다. 그런데 홍 선생은 정자 씨에게 전혀 관심이 없었다. 남자친구의 말에 따르면 그에게 여자친구가 있다고 했다. 그리고 천하에 바람둥이니 이쁜 년들은 조심하라고 했다. 그리고는 정자 너는 마음을 놓아도 된다며 웃기까지 했다. 그때, 그녀에게 묘한 오기가 발동하기 시작했다.

　마침내 기회가 왔다. '천재일우란 이런 것일까?' 하는 생각이 들었다. 크리스마스를 앞두고 홍 선생의 아버지가 병원에 입원했다는 소식이 들렸다. 눈길에 미끄러진 노인이 뇌진탕으로 의식이 없다는 것이었다. 그의 아내는 몇 년 전에 암으로 사망했고, 두 아들은 미혼이라 간호할 사람이 없었다. 홍 선생 아버지는 대전에 있는 충남대학교 병원에 입원 중이었다. 머리 수술로 머리를 흰 붕대로 칭칭 감고, 인공호흡기를 달고 있는 환자의 모습은 말이 아니었다. 그녀가 병원을 찾았을 때는 홍 선생의 형이 간호 중이었다. 동생은 동계전지 훈련 기간이라 어제 잠깐 들렀을 뿐이라고 했다. 그리고 자신도 지방에서 일하던 중 급히 달려왔노라며 한숨을 쉬었다. 한 달은 입원해야 할 거라는 의사의 말도 전했다. 그녀는 자신이 간호할 테니 걱정하지 말고 일터로 가시라고 했다. 내일 오전까지만 정리하고 올 테니 그때까지만 계시면 된다고도 했다. 그는 그래도 되느냐고 반신반의하며 기뻐했다.

　정자 씨가 회사에 사직서를 낸 것은 그다음 날이었다. 대학에도 휴학계를 제출했다. 앞뒤 안 가리고 한 행동이었다. 그녀가 한 달가량 병원에 있는 동안 홍 선생이 두 번 다녀갔다. 그는 고맙다며 어떻게 고마움을 표해야 할지 모르겠다고 했다. 그녀는 속으로 '결혼해 주면 그것으로 끝이야!'라고 답하고는 스스로 웃었다. 환자가 의식을 회복하고 일반병실로 옮기자 마을 사람들도 여럿 다녀갔다. 그녀가 병원에서 간호하고 있다는 소문은 그녀의 집까지 이어졌다. 병실에 들어선 그의 부모는 어이없어했다. 환자는 그녀의 아버지 손을 잡으며 몇 번이나 고마움을 표했다. 그리고 "며느리로 삼았으면 한다"며 눈물까지 흘렸다. 연신 고마움을 표하는 환자를 뒤로하고 복도로 나온 아버지는 정자 씨의 뺨을 갈겼다. 어머니의 등에 떠밀려 가는 아버지의 입에서 '미친년!'이라는 거친 말이 들렸다. 그래도 그녀는 기죽지 않았다. 그녀는 방금 환자에게서 들은 말을 생생하게 기억했기 때문이었다. '며느리'라는 말을.

홍 선생의 아버지는 퇴원하여 2년을 넘기지 못하고 사망했다. 홍 선생이 서산에 있는 중학교로 발령이 난 직후였다. 의사는 환자가 이틀을 넘기기 힘들 거라며 가족들을 모두 중환자실로 부르라고 했다. 두 아들은 물론 그의 가족들이 급히 달려왔다. 환자는 죽음이 가까이 왔음을 직감했는지 두 아들에게 유언을 남겼다. 그때는 그것이 유언인지도 몰랐다. 큰아들에게는 어미 없는 작은아들을 끝까지 챙기라는 것이었다. 그리고 동생에게는 큰형을 아비처럼 여기고 섬기라는 것이었다. 큰형은 대답 대신 울기만 했다. 그리고는 작은아들에게는 정자 씨와 결혼하라고 했다. 겪어보니 이런 처자를 주변에서는 발견할 수 없다고 했다. 그리고는 두 사람의 손을 이어주며 힘들게 미소를 보였다. 금방이라도 먼 곳으로 떠날 듯한 모습이었다.

그런데 환자는 이튿날부터 호전을 보였다. 그리고는 일주일 후에 기적같이 집으로 퇴원했다. 마을 사람들은 집을 수시로 드나들었다. 환자는 여전히 수족을 쓰지 못하고 누워 있었다. 의식이 정상과 비정상을 넘나들었다. 의식이 돌아올 때마다 환자는 놀랍게도 같은 말을 반복했다. 자신이 죽기 전에 며느리를 보고 싶다는 것이었다. 2년 동안 자신을 돌보고 있는 정자 씨를 향한 안쓰러움이 그의 뇌를 지배하고 있는 듯했다. 정자 씨는 환자의 의식이 돌아올 때마다 돌아가시기 전에 당신의 아들과 꼭 결혼하고 싶다며 졸랐다. 그의 노력이 점점 성과를 내고 있었다. 큰형과 가족들은 아버지가 돌아가시기 전에 그의 소원을 풀어드려야 한다며 결혼식을 서둘렀다. 그녀의 부모도 모든 것을 포기하고, 너는 홍씨 가문에 뼈를 묻으라며 집에는 얼씬도 못하게 했다.

문제는 홍 선생이었다. 아버지의 유언을 그 자리에서 반박하지 못하고 떠난 후로 그는 나타나지 않았다. 그러나 아버지가 위독하다는 형의 전보에 그는 한걸음에 달려왔다. 마당에는 이미 차일이 처졌고, 마을 사람들이 모여 떠들고 있었다. 그는 아버지가 이미 운명하여 사람들이 모여있는지 알고 곡소리를 내며 마당에 들어섰다. 그런데 그게 아니었다. 친족과 이웃 모두 전통 혼례를 올릴 준비를 하고 그를 기다리고 있었다. 아버지는 이불에 쌓인 채 의자에 비스듬히 앉아 마당에 나와 있었다. 정자 씨는 원삼 족두리에 신부 복장을 한 채였다. 심지어 그의 부모까지 와 있었다. 그는 망연자실하여 한참을 서 있다가 체념한 듯 혼례에 응했다. 형의 간곡한 권유 때문이었다.

첫날밤은 우울하게 흘려보낸 시간이었다. 환자의 끙끙 앓는 소리가 밤새 문풍지를 울렸다. 마을 사람들도 자기 몫은 다했다고 생각했는지 저녁을 먹자 바로 돌아갔다. 동네 개들이 고양이와 싸우는 소리만 밤늦게까지 들려왔다. 방에는 이불이 깔려있었지만, 두 사람 모두 동침할 생각이 없었다. 정자 씨는 환자의 방에 가 있었다. 정자 씨를 밖으로 불러낸 것은 홍 선생이었다. 그는 담배를 피우면서 자신에게 여자가 있는 것을 아느냐고 물었다. 그녀는 모른다고 했다. 그는 한참을 이야기한 끝에 자신에게 정리할 시간이 필요하다고 했다. 그녀는 '정리'라는 말에 속으로 쾌재를 불렀다. 홍 선생은 마지막으로 "언더스텐?" 하고 물어왔다. 그녀는 자신도 모르게 "언더스텐!" 하고 큰소리로 답했다.

환자, 즉 그의 시아버지는 두 주 후에 세상을 떠났다. 금산 읍내 농협 장례식장에 마련된 빈소에서 그녀는 조문객을 일일이 챙겼다. 조문을 와서 그녀가 홍 선생과 결혼한 사실을 안 친구들은 놀라는 표정을 했다. 그러면서 친구들은 홍 선생에게 엉큼하다고 놀렸다. 장례식장에서 그는 대전에서 함께 있던 선배 언니를 만났다. 그는 졸업 후 유성에 있는 호텔에 취업했다고 했다. 그러면서 방금 들은 이야기인데, 정자 씨와 만나기 전부터 홍 선생이 발령지에서 여자와 동거 중이라고 했다. 그리고는 며칠 전 그녀와 헤어졌다고도 했다. 정자 씨는 속으로 '정리'라고 외치며 쾌재를 불렀다.

정자 씨가 홍 선생과 합궁을 한 것은 시아버지 49재 다음 날이었다. 혼자 남게 된 정자 씨는 이번에 끝장을 내자는 각오로 짐을 챙겨 서산으로 향했다. 그동안 망자에 대한 예의로 합궁을 미뤘다고는 하나 그녀는 엄연한 홍씨 가문의 며느리였다. 어렵게 찾아간 홍 선생의 자취방은 허접했다. 그는 학교 근처 농가의 사랑방을 얻어 살고 있었다. 방에는 교재 몇 권과 TV, 미니 냉장고, 비키니 옷장이 전부였다. 냉장고 안에는 소주 몇 병과 캔맥주, 뜯지 않은 오징어포가 놓여 있었다. 성격대로 모든 것은 백화점 진열장에 있는 것처럼 가지런했다. 그녀는 냉장고를 열고 집에서 담근 배추김치와 멸치 조림을 넣었다. 그리고 오는 길에 가게에서 산 고추장과 된장 등 양념도 넣었다. 부엌에는 휴대용 가스레인지와 양은 냄비가 전부였다. 그녀는 예상한 바가 있어 가방에서 주방 도구와 세척제 등도 꺼내놓았다. 이불도 가져올까 싶었으나 합방하지 못해 환장한 년처럼 보일까 봐 그냥 온 것이었다. 다만 눅눅한 이불을 빨랫줄에 널어 햇빛에 말렸다. 밭에서 돌아온 안주인은 홍 선생 부인이라는 말에 반색했다. 결혼했다는 말은 들었다며 왜 이제야 왔느냐고 나무랐다.

 퇴근한 홍 선생은 정자 씨를 보자 눈이 휘둥그레졌다. 그녀는 왜 못 올 데를 왔느냐는 식으로 어깨를 폈다. 시장에서 사 온 주꾸미로 샤브샤브도 하고 데친 후 초장과 함께 내놓았다. 냉장고에서 소주도 꺼냈다. 남편은 육수를 만들 때부터 잔소리를 시작했다. 그는 무, 대파, 생강, 마늘이 들어간 것을 확인하고, 멸치와 다시마를 더 넣으라고 했다. 그리고 정자 씨가 당근, 양파, 버섯을 더 넣자 청경채는 마지막에 자신이 넣는다며 옆으로 빼놓았다. 소스는 간장, 식초, 참기름, 고춧가루, 설탕을 휘휘 저어 만들었다. 남편은 설탕이 안 들어간 것을 또 귀신같이 잡아냈다. 말끝마다 '언더스텐?'을 달았다. 펄펄 끓는 육수를 면상에 집어 던지고 싶었지만, 꾹 참는 수밖에 없었다.

 생각보다 육수는 맛있었다. 남편도 입맛에 맞는지 잘 먹었다. 일을 마치고 돌아온 남자 집주인이 동석하자 술자리는 흥겨워졌다. 그녀는 주인아저씨가 고마웠다. 주인아줌마가 주책없다며 남편을 불러들이자 술상을 치우고 두 사람은 나란히 누웠다. 그녀는 TV 소리를 조금 키웠다. 그리고는 모로 누워있는 남편 허리를 살짝 껴안았다. 남편은 거부하지 않았다. 손을 슬며시 아래로 내렸다. 그도 남자였다.

그는 더는 참지 못하고 그녀의 치마를 헤치고 팬티를 내렸다. 그러는 동안 그녀는 상의를 하나도 남김없이 벗어 던졌다. 그리고는 두 다리를 힘껏 벌렸다. 무언가가 몸 안으로 들어왔다. 그것이 넘나들기를 반복하는 동안 그녀는 무한한 전율을 경험했다. 온몸이 사시나무 떨 듯하다가 허리가 위로 솟구치기도 했다. 남편의 코에서는 거친 바람이 일었다. 그녀는 감격해서 엉엉 울었다. 세상을 품은 기분이었다. 그날 밤 그녀는 첫 딸을 잉태했다.

산책로를 내려오는 길에 정자 씨는 엄마와 함께 탔던 케이블카를 만났다. 놀이공원 경영난으로 케이블카도 운영을 중단하고 매표소도 철거된 지 오래였다. 엄마도 저승으로 떠날 때 케이블카를 타고 떠났는지도 모를 일이었다. 정자 씨는 녹슨 케이블카 기둥을 어루만졌다. 따스했다. 그는 나직이 불러보았다.

"엄마!"

박 선생의 언성이 높아지기 시작했다. 반면, 홍 선생은 듣는 둥 마는 둥 했다. 두 사람의 근무지는 홍성이었다. 마침 중학교에 두 명의 체육 교사 자리가 나서 같이 근무하기로 한 것이었다. 박 선생은 중학교부터 육상을 해서 체육고등학교를 거쳐 전국체전 입상자 특기생으로 입학했다. 반면 홍 선생은 일반 전형으로 대학에 입학하여 딱히 내세울 만한 종목은 없었다. 그러나 이론만큼은 박 선생에 뒤지지 않았다. 새로운 부임지에서는 박 선생이 체육부장을 맡았다. 두 사람 모두 방위 출신이었지만, 홍 선생보다 박 선생이 두 달 선임이었다.

학교에는 육상부와 배구부가 있어 박 선생은 육상부를, 홍 선생은 배구부를 맡았다. 그리고 홍 선생의 고등학교 후배인 김 선생이 코치를 맡았다. 그 역시 특별전형을 통해 체육학과에 입학하여 군 제대 후 이곳이 첫 발령지였다. 홍 선생이 불러들인 거였다. 그는 키는 작았지만, 몸이 가볍고 민첩했다. 주로 리베로로 활동했던 그는 제대 후 몸 관리를 안 해 체중이 많이 불어난 상태였다.

사실, 배구부는 코치가 끌어가고 있었다. 육상부와는 달리 배구부 학부모들은 열성적이었다. 배구부는 전국체전은 몰라도 충남체전에서는 항상 4강에 드는 실력이었다. 학부모들은 교내는 물론 대외 경기가 있을 때마다 단체로 응원에 나섰다. 후원회도 결성되어 찬조금도 꽤 있었다.

박 선생이 홍 선생을 의심하기 시작한 것은 스포츠센터 양 사장과의 술자리부터였다. 양 사장은 저녁을 먹는 자리에서 박 선생에게 봉투를 내밀었다. 10만 원이 들어 있었다. 이게 뭐냐고 하자, 육상부 아이들과 식사나 한번 하시라고 했다. 박 선생은 가게에 팔아주는 것도 있고, 액수도 많지 않아 고맙다며 주머니에 넣었다. 그리고 즐겁게 자리를 파했다.

문제는 이튿날 일어났다. 수업을 마치고 교무실로 들어 온 박 선생 책상 위에 결재판이 놓여 있었다. 홍 선생이 작성한 서류였다. 거기에는 배구부가 구입한 품목이 빼곡히 열거되어 있었다. 심지어 구매하지 않은 육상부의 물목까지 적혀 있었다. 박 선생은 홍 선생을 찾았다. 그는 오후에 수업이 없다며 낚시터로 떠났다고 했다. 환장할 노릇이었다. 박 선생은 자리에 앉아 서류를 살피기 시작했다. 헛웃음이 나왔다. 학교에 앉아 씩씩거리고만 있을 박 선생이 아니었다. 박 선생은 김 사장에게 전화했다. 어떻게 된 거냐고 묻자, 사실은 홍 선생이 돈이 필요하다며 이백만 원을 요구했다고 했다. 홍 선생은 삐삐로 아무리 호출해도 감감무소식이었다.

박 선생은 배구부 김 코치를 불렀다. 홍 선생이 어디에 있느냐고 묻자, 대답 대신 오른손 새끼손가락을 들어 올렸다. 어이가 없었다. 요즘 읍내 호프집 여사장에 미쳐서 수시로 드나든다고 했다. 박 선생은 결재서류를 보여주었다. 그러자 김 코치는 머리를 긁적이며 자신은 전혀 모르는 일이니 홍 선생에게 물어보라고 했다. 그러면서 자신도 요즘 미치겠다며 고민을 털어놨다. 전지 훈련이나 대회에 나가면 모든 일을 자기에게 맡기고 주변 관광이나 한다고 했다. 그러면서 돈을 요구하는데 지난번에는 여윳돈이 없다고 하자 자기에게 열중쉬어, 차려를 시키며 군기를 잡았다고 했다. 심지어 숙소에 술을 먹고 들어와 담배나 술 심부름도 시키고 원산폭격까지 했다고 했다. 체육학과 신입생 MT에서나 볼 수 있는 일이었다. 그리고 선수 지도나 시합에 관한 잔소리를 시작하면 새벽까지 이어진다고 했다. 그래서 다음 학기에는 무슨 일이 있어도 이곳을 탈출할 거라며 먼 산을 바라봤다.

사실, 학생들을 인솔하여 대회 참가나 전지 훈련을 하면 여윳돈이 필요했다. 학교에서 받는 출장비도 있지만, 그곳에서 선후배와 심판, 심지어 은사를 만나다 보면 그것만으로는 부족했다. 그러다 보니, 숙박비와 식대에서 할인받은 돈으로 부대비용을 마련했다. 홍 선생은 은사와 선배들에게는 항상 사랑을 받았다. 그들을 극진하게 모셨기 때문이다. 그런데 후배들에게 욕이란 욕은 다 먹고 다녔다. 특기도 없는 사람이 감독으로 와서 체육계에 물만 흐려놓는다는 평이었다. 반면, 박 선생은 여윳돈이 생기면 학생들에게 체육복이나 운동화를 사주는 등 선수들을 위해 돈을 썼다.

박 선생은 마지막 수업을 끝내자 바로 호프집으로 향했다. 호프집은 박 선생도 몇 번 가본 곳이었다. 여사장은 삼십 대 후반의 통통한 여자였다. 미모는 그리 돋보이지 않았지만 하얀 피부에 애교로 사람을 홀리는 재주가 있었다. 거기에 홍 선생이 걸려든 것이었다.

"야, 홍 선생! 너 어떻게 된 거야 임마?"
"박 형! 수업하느라 힘들었지? 일단 여기 앉아 봐!"
"뭐 임마! 박 형?"

그는 시치미를 떼며 생맥주를 권했다. 그리고 여사장을 불러 박 선생 옆에 앉혔다. 입막음용이었다.

"확실히 말하는데, 나 그거 결재 못 한다, 잉? 적어도 직업윤리라는 게 있는 거야 임마!"
"알았어! 알았어! 알았으니깐 쪽팔리게 하지 말고 술이나 먹자 잉? 언더스텐?"
"안 언더스텐이연 마? 공사는 분명해야 하는 것 아녀 마? 알아들어?"
"오 케이! 아엠 언더스텐!"

박 선생은 분을 이기지 못하고 씩씩댔다. 둘은 이번 일은 없었던 일로 하고 호프집을 나섰다. 해는 이미 지고 어둑어둑해져 있었다. 홍 선생은 박 선생의 손을 쏙 쥐더니 나이트클럽으로 끌었다. 그는 오늘

당직이라며 거절했지만, 홍 선생은 막무가내였다. 그는 코치에게 전화를 걸어 박 선생이 들어갈 때까지 숙직을 서달라고 했다. 박 선생은 다음 학기에는 무슨 일이 있어도 이곳을 탈출할 거라던 김 코치의 말이 떠올랐다.

홍 선생은 힘들었던 대학 시절 이야기를 꺼내며 동질감을 이어갔다. 사실, 홍 선생이나 박 선생은 아르바이트로 어렵게 대학을 졸업했다. 특히 박 선생은 홀어머니 밑에서 생활했기에 항상 호주머니가 비어 있었다. 남들이 버스나 택시를 타고 다닐 때, 그는 걸어 다녔다. 남들이 왜 차를 타지 않느냐고 물으면, 근력을 키우기 위해서라고 답하며 속으로는 울었다. 홍 선생도 어려운 건 마찬가지였지만, 옷도 항상 다리미로 각을 세우고 운동화나 옷에 조그만 흙만 묻어도 세탁을 했다. 성격이 꼬장꼬장해 싫어하는 여자도 있었지만, 대부분 잘 따랐다. 다행히 대학 재학 중에는 첫 부임지에서 잠시 동거했던 여자가, 그리고 아버지 사망 후에는 정자 씨가 용돈을 주어 생활할 만했다.

클럽은 한산했다. 읍내에 있는 하나밖에 없는 클럽이었다. 사실, 한 다리 건너 누구냐고 물으면 다 알만한 사이들이었다. 그래서 박 선생은 조용히 술만 먹고 나갈 생각이었다. 홍 선생이 언제 전화했는지 먼저 온 양 사장이 두 사람을 향해 손을 흔들었다. 정장 차림에 머리에 기름도 발라 얼굴이 번지르르했다. 그들이 자리를 잡자 삼십여 명의 단체 손님이 우르르 떠들며 들어왔다. 등산복 차림으로 모두가 들떠 있었다. 몇몇은 자리에 앉기도 전에 무대에 올라 춤을 추기 시작했다. 양 사장은 읍내 상가번영회 회원들이라며 그들에게 찾아가 인사를 나눴다.

음악이 흐르고 술이 몇 잔 돌자 무대는 흥겹게 돌아갔다. 상인들답게 그들은 노는 것도 걸쭉했다. 춤도 단체로 배웠는지 지루박에서 블루스 스텝으로 이어갔다. 그들 중에 단연 돋보이는 여자가 있었다. 화려한 등산복에 여기저기 다니며 술잔을 돌리고 무대에서 춤도 잘 췄다. 양 사장은 넋을 놓고 바라보는 홍 선생에게 번영회 총무인데 돌싱이라고 알려줬다. 갑자기 홍 선생은 그 여자가 앉은 자리로 이동하더니 그녀의 모자를 들고 돌아왔다. 그러자 그 여자가 씩씩거리며 따라왔다. 예의 없는 사람이라며 양 사장을 봐서 참는다고 했다. 홍 선생이 이름이나 사는 곳을 물어도 그녀는 일절 대답하지 않았다. 양 사장이 분위기를 다잡아 두 사람을 소개하자 그제야 그녀는 마음을 열었다. 특히 홍 선생이 그녀가 행동하는 것이 너무 예뻐서 그랬노라고 사과하자 입이 수박만 하게 벌어졌다. 자신은 홍 여사이며 시장에서 등산복매장을 한다고 했다. 그러면서 가게에 오시면 등산 모자를 선물로 주겠다고 했다.

박 선생은 자신을 대신해 숙직실에 있을 코치에게 미안했다. 그래서 먼저 가겠노라고 일어섰더니 흥을 깬다며 홍 선생이 앞을 막았다. 자기가 김 코치를 오라고 했다는 것이었다. 박 선생은 김 선생에게 잘해주라는 말밖에 해줄 것이 없었다.

그날 차를 끌고 클럽에 도착한 김 코치는 맥주 한잔을 얻어먹고 홍 선생에게 잔소리를 한참 들었다. 그런 후 박 선생을 기숙사로, 홍 선생을 자취방에 태워다주고 돌아갔다.

진천에서 열리는 전국 소년체전이 막바지에 이르고 있었다. 육상부나 배구부나 체전에서 입상해야 체육고등학교에 진학할 수 있었다. 박 선생이 지도하는 육상부는 아예 예선에서 탈락하여 짐을 꾸렸다. 박 선생은 교무실에서 이번 대회 육상부 메달은 기대하지 말라고 이야기한 터라 부담이 적었다. 문제는 배구부였다. 4강에 올랐다는 소식이 학교에 전해지자, 시합 당일 교장을 비롯하여 학부모들이 관광버스를 타고 체육관에 나타났다. 거기에 예산교육장은 물론 충남 교육감까지 응원에 나섰다, 공교롭게도 준결승전에서 같은 충남팀끼리 시합을 하게 되자 교육감이 격려차 동행한 것이었다. 홍 선생은 옛 동료들과 전날 과음을 하여 시합장에 나타나지 않고 있었다. 김 코치가 급히 숙소에 전화를 걸어 감독을 호출하고, 응원석으로 올라가 일일이 인사했다. 그리고 코치는 홍 감독이 과로로 병원에 갔다고 전했다.

김 코치는 속으로 걱정이 앞섰다. 팀의 에이스가 8강전에서 스파이크를 하고 내려오다 발목이 접혀 뛸 수 없는 상황이었다. 그래도 대진운이 좋아 우승 후보를 피해 옥천의 신생팀을 만났다. 배구코치가 청소년 대표 출신으로 고향에 내려와 배구팀을 창단하고 돌풍을 일으키고 있었다. 두 팀 모두 준결승에 진출한 것으로도 만족해야 했지만, 시합의 열기는 대단했다. 학부모들은 시골 팀을 만나게 되자 내심 결승 진출을 기대하고 있었다.

시합은 6인제로 3세트 2선승제로 진행되었다. 1세트 초반부터 접전이었다. 상대 팀 에이스는 우측 공격수로 펄펄 날았다. 팀이 준결승까지 올라온 이유를 알게 해주고도 남았다. 김 코치는 2학년생 에이스를 좌측으로 배치해 맞불을 놓았지만 1세트는 허무하게 지고 말았다. 2세트가 시작되기 전에 홍 선생이 나타났다. 1세트에 진 것을 확인하자 그의 얼굴이 일그러졌다. 그는 작전 지시를 하려는 김 코치를 제치고 들어가 학생들을 독려했다. 늦게 온 것을 만회하려는 듯 목소리와 몸짓이 컸다. 그의 영향인지 시합이 후반에 들어가자 23대 23까지 따라붙어 듀스를 만들었다. 상대 팀의 서비스 공격에 후위가 안정되게 볼을 받아 센터에게 전달했다. 그리고 우측에서 스파이크하자 공이 엔드 라인에 걸쳤다. 선심이 망설이다 아웃을 선언했다. 난리가 났다. 양측 학부모 간에 고성이 오가고 심판에게 박수와 욕설이 쏟아졌다. 응원석에서 내려온 사람들이 코트에 드러눕자 시합이 중단되었다. 이에 교육장과 교육감이 나서 이를 진정시켜 다시 시합에 들어갔다. 이번에는 긴 랠리가 이어졌다. 용케도 상대방의 공격을 두 번이나 몸을 날려 리시브를 했다. 그리고는 상대방 에이스의 공격 때 두 명의 전위가 동시에 뛰어올랐다. 다행히 공은 백태를 맞고 코트 밖으로 튕겨 나갔다. 그런데 주심의 손은 상대 팀을 향하고 있었다. 넷 터치 파울을 선언한 것이었다. 블로킹을 한 두 선수는 세차게 손을 흔들었다. 거센 항의에도 불구하고 시합은 그대로 끝났다. 양 팀 학부모들이 뛰어나오고 심판이 달아나는 진풍경이 벌어졌다. 이번에도 양교 교장의 만류로 간신히 싸움을 말릴 수 있었다. 배구 코트는 쓰레기장을 방불케 했다. 교육감은 두 학교 중 어느 학교가 결승전에 올라도 상관이 없었다. 그는 양 팀 감독에게 봉투 하나씩을 전달하고 웃으며 체육관을 떠났다.

    비록 결승 진출에는 실패했어도 4강에 오른 것은 소기의 성과를 이룬 것이었다. 학부모들은 격려차 선수들을 고깃집으로 데려가 회식을 시켰다. 그리고 감독에게 후원금 봉투도 전달했다. 응원단은 학교 교가를 부르며 버스에 올랐다. 선수단은 다음 날 열리는 결승전 경기를 참관하기 위해 그곳에 남았다. 학부모들이 교육장과 교감에게 부탁한 결과였다.

홍 선생은 주머니에 든 봉투를 손으로 만지며 두께를 가늠하고 있었다. 갑자기 등산전문 매장의 홍 여사가 떠올랐다. 웃음이 절로 나왔다.

교장실의 분위기는 어색했다. 학교운영위원회가 소집된 것이었다. 학부모 대표를 위원장으로 당연직 위원인 교장과 교원 대표 2명, 학부모 대표 5명이 모였다. 이번 모임은 교장과 박 선생이 고민 끝에 주최했다.

내일이면 홍 선생은 충남교육청 징계 심의위원회에 참석해야 한다. 이에 정상 참작을 위해 운영위원들에게 탄원서를 부탁할 생각이었다. 홍 선생을 대상으로 올라온 고발장은 학생폭력 및 공금 유용 혐의에 관한 것이었다. 그 외에 공무원 품위 유지 위반에 관한 것이었다.

학생폭력은 진천 전국 학생체전 결승전이 끝난 후에 발생했다. 결승전은 예상을 깨고 옥천의 신생팀에게 돌아갔다. 옥천 군민들로 가득 찬 배구경기장은 열광의 도가니였다. 경기가 끝나자 배구부 후원 회장이 마댓자루를 들고 응원단석을 한 바퀴 돌자 가득하게 돈이 걷혔다. 김 코치는 이를 보고 쓴웃음을 짓는 홍 선생을 보고 '아차!' 싶었다.

홍성에 도착하자, 홍 선생은 코치와 선수들을 모두 강당에 모이게 했다. 그리고 선수 모두를 바닥에 엎드리게 했다. 패자에게는 오직 죽음만 기다리고 있다며, 이순신 장군에 대해 연설하기 시작했다. 그의 손에는 장검 대신 대걸레 자루가 들려 있었다. 경기를 관전하며 마신 술도 덜 깨어 있었다. 한산, 명량, 노량해전 이야기를 거쳐 장군이 하신 말씀으로 이어졌다.

"승리할 수 있다고 믿는 마음이 곧 승리이다! 필사즉생 필생즉사! 싸울 때는 반드시 이겨야 하고, 이기려면 반드시 싸워야 한다! 언더스텐?"

문장이 끝날 때마다 그는 대걸레 자루로 바닥을 한 번씩 내리쳤다. 학생들은 곤욕이었다. 차라리 한 대 빨리 맞고 집으로 가고 싶었다. 참다못한 김 코치가 그를 말리려 하자 그는 더욱 소리를 높이며 막대 자루를 휘둘렀다. 결국 그는 선수들이 승리에 대한 믿음과 죽기로 싸우고자 하는 열정이 부족하고, 반드시 이겨야 한다는 신념이 부족했다는 것이었다. 그리고 내가 여러분을 때리는 것은 '반성하라'라는 뜻이니 모두 받아들이라고 했다. 그리고는 "이의 있습니까?"를 세 번 반복하여 학생들에게 동의를 얻은 뒤, 엉덩이를 세 대씩 가격했다. 선수들이 퍽퍽 나자빠졌다. 이런 장면을 강당 관람석에서 보고 있던 학부모들은 혀를 끌끌 찼다. 선수들을 마중 나온 학부모 몇이 이를 목격한 것이었다. "배구 경기에 지친 아이들을 모아놓고 무슨 짓이냐!"며 한 학부모가 고함을 쳤다. 학부모들이 지켜보는 것을 모르던 감독이나 선수 모두 당황했다. 그리고 급히 해산했다. 그리고 사흘 후에 운영위원회가 열렸다.

학부모들의 의견은 단호했다. 홍 선생의 공개 사과와 배구부 감독 교체, 후원회비 입출금 내역 공개였다. 교장은 난감했다. 홍 선생이 사과하는 것은 문제 될 게 없었다. 학부모들은 감독을 박 선생으로 교체해 줄 것을 원했다. 그러나 박 선생은 동료 교사로서 그럴 수 없다고 했다. 그래서 결국 코치인 김 선생이 감독직을 겸하기로 했다. 문제는 입출금 내역 공개였다. 교장은 서무과장을 불러 홍 선생의 출장비 사용 증명서를 공개하게 했다. 모두 코치가 앞뒤를 맞춰 영수증을 제출한 것이기에 문제될 것이 없었다. 그리고 후원회비는 사실상 감사대상이 아니기에 교장의 책임은 없었다. 그러나 도의적 책임은 있었다. 교장은 앞으로 홍 선생이 배구부에 일절 관여하지 않게 하고 앞으로 김 선생을 통해 후원회비 사용 내역을 공개하기로 약속했다. 그리고 이번 체전에서 선수들과 학부모들이 노력해주신 덕분에 소기의 성과를 거두었다며 감사를 표했다. 그리고 학생들이 명문 고등학교로 진학할 수 있도록 교장으로서 최선을 다하겠다며 일어서서 구십 도로 인사했다. 그러자 박 선생이 박수를 보냈고, 이어 운영위원 모두 박수로 호응했다. 그리고 그날은 교장이 판공비로 점심을 샀다.

이튿날 교장실에 들어온 홍 선생은 모든 것이 잘 마무리될 것 같다고 보고했다. 교장은 배구부 감독직 교체과정을 설명하고, 운영위원회 결과는 박 선생에게 들으라고 했다. 어색한 자리에서 홍 선생이 일어서려는 순간, 교장은 교육청에서 내려온 공문서 한 장을 내밀었다. 투서였다. 근무시간에 학교를 벗어나 유부녀를 성희롱했다는 내용이었다. 이 일은 교장으로서도 해결할 수 없는 문제니까 본인 스스로 해결하라고 했다. 환장할 노릇이었다. 틀림없이 호프집 여사장 짓이었다. 고소를 취하하는 수밖에 없었다. 홍 선생은 박 선생에게 도움을 청했다. 그간 박 선생과의 관계도 소원했다. 지난번 물품구입 결재건 때문이었다. 박 선생이 숙직을 서고 오후에 출근해보니 결재판이 책상 위에 놓여 있었다. 환장할 노릇이었다. 결재판에는 체육부장 칸에 박 선생의 사인이 선명하게 되어 있었다. 그때 박 선생은 홍 선생과 거리를 두어야겠다는 생각을 한 것이다. 교장실에 가서 결재를 무효화 하면 되겠지만, 그냥 넘어가기로 했다. 그러나 막상 이번에 사건이 터지자 박 선생은 외면할 수 없었다. 집까지 소식이 전해졌는지 정자 씨에게서도 전화가 왔다.

　박 선생이 호프집에 들르자 여사장이 나와 있었다. 그는 그냥 미안하다고만 했다. 자신이 그런 게 아니라 남편이 한 짓이라고 했다. 두 사람의 관계를 안 남편이 경찰과 교육청에 고소 고발을 했다는 것이었다. 똘마니들을 데리고 속칭 카드깡을 하는 남편은 호프집 여사장의 이혼 요구를 거절하고 수년째 자신을 괴롭힌다고 했다. 박 선생이 해결 방법을 묻자, 그가 3천만 원을 요구한다고 했다. 언더스텐 오빠한테 정말 미안하다며 읍소하는 것으로 보아 진심이 담긴 듯했다. 박 선생은 학교로 돌아와 홍 선생과 김 코치를 불러 사건을 상의했다. 셋이 천만 원씩 걷어야 하나 형편이 되지 못했다. 결론은 홍성 지역 체육과 선후배 중에 믿을 만한 사람을 불러 도움을 청하자는 것이었다. 결국 박 선생과 김 코치가 한 명씩 추천하여 두 사람이 응했다. 그러는 사이 홍 선생은 호프집 남자 주인을 만나고 왔다. 완전 풀 죽은 모습이었다. 다행히 이천만 원에 합의했다고 했다. 그는 굴욕을 맛봤다고 했다. 태어나서 처음으로 땅에 무릎을 꿇고 빌었다고 했다.

체육과 선배들에게 몽둥이로 맞아는 봤어도 태어나서 귀싸대기를 맞은 것은 처음이라 했다. 그리고 죽고 싶다고 했다. 박 선생은 순간 세천저수지가 떠올랐다. 처자식을 생각하라며 그를 다독이는 수밖에 없었다.

정자 씨는 분주했다. 집들이를 위함이었다. 오늘 점심에는 대전 시내 예술계 인사들을 초청했다. 시아주버니 댁에서 직접 공수한 토종닭을 삶고, 옥천에 있는 막걸리 공장에 가서 술도 한 짝 가져왔다.
남편이 죽은 지 3년 만에 정자 씨는 유성으로 이사했다. 그가 늘 그리던 방 세 개에 욕실이 두 개 있는 신규 분양 아파트였다. 아이들도 출가하고 남편도 없어 넓은 집이 필요 없었지만, 마지막까지 살 집이라는 생각에 선택을 주저하지 않았다. 이곳에서는 식장산도 보문산도 보이지 않았다. 보이지 않는 곳을 일부러 택한 것도 그녀였다.
모처럼 토요일에 집에 들른 남편은 유서 한 장 남기지 않고 세천저수지에 빠져 죽었다. 트리플 A+ 인성을 모두 저수지에 수장하고 떠났다. 언더스텐이란 별명도 가지고 떠났다. 홍 선생은 교장의 선처로 대천으로 학교를 옮겼다. 그는 양아치에게 뺨을 얻어맞은 것과 학부모 앞에서 머리 숙여 공개 사과를 한 것을 오래도록 잊지 못했다. 술에 취하면 참을 수 없는 치욕이었다며 흐느껴 울었다. 새 부임지에는 박 선생도 김 코치도 없었다. 교육계에서는 이미 홍 선생에 관한 소문이 퍼져 그에게 다가오려 하지 않았다.
장례식장에 온 박 선생은 자신을 탓하며 정자 씨에게 미안하다고 했다. 홍 선생에게 힘이 되지 못했다며 사과했다. 교육계의 인심은 박

했다. 교장 집 개가 죽으면 조문을 와도 교장이 죽으면 조문을 안 온다는 것이 세상인심이었다. 그래도 시골 동창들은 빠짐없이 다녀갔다. 아주버니는 영안실을 떠나지 않았다. 그때까지도 그는 혼기를 놓친 이후로 혼자 살고 있었다. 그는 염습에서 안장까지 모든 것을 살피며 동생을 떠나보냈다.

영안실에서 아주버니는 정자 씨에게 미안하다는 말을 여러 번 했다. 정자 씨가 보문산으로 이사한 후에도 동생이 돈을 보내왔다고 했다. 그 돈으로 축사를 짓고 소도 여러 마리 들여놓았다고 했다. 그나마 시골에서 트럭이라도 몰고 다니며 고향을 지키는 것도 모두 동생 덕분이라 했다. 눈물이 그렁한 그의 눈에는 사랑스러운 동생이 들어 있었다.

정자 씨는 남편이 죽은 후 열심히 일했다. 유족 연금도 있었지만, 남편이 남긴 2천만 원은 갚아야 했다. 국숫집에서 시작하여 호프집, 커피숍으로 업종을 바꿔가며 죽도록 일해 3년 만에 돈을 갚았다. 못 받으리라 생각했던 박 선생과 그의 선후배들은 오히려 정자 씨에게 고마움을 표했다. 그리고 그동안 홍 선생이 주변 사람에게 폐를 끼친 것은 아주버니에게 소를 사드리기 위한 것이었다고 해명했다. 특히 박 선생에게는 남편이 자신의 사인으로 친구를 애먹게 한 것을 괴로워했다고 했다. 그즈음 고향에 광우병이 돌아 모든 소가 매장되어 형을 도왔을 것이라고 했다. 모든 이들이 고개를 끄덕이며 안타까워했다. 혼령이 된 그녀의 남편도 곁에서 머리를 끄덕이고 있었다.

정자 씨는 자신이 시인이 되었다는 것이 꿈만 같았다. 자신의 삶을 되돌아보니 어중간한 지점에 국문학과의 이력이 있었다. 문학이 좋아

선택한 학과였다. 그녀는 간간이 쓴 시를 모아 새 아파트로 이사 오기 전 동인지에 투고했다. 그리고 수상 소식을 들은 날, 기쁘기도 했지만 부끄럽기도 했다. 작가 지망생들이 살기에 너무 바빠 이번에는 투고를 안 했나 싶기도 했다. 아무튼 오늘 문학상 수상의 답례로 사람들을 초청한 것이었다.

정자 씨가 이사한 후, 새 아파트에서 막상 살아보니 불편한 점이 이만저만이 아니었다. 현관문에서부터 출입 전용 카드를 사용해야 하고, 집에 들어와서는 보일러 작동법과 인덕션 사용법을 익혀야 했다. 인터폰 비상벨을 잘못 눌러 관리실에서 전화가 여러 번 왔으며, 비데를 잘못 사용하는 촌극도 여러 번 있었다. 남편이 살아 있었다면 무진장 잔소리를 했을 것이었다. 그리고 오늘도 집들이 음식을 백숙이 아닌 자신의 취향대로 하며 온갖 주문을 늘어놓았을 것이다. 정자 씨를 보다 못해 분리수거도 본인이 직접 하고 다녔을 것이다.

음식이 준비되자 정자 씨는 커피를 한 잔 타서 베란다로 나갔다. 입주 기간이라 이사 오는 사람들이 꽤 있었다. '그들도 나처럼 방 세 개에 욕실이 두 개 있는 집을 생의 목표로 살아왔을까?' 하는 생각이 들었다. 얻은 것이 많은 만큼 잃은 것도 많은 세월이었다.

멀리 계룡산이 눈에 들어왔다. 정자 씨는 자신이 쓴 시를 나직이 낭송했다. 남편을 그리는 시였다. 시는 바람을 타고 날아올라 흩어졌다. 그러자 열린 창 사이로 바람이 들어오며 사람 소리를 냈다.

언더스텐?

# 8

## 산서민가(山西民歌)

## 산서민가(山西民歌)

 너무 일찍 왔기 때문일까요? 외도로 가는 유람선 선착장에는 비릿한 소금기만 날리고 있습니다. 뭍사람의 발소리로 몸살을 앓았을 선착장 주변은 안개가 피어나고 있군요. 그런데 주변에 아무도 없다는 것이 슬프네요.
 사람이 있기는 있군요. 출항을 서두르는 어부의 모습이 안개 사이로 보이고 있어요. 흰 개 서너 마리가 부두에 펼쳐 놓은 그물을 헤치며 뛰어다니네요. 배가 고픈가 봐요. 배 한 척이 물살을 가르며 해금강 쪽으로 나아가고 있어요. 누군가가 차려준 따뜻한 밥을 먹고 심해로 나가는 사람들이 부럽네요.
 언덕길에 놓인 철 계단을 천천히 올라갑니다. 바람의 언덕으로 가기 위해 많은 사람이 딛고 올라간 사다리겠지요. 절벽 아래에는 파도가 만든 거품이 안개를 날아 올려요. 이곳에서 몇 편의 영화를 촬영했다는데, 그럴 만하네요. 언덕으로 통하는 입구에서 보면 바람의 언덕은 큰 주걱 같기도 해요. 영화를 촬영하려면 이렇게 감성을 자극하는 곳이 제격이긴 하지요. 그런데 바람의 언덕에 왔는데 왜 바람이 없을까요? 사람도 없고, 새도 날지 않고 빈 의자만 바다를 바라보며 덩그러니 놓여 있습니다. 바람이 없는 것은 그들이 갈 곳이 없기 때문일까요? 아니면 정말 바람이 없기 때문일까요? 나는 의자에 엉덩이를 걸치려다 그만두고 맙니다. 이슬이 조금 남아 있네요.

  나는 전망대를 향해 올라갑니다. 전망대로 가는 언덕길은 외길이네요. 길옆에 세워진 나무표식이 외로워 보여요. 묘지를 닮은 구릉에는 그래도 살아 움직이는 생명이 있습니다. 어린 티를 갓 벗은 염소 한 쌍이 머리를 부딪치며 싸움 연습을 합니다. 흑색 털을 가진 윤기나는 몸매가 마치 젊었을 적 내 어머니를 닮았습니다. 어머니, 그래요 내게도 어머니가 있었지요.

  사람을 보자, 염소들이 동백 숲으로 숨어 버립니다. 길가에는 띠풀도 엉겨 있군요. 해풍을 견디기 위해 그들은 서로 엉기고 또 부둥켜안나 봐요. 낮게 몸을 웅크리고 뿌리에 힘을 주고 있는 모습이 대견해 보여요.

  정상까지 4.9km라네요. 혼자서 갈 수 있을지 모르겠어요. 혹 그이가 와 준다면 훨씬 힘이 덜 들까요? 내가 '그이'라고 부르는 것을 당신이 허락해 줄지 모르겠네요. 어쩌면 그이는 내가 이곳에 있다는 것을 알면 바로 달려올지도 몰라요.

  결혼하기 전, 당신과 나는 이곳 바람의 언덕에 온 적이 있었지요. 지나가는 배를 향해 손도 흔들고 의자에 앉아 여러 이야기도 나누었지요. 언덕에서 바라보는 바다 풍경은 정말 아름다웠어요. 숨이 턱까지 차오르네요. 하늘을 한번 올려보고 크게 숨을 쉬어봅니다. 사람들이 계단을 만드는 솜씨도 많이 늘었군요. 예전에는 양쪽에 쇠말뚝을 박고 그것을 지주 삼아 통나무를 걸쳐 놓았는데, 이제는 고가의 원목에 긴 나사못으로 이어놨네요.

나는 전망대에 오르자 가쁘게 숨을 토해냅니다. 현기증이 났지만, 겨우 몸을 가누어 앞을 바라봅니다. 해가 떠올랐나 봐요. 안개와 해가 바다 위에 엉켜 장관을 이룹니다. 바람의 언덕에서 해금강으로, 해금강에서 외도 넘어까지 안개에 엉킨 햇살은 더 멀리 달아나려 붉은 빛을 뿜어내네요. 나는 빨리 너덜너덜해진 내 이름을 바다에 수장하고 싶네요. 그래도 내 회한의 축축한 세월을 담은 것이기에 잠시라도 소금 섞인 햇살로 말려야 할까 봐요.


나는 어머니의 죽음을 '절망'이란 언어로밖에는 표현할 수 없습니다. 성빈센트병원 중환자실에서 의사가 폐기환자라고 했다는 소식을 듣는 순간, 내 삶의 모든 것이 끝난 느낌이었습니다. 그만큼 어머니는 내 삶의 정신적 지주였으며 동반자였습니다. 패혈증은 고왔던 그녀의 모습을 엉망으로 만들었습니다.

이목구비가 뚜렷하고 활달한 성격 탓에, 점쟁이는 그녀가 큰일을 저지를 것이라 예견했다지요. 정난정의 사주를 이어받았다고도 했습니다. 더 자중했어야 했을까요? 배우가 되기 위해 충무로로 뛰어든 것이 큰 실수였습니다. 그녀는 그곳에서 정치인이었던 아버지를 만났습니다. 그는 유신정우회 소속 73인 중의 한 사람이기도 했습니다.

그는 이미 부인과 자식이 있는 사람이었지요. 어머니는 나를 낳았습니다. 두 사람은 부와 권력과 사랑이 있기에 부모 자격이 있다고 생각했겠지요. 그러나 그것은 당신들의 생각이었습니다. 정권이 교체되자 아버지가 쌓은 부와 권력은 서서히 무너지기 시작했지요. 세금 포탈과 뇌물공여 등과 같은 아버지 관련 기사가 쏟아지기 시작했습니다. 그리고 급기야는 신분을 보전할 수 없는 상황으로 일이 커지고 말았습니다. 그가 유정회의 일원이라 고통을 받았다기보다, 제4공화국을 이끌던 청와대 각료로 유신의 가치를 눈에 띄게 외친 공신 그룹에 속해 있었기 때문이지요. 그는 결국 일본을 거쳐 미국으로 도피했고 어머니와도 헤어지게 되었지요. 어머니도 정치보복의 희생양이 될 수 있다고 생각한 모양이었어요. 그래서 그녀는 서둘러 부산으로 내려오게 된 거지요. 새로운 정권과 야합한 언론도 우군이 될 수 없었습니다. 유정회 소속 국회의원과 배우 지망생의 스캔들 기사는 좋은 먹잇감이 되었지요. 급한 불을 끄기 위해 아버지는 나를 장충동에 있는 그의 전처 집에 맡기고 잠적했지요. 그래서 더부살이가 시작된 것입니다.

 그러나 왜일까요? 장충동의 유년 시절에 대한 기억이 거의 남아 있지 않으니 말입니다. 심리적 외상, 아주 간단하면서도 명료한 심리학적 용어지요. 흔히 사람들은 망각이라는 표현으로 많은 것을 지우려 합니다. 그러나 나의 기억은 그늘에 갇혀 한곳에서 맴도는 듯합니다. 어느 날, 나는 정신과 병원을 찾아갔지요. 의사는 나에게 '의도적 망각증세'가 있다고 했습니다. 의도적 망각증이란 누군가가 충격적인 외상을 입었을 때, 그러한 기억을 완강하게 거부하기 위한 처절한 자기방어 자세로 무의식적으로 기억을 놓아 버리는 행위가 지속되는 것이었지요. 아예 머릿속의 기억을 지우개로 박박 지우거나, 필름을 끊어버리는 것과 같은 자구책에 가까운 의지의 발현인 셈입니다. 끔찍했습니다. 그리고 무서웠습니다. 나에게 그렇게 혹독한 유년의 아픔이 있었다고 생각하지 못했습니다. 유년의 기억은 백지로 나풀거릴 뿐 뚜렷하게 잡히는 게 없었기 때문이지요.

물론 이해는 해요. 아버지의 전처에게 나라는 존재의 가벼움을. 몹쓸 계집의 자궁에서 나온 저주받을 아이였겠지요. 그래서 그 여인은 나에게 모진 구박과 학대를 자행했을 겁니다.

그렇지만 나는 당신에게 묻습니다. 당신이 꼭 그래야만 했나요? 당신의 자식들이 보는 앞에서 나를 발로 짓밟고, 그것도 모자라 당신의 자식들에게 돌아가며 나의 뺨을 때리게 해야만 당신의 분이 풀릴 수 있었을까요? 그래서 분이 풀렸던가요? 얼마나 구박이 심하다고 생각했으면 그집에서 일하던 가사도우미가 내 어머니에게 그 사실을 알렸을까요? 아동학대 혐의로 경찰서에 나타난 당신은 당당하고 뻔뻔한 모습이었습니다. 대성통곡하던 나의 어머니가 그렇게 증오의 시선으로 타인을 쳐다보는 것을 지금껏 본 적이 없습니다. 내 머리는 피로 얼룩져 있었으며, 등과 엉덩이는 퍼런 멍으로 뒤덮여 있었다지요. 그것을 본 어머니의 심정이 어떠했을까요? 그러나 나는 아무 말도 할 수 없었습니다. 두려움 때문이었는지는 알 수 없지만 빨리 어머니와 함께 그곳을 벗어나고 싶었던 기억만 생생합니다. 당신 집을 나와서도 나는 오래도록 당신의 잔인한 언어에 갇혀있었습니다. 가사도우미는 당신이 사흘간 나를 다락방에 가두고 굶긴 일이며, 레몬을 먹다가 즙을 흘렸다고 바늘로 머리를 수없이 찌른 일이며, 지독한 몸살로 앓아누운 아이를 꾀병한다며 집 밖으로 내몰아 실신시킨 일 등을 줄줄이 이야기했다지요. 그때 어머니는 평생에 흘릴 눈물을 다 쏟았다고 했습니다. 그러나 그 여자는 오히려 어머니를 협박했다지요. 이 일을 계속 문제 삼으면 간통죄로 고소하겠다고. 그 말에 어머니는 힘없이 무너졌다고 했습니다. 그 여자는 어떤 일이라도 실행에 옮길 악마 같은 존재였으니까요. 그래서 더는 문제 삼지 않는 조건으로 나는 어머니의 집으로 돌아왔습니다.

  그런데 하나 더 묻고 싶은 것이 있습니다. 아버지라는 당신! 당신은 그동안 무엇을 하고 계셨던가요? 나를 낳고 아버지라는 호칭을 듣던 당신은 일본에서, 미국에서 무엇을 하고 계셨던가요? 이제 나는 당신이라는 사람을 영원히 기억에서 지우려 합니다. 당신과 당신의 자녀들이 준 증오와 멸시의 감정을 진잠에서 영원히 잊으려 했지만, 지울 수가 없었습니다. 상처를 잊기 위해서는 지독한 시간이 더 필요하겠지요.

  왜 하필 달맞이 고개였을까요? 어머니는 건축업을 하는 남자를 만나 부산에서 재혼했습니다. 서로가 한 번씩 결혼에 실패한 사람이었기에 신중히 생각하고 내린 결정이었겠지요. 새 아버지는 사업을 했지만, 가정에 충실한 사람이었습니다. 교통사고로 사망한 전처의 사내아이도 우리를 기다리고 있었습니다. 결혼 이야기가 오갈 때 나를 동반하지 않는다는 조건이 따랐지만, 어머니는 나에게 강한 집착을 보였습니다. 결국, 그 남자는 어머니의 미모에 그리고 한 여인의 모성

애에 고집을 꺾고 나를 받아들이게 되었습니다.

　부산에서의 초등학교 시절은 나의 생애에 가장 행복한 시간이었습니다. 그동안 받아 온 학대의 사슬에서 벗어나자 나는 서서히 말문이 트였고, 어머니는 미안함이 컸던지 나를 애지중지했습니다. 손수 승용차를 몰고 등하교를 시킴은 물론, 어느 것 하나 부족함이 없는 생활이었습니다. 또한, 어머니는 매달 보름마다 나를 대동하고 달맞이 동산에 올라 달을 향해 기도도 했습니다. 평소에 무관심하게 보던 바다의 달빛은 화려하다 못해 장엄했습니다. 청사포의 수평선 위로 달이 솟구치면 주변 바다는 온통 노란 비단처럼 펼쳐지는 것이었습니다. 먼 지평선에서 달려오는 그 빛은 내 어머니의 가슴으로 들어와 응어리진 한을 활활 태운다고 했습니다. 어머니는 오래도록 이어가던 기도를 마치면 나를 가슴에 품고 오랫동안 바다를 쳐다보곤 했습니다. 와우산에서 어머니와 함께 보았던 보름달은 내가 삶에 상처를 입을 때마다 나를 위로하는 빛이 되었습니다.

　어머니는 나에 대한 사랑이 지나쳐 가끔, 새 아버지와 언쟁을 벌이는 일도 있었습니다. 그러나 어머니의 사교술로 남자의 사업은 점점 자리를 잡게 되었습니다. 한 마디로 어머니의 내조에 그는 만족하기 시작했고, 그의 아들도 내 어머니를 좋아했기에 완전히 마음을 연 것이었지요. 다소 화려한 옷을 입어 친구들의 시기도 있었지만, 나에게는 정말 행복한 학교생활이었습니다. 그런데 서울로 대학을 다니면서 문제가 시작되었지요. 아니 문제라기보다는 사치와 허영심이 내 이성을 마비시키기 시작했습니다. 나는 이름만 대면 아는 명문 여자대학으로 진학했습니다. 그곳에서 나는 서울이라는 도시, 그리고 내가 접하지 못했던 상류층 자녀와의 교류에 열을 올렸습니다. 한강이 내려다보이는 전망 좋은 아파트, 부지런하고 깔끔한 가사도우미, 예절 바른 운전기사에 독일산 외제 승용차, 미술 전공 등 이 조건만으로도 나는 주위의 부러움을 샀습니다. 그러나 내가 생각한 것만큼 부유층 아이들은 호사스러운 생활을 하지 않았습니다. 그들은 오히려 경제교육을 어려서부터 익혀서인지 검소했고 꼭 필요한 곳만 돈을 썼습니다. 자연히 그들과의 교류도 재미없게 되었지요. 자연히 연예계 지망생들과 친해지게 되었습니다. 그들은 재능과 끼로 넘쳤지만, 물질적으로는 항상 주려 있었습니다. 나는 그들 무리와 노는 대가로 대부분의 유흥비를 지출했습니다. 어머니는 이러한 나의 행태로 아버지와 언쟁하기도 했습니다. 그러나 건설업의 활황으로 가계는 무탈했습니다.

　대학을 졸업한 후에 나에게 취업은 별 의미가 없었습니다. 그래서인지 어머니는 내 결혼을 서두르기 시작했습니다. 혹 하나를 떼려는 셈이었지요. 그녀는 사윗감을 고르고 골라 서울 남자를 택했지요. 내가 지금 '그이'라고 부르는 사람입니다. 당신이 뭐라 해도 당신은 나의 남편입니다.

　당신은 한국예총 회장의 외아들이었지요. 다른 직함도 여러 개 있었습니다. 아버지나 당신은 예술과는 전혀 거리가 먼 사람들이었지요. 하긴, 예술과 거리가 먼 부호들이 회장을 맡는 게 우리 사회 아니겠어요?

　부산에 있는 호텔에서 당신을 처음 만난 날, 나는 당신이 햇빛을 못 보고 살아 온 사람처럼 보였어요. 하얀 얼굴에 작은 키, 그리고 마른 체형이었지요. 그때 나는 결혼할 뜻이 전혀 없음을 명확하게 전했지요. 근데 당신 아세요? 그때 당신의 하얀 얼굴이 무척 슬퍼 보였다는 것을. 그런 당신의 얼굴을 내가 읽지 못했다면 나는 당신과 결혼을 안 했을 거예요.

국회의원의 주례, 성악가의 축가, 예술계 명사, 방송관계자, 한국을 선도하는 기업체 간부 등등 많은 사람이 결혼식을 찾아주었지요. 그들 사이에서 벗어나 중국행 비행기에 올랐을 때, 나는 사슬에서 풀려난 느낌이었지요. 유럽으로 신혼여행을 가고 싶었지만, 시댁에서는 사업을 이유로 북경행을 권했지요. 당신 아세요? 당신의 중국어 실력에 내가 약간 놀랐던 것을. 과외 덕분이라며 대수롭지 않게 넘기는 당신의 모습에서 나는 당신의 다른 매력을 발견했지요. 그런데 호텔에 짐을 풀자마자 나는 호텔에 혼자 남겨져야 했어요. 중국 관료들은 사업을 논하는 자리에 여자가 끼는 것을 싫어한댔지요. 그리고 당신은 이튿날 점심때가 되어서야 창백한 얼굴로 돌아왔어요. 그리고 장황한 변명을 하기에 바빴지요. 그런데 이상하지 않아요? 결혼 첫날밤에 당신과 내가 관계를 맺지 않았는데도, 나는 전혀 화가 나거나 기분 나쁘지 않았으니까요. 오히려 미안한 모습을 보이는 당신이 이상하고 안쓰러워 보였어요. 그런 모습은 나에게 무척 낯선 것이었거든요.

중국과 국교 성사 직후였음을 생각하면 우리가 중국으로 여행을 간 것도 하나의 특권이었어요. 우리는 중국인 관료를 가이드로 북경의 명소를 찾아다녔지요. 처음으로 간 곳이 자금성이었어요. 서태후의 화려한 자태와 머리를 박박 깎은 어린 부의가 있었지요. 붉은 위용을 뽐내며 경복궁의 백배도 넘을만한 공간에 세워진 크고 작은 건물들은 나를 소인국에서 조공하러 온 시녀로 만들었지요. 나는 황제가 앉던 의자 앞에서 서태후의 모습을 떠올렸지요. 황제를 곁에 두고 수렴청정했던 천제 같던 서태후를 말예요. 나는 거기서 남편을 황제의 자리에, 나를 서태후의 자리에 올리는 꿈을 꾸기 시작했지요. 그 꿈의 내용이 무엇인지는 모호했지만, 매력적일 것 같았어요. 고관대작들이 발아래서 머리를 조아리고, 백여 가지가 넘는 반찬이 놓인 식탁에서 거드름을 피우고, 삼천여 상자가 넘는 옷들을 수시로 골라 입으며 권력을 행사했던 서태후의 모습, 근사하지 않나요?

  자금성을 돌아보고 우리가 찾아간 곳은 이화원이었지요. 서태후의 별장. 290만 평의 대지, 나는 곤명호를 보기 위해 728m 길이의 회랑을 걸었습니다. 3천여 개의 방이 있는 불향각에서 경극도 보고 낚시도 하는 서태후가 그려졌습니다. 산서성 장치현에서 농민의 딸로 태어나 양녀, 시녀, 궁녀로 살아 온 그녀가 너무 멋져 보였어요. 그리고 그녀의 한풀이를 이해할 수 있었습니다. 어느새 나는 불향각의 가장 후미진 뒷방에 광서황제 대신 실어증을 앓게 한 장충동에 그 여자를 밀어 넣고 있었습니다. 지독한 외상이지요? 신혼여행지까지 여전히 그 여자가 따라다녔으니 말입니다.

  북경 시내의 호텔에서 나는 새벽녘에야 당신의 아내가 되었지요. 침대에 누워 두 번이나 나를 안으려다 실패한 당신은 화장실을 들락거리다가 제풀에 꺾여 자정쯤에 잠이 들었지요. 남자들은 입대 전날에 모두 총각 딱지를 뗀다는데 당신은 경험이 없는 듯했습니다. '고자가 아닐까?' 하는 생각도 했지요. 새벽녘 서태후와 함께 이화원을 거니는 꿈을 꾸다가 나는 통증을 느끼며 잠을 깼습니다. 당신은 나도 모르

산서민가(山西民歌) 215

게 나를 아내로 취한 후 멋쩍은 표정을 짓고 있었지요. 그것뿐이었습니다. 단지 그것뿐.

　　서울에서 신혼살림을 차린 나는 서태후가 되기 위한 행보를 시작했습니다. 학벌의 구색을 갖추기 위해 대학원에 진학했고, 사회적 신분을 고려하여 몇몇 대학에 출강도 시작했지요. 나의 일차 목표란 시어머니가 운영하는 사학재단 이사장직을 승계하는 것이었습니다. 시어머니라 불렀던 그 여자는 한 마디로 돈으로 권력을 매수하여 세상을 거들먹거리며 사는 여자였습니다. 나의 남편과는 성품이며 외모가 전혀 다른 인간이었지요. 그 여자는 수시로 나에게 돈을 요구했습니다. 위대한 가문에 입문한 며느리로서 당연히 몇 묶음의 수표는 내놓아야 한다는 생각이었으니까요. 나는 그의 환심을 사기 위해 친정의 돈을 끌어오기 시작했습니다. 마치 권력을 승계하기 위한 무언의 투자와 이를 승인하는 둘만의 거래였지요. 그러한 노력으로 나는 재단 이사가 될 수 있었습니다. 그럴듯한 재력과 직함은 세상을 참 편하게 살게 하더군요. 어설프게 그린 내 그림들도 개인전을 통해 불티나게 팔려나갔습니다. 부르지도 않은 신문사며 잡지사 기자들도 인터뷰를 요청해 왔지요. 거마비 몇 푼이면 신분을 세탁할 수 있다는 것도 알게 되었습니다. 작가라는 호칭은 절로 만들어졌지요.

　　그렇게 수렴청정을 위해 한 발 한 발 내딛는 동안, 부산에 있는 어머니와 배다른 남동생과 불협화음이 일기 시작했습니다. 두 모녀가 재산을 빼돌리고 있다는 이유였습니다. 그런 이야기가 나올 만도 한 것이, 나는 어머니에게 점점 더 많은 돈을 요구하고 있었습니다. 어머니는 이를 위해 부산시 기장에 있던 5천 평의 땅을 소리 없이 팔아 버렸지요. 그 넓은 땅, 내가 죽어 무덤을 써도 수백 개를 쓰고도 남을 땅을 나는 젊은 날에 눈 한 번 꿈쩍 않고 날려버리고 있었지요. 그런데 문제는 거기서 그치지 않았습니다. 나의 재정적 투자에도 불구하고 이사장직은 그 여자의 친딸에게 돌아가고 말았습니다. 아가씨라고 부르던 남편의 동생에게 말이에요. 그때, 나는 서태후의 신유정변을 떠올렸지요. 시어머니에 대한 배신감을 보복할 어떤 방법을 찾아야 했습니다. 나는 양무운동을 함께 할 사람을 찾았습니다. 믿을 사람은 오직 부산에 있는 어머니뿐이었습니다. 그러나 뾰족한 수는 없었지요. 나는 결국 시댁에서 나와 시어머니에 대한 배신감을 남편에게 복수하기 시작했지요. 사사건건 시비를 걸고 가정불화의 원인이 곧 당신의 어머니임을 하루에도 몇 번씩 주지시켰습니다. 결국 우리는 이혼을 했고, 나는 위자료로 다시 허영의 시장에 나가 서태후의 행세를 하기 시작했지요. 더 나아가 좀 더 화려한 축제를 준비하기 시작했습니다. 강남에 고급레스토랑을 개업하기로 한 것이지요. 정말 대한민국에서 가장 화려하고 고급스러운 업소를 열고 싶었습니다. 그래서 레스토랑 이름도 '이화원'으로 정했습니다. 한국에서 작은 서태후라도 되어야겠다는 심리가 반영된 거였지요. 실내 장식도 이화원을 모방했습니다. 정문은 황제나 황후가 아니기에 서태후가 한 번도 들어가지 못했다는 자금성의 정문인 오문을 모방했습니다. 그런 후 손님들이 들어오면 바로 눈에 들어올 수 있도록 중앙에 만수산을 위치시키고 불향각을 세운 후 궁등(宮燈)을 달아 분위기를 연출했지요. 그 주변에 곤명호도 만들었습니다. 호수를 중심으로 서태후의 산책로를 그대로 재현하여 장랑(長廊)을 배치하고 호수에 모형 배도 띄워 놓았습니다. 거기에 대회루가 필요했습니다. 그래서 석교로 이어지는 중앙무대에 대리석으로 장식한 원형무대를 설치하고 대회루라 명명했지요. 그리고 경극을 올리는 대신 피아노와 색소폰, 클라리넷, 플루트 등을 연주하게 했습니다.

이화원을 개원하기 전날, 나는 새아버지와 헤어져 부산의 한 사찰에 있던 어머니를 초대했습니다. 어머니는 충무로를 휘젓거나 부유층과 교류하던 여자가 아니었습니다. 삭발하고 비구니 옷을 입은 그녀의 모습이 낯설기까지 했습니다.

내가 어머니를 초대한 것은 그녀와 나란히 오문을 통과하고 싶은 마음이 강하게 일었기 때문입니다. 어머니는 그런 나의 의도를 전혀 알지 못하고 계셨습니다. 오히려 100여 평이 넘는 이 화려한 무대를 어떻게 운영할 것인가에 대한 기대와 우려로 가득 차 있었습니다. 아무도 없는 원형무대에서 나는 어머니와 성찬을 즐겼습니다. 그리고 마음속으로는 곤명호에 배를 띄워 낚시도 즐기고 장랑을 걸었습니다. 식사가 거의 끝날 무렵, 어머니는 나를 물끄러미 바라보고 계셨습니다. 그리고는 "아직도 철이 덜 들었구나! 모두가 이 애미의 업보인가보다!"라며 혀를 끌끌 찼습니다. 레스토랑을 차릴 비용을 마련하기 위해 부산의 사찰에 내려갔을 때, 어머니는 이미 속세와 인연을 끊는 중이었습니다. 어머니는 이혼 위자료로 받은 빌라 등기를 나에게 넘겨주었습니다.

어머니와 성찬을 마친 다음 날, 나는 이화원의 서태후가 되어 있었습니다. 영화배우와 탤런트, 국회의원, 재단 이사, 재계 인사들의 내방과 그들이 보낸 화환으로 골목 전체가 떠들썩했습니다. 화환 중에는 시어머니가 보낸 것도 있었습니다. 아마도 교육계의 시선을 의식한 모양새 갖추기였겠지요. 나는 시어머니가 보내 준 화환을 돌려보냈습니다. 이화원에서 그녀가 있을 공간은 내 마음속 어디에도 없었으니까요. 우아한 이화원의 잔치는 그렇게 시작하여 또 그렇게 끝이 났습니다.

나는 이화원의 생활에 만족했습니다. 처음으로 시작한 사업이기도 했지만, 내가 기획하고 직접 운영하는 사업이라는 것이 즐거웠지요. 과거 시댁에서 이사장직에 목숨을 걸었던 일도 우스운 일이 되었습니다.
나는 30명의 종업원에게 자색 중국 의상에 금색으로 허리띠를 하게 하고, 나는 검정 계열의 정장을 주로 입었습니다. 대희루에는 출중한 유학파 출신들을 초대하여 수준 있는 음악을 선보였습니다. 지배인은 나보다 한 살 위로 깔끔한 용모와 예의로 인기가 있었습니다. 그는 어머니가 충무로 시절에 각별했던 친구의 아들이었습니다.
하루가 어떻게 가는 줄도 모르게 5개월이 흘렀습니다. 특히 송년회 및 신년회 행사가 몰린 12월과 1월에는 손님을 받을 공간이 없을 정도로 호황을 누렸지요. 하지만 오래 가지는 못했습니다. 여름철에 접어들자 현저하게 손님이 줄기 시작했습니다. 아무리 호화롭고 분위기 좋은 레스토랑이지만 중국 음식의 한계가 드러났나 봅니다. 겨울에 벌어 놓은 돈은 금세 동이 나기 시작했습니다. 더 큰 문제는 종업원들의 동요였지요. 이화원 운영의 지속성에 대한 믿음이 떨어지기 시작한 것입니다. 걱정했던 일은 주방에서 시작되었습니다. 주방을 책임지던 요리사 중 절반이 개업하거나 다른 업소로 이직을 시작했지요. 그래서 내린 첫 번째 처방이 대회루에서 하던 연주회를 중단하는 것이었습니다. 대회루에 궁둥을 더 달게 하고 곤명호에 등을 띄웠습니다. 하지만, 손님은 전년에 훨씬 못 미치는 인원이었습니다. 그래도 그동안 쌓아온 인맥 덕분에 경영난을 이겨낼 수 있었습니다. 그러나 이화원 운영에 대한 자신감이 떨어지기 시작한 것이 문제였습니다. 성과급 경영을 시도했지만, 그것도 별 효과를 보지 못했습니다. 그렇다고 내가 꿈꾸던 이화원의 생활을 쉽게 포기할 수는 없었습니다. 어려울 때마다 대회루에서 어머니와 성찬을 나누었던 일을 떠올렸습니다. 그리고 그 어려움을 잊기 위해 혼자 술을 마시는 시간이 늘어났지요. 그리고 안면이 있는 인사들과 동석하여 술을 마시는 횟수도 많아졌습니다. 손님을 더 유치하기 위한 나름의 노력이었지요. 그러나 업소의 수익은 좀처럼 나아질 기미를 보이지 않았습니다. 그즈음 불면증이 우울증으로 깊어졌습니다. 그래서 정신과 치료를 받기에 이른 것이지요.

    또 다른 악연의 시작이었을까요? 그때 나에게 다가온 사람이 있었습니다. 다름 아닌 지배인이었습니다. 그는 업소를 그만둔 후에도 일주일에 한두 번은 우리 가게에 들러 안부를 묻곤 했습니다. 사장과 종업원의 관계였던 사이에서 우리는 점차 가까운 사이가 되었습니다. 영업이 끝나는 시간이면 그는 업소로 와서 나를 집까지 승용차로 태워다 주었습니다.

그때가 언제였을까요? 30년 만에 무더위가 찾아왔습니다. 기상청 발표가 연일 화제가 될 무렵입니다. 쓰나미로 동남아 휴양지에서 익사자가 발생하고 지리산 대원사 계곡에서도 인명피해가 속출했습니다. 참으로 음습하고 지루한 장마가 이어지고 있었지요.

산서민가를 틀어 놓고 포도주를 마시고 있을 때 지배인이 들어왔습니다. 일상적인 대화와 술잔이 어느 정도 오가자 그는 뜻밖의 제의를 해왔습니다. 이화원에 투자하겠다는 것이었습니다. 그래서 얼마를 투자할 수 있느냐고 묻자, 그는 진지한 표정으로 5억을 이야기했습니다. 경영난에 허덕이고 있는 나로서는 반길 일이었지만 그의 진심을 헤아려야 했습니다. 그래서 무엇을 믿고 나에게 투자를 하느냐고 물었지요. 그러자 나의 인격을 믿고 투자를 하겠다는 것이었습니다. 그리 기분 나쁘지 않은 대답이었지요. 언제 투자할 것이냐고 물었더니, 당장 내일이라도 좋다는 것이었습니다. 그래서 나는 농담조로 내일 돈을 가지고 와서 이야기하자며 웃어넘겼습니다.

이튿날 나는 10시에 업소에 도착했습니다. 몇몇 지인들이 점심때 오기로 해서 평소보다 한 시간 일찍 움직인 것이지요. 그런데 뜻밖에도 지배인이 나를 기다리고 있었습니다. 그리고 자리에 앉자마자 수표 한 장을 내미는 것이었습니다. 정확하게 5억 원짜리였습니다. 그래서 진지하게 어떤 조건이냐고 물었지요. 그는 총 수익의 10%와 업소 관리에 필요한 상무 직함을 달라는 것이었습니다. 그거면 되겠느냐고 했더니, 그는 돈을 벌려고 투자하는 것이 아니라고 했습니다. 이곳에서 나를 도우며 많은 것을 배우고 싶다고 했습니다. 마다할 이유가 없었습니다. 그래서 간단한 계약서를 작성하고 다음 날부터 그에게 업소 관리를 맡겼습니다. 그의 도움으로 은행에서 빌린 대출금을 해결할 수 있었습니다.

　이화루에서 서태후를 꿈꾸었던 것이 망상이었을까요? 온갖 노력에도 불구하고 결국 가게를 내놓게 되었습니다. 부동산 업자들이 가게를 기웃거리기 시작하자 지배인의 간섭도 잦아졌습니다. 그리고 노골적으로 5억에 대한 상환을 요구하며 경영권을 들먹이기 시작했지요. 그러는 동안 나는 어느덧 지배인에 길들여지고 있었습니다. 사람의 마음이란 그런 것일까요? 항상 곁에 있고 나에게 잘해주는 사람이 있으면 그를 타인으로 생각하지 않게 되니 말입니다. 나도 예외일 수는 없었습니다. 그는 어느새 내 남자가 되어 있었습니다.

　그해 여름은 참으로 길었습니다. 내 삶에 두 번째로 잔인한 시간이었습니다. 나는 구원을 외치는 사람들과 이웃하고 있었습니다. 수만 명의 사람이 기도원 뒷산에 올라 찬송가를 부르며 울부짖고, 이 땅의 평화를 위해 기도하고 떠났습니다. 그러나 성경 속에 갇힌 하나님은 나를 구원하지 못했습니다.

　내가 그의 차에 실려 두 시간 넘게 북쪽으로 달려온 곳은 경기도 파주에 있는 한 시골 마을이었습니다. 정확히 말하면 경기도 금촌읍에서 20여 분 거리에 있는 오산리 기도원 인근이었습니다. 지배인에게 이화원의 등기를 빼앗기고 오산리에 와서 인간 사육을 당하게 된 것이지요. 별장에 들어서자마자 그는 늘 하던 대로 나를 침대에 눕히고 성욕을 과시했습니다. 묘하지요? 그런 상황에서도 나는 신음을 토해냈습니다. 그 남자는 차에 싣고 온 맥주를 마시며 텔레비전을 켰습니다. 9시 뉴스가 진행되고 있었지요. 그러나 어느 뉴스에도 내가 실종되거나 납치되었다는 소리는 들리지 않았습니다. 이화원이 어머니 친구의 손에 넘어갔다는 기사도 나오지 않았습니다. 한 마디로 나는 전 재산과 내 영육을 고스란히 빼앗긴 채 오산리 기도원 아래에 갇히게 된 것입니다.

나는 그곳에서 외출이 허락되지 않은 채 일주일 내내 집에만 있었습니다. 내가 하는 일이라곤 그가 해주는 밥을 먹고, TV를 보고, 그의 섹스파트너가 되는 일이었습니다. 그러는 동안 나에게 실어증 증세가 나타나기 시작한 것이지요. 나는 양순한 그 남자의 시녀가 되어 문밖을 나가는 것조차 두려웠습니다. 한 달이 지난 후로는 아예 그 남자가 나를 감시할 필요가 없었습니다. 나의 일상은 기도원 근처 군부대 사격장에서 들려오는 총소리를 듣다가 이불 속으로 숨는 것이었습니다. 그리고 산에 올라 찬송가를 부르며 울부짖는 신도들의 목소리를 흉내 내는 것이었습니다.

사람에게는 정말 본능이란 것이 있을까요? 북두칠성이 떠오른 날, 기도원에서 나온 사람들이 산 위로 줄지어 오르는 것을 보았습니다. 나는 그 대열을 본 순간, 나도 그들에 섞여 어디론가 떠나야 한다는 조바심이 일었습니다. 나는 방문을 열고 밖으로 나갔습니다. 어느덧 나는 신도들을 따라잡고 있었지요. 제목을 알지 못하는 찬송가를 부르며 나는 무리에 섞여 올라갔습니다. 산 정상은 의외로 수십 명이 모여 집회를 열 수 있는 평지가 있었습니다. 그곳은 잔디를 심어 놓아 앉아서 기도를 드리기에 적합한 장소였습니다. 발밑으로는 오산리 기도원 건물에서 쏟아져 나오는 빛이 불야성을 이루고 있었습니다.

그리고 전국에서 온 대형버스가 주차장을 가득 메우고 있었습니다. 인솔자인 듯한 사람을 중심으로 그들의 기도가 시작되었습니다. 나도 그들을 따라 기도를 올리고, 그들을 따라 찬송가를 불렀습니다. 그리고 그들과 같이 울고 웃다가 땅을 치며 통곡도 했습니다. 나의 내부 깊은 곳으로부터 갑갑했던 그 무엇이 빠져나가고 있었습니다. 그리고 나는 의식을 잃었습니다. 주변에서 웅성거리는 소리가 들렸습니다. 그리고 그 소리는 탄식으로 이어지고, 누군가가 나를 일으켜 세웠습니다. 신은 바로 그곳에 있었습니다.

찾아가지 말아야 했습니다. 모든 것을 잊고 주님의 품에 안겨 세상을 참회의 눈으로 바라보아야 했습니다. 그러나 궁금했습니다. 궁금해서 견딜 수가 없었습니다. 내가 설계하고 일군 이화원이 어떻게 되고 있는지를 눈으로 확인하고 싶었습니다.

화곡동에 있는 개척교회에서 두 달간 몸을 추스른 뒤에야 나는 정상인으로 돌아올 수 있었습니다. 내가 교회에서 생활하는 동안 느낀 것은 세상은 나 혼자 살아가는 것이 아니라는 사실이었습니다. 많은 사람과 어우러져 더불어 살아갈 때 행복할 수 있다는 것을 경험했습니다. 그 중심에는 성경과 목사님이 계셨습니다.

이화원에서 서태후로 생활할 때, 나는 서태후도 나도 아니었습니다. 이제부터라도 '나'를 찾아야 한다고 생각했습니다. 그러나 아무것도 할 수 없다는 현실이 나를 괴롭혔습니다. 그래서 나는 목사님에게 이화원에 한번 가보고 싶다는 뜻을 전했지요. 그러자 목사님은 물끄러미 내 얼굴을 바라보셨습니다. 간절한 내 마음을 읽으신 듯 목사님은 함께 기도하자고 하셨습니다. 그리고 서로 눈을 감고 이야기를 하자고 하셨지요. 백발이 시들한 팔십 노구의 목사님은 내가 이화원에 가고 싶은 이유가 무엇이냐고 물으셨습니다. 그래서 그곳에 나의 모든 꿈이 담겨 있노라고 대답했지요. 그러자 목사님은 그 꿈이 예수님의 실천 의지를 담고 있느냐고 물으셨습니다. 잠시 망설이는 나에게 목사님은 예수님의 실천 의지가 무엇이냐고 다시 물으셨지요. 그래서 나는 낮은 소리로 '사랑'이라고 답했습니다. 그러자 너의 꿈속에 '사랑'의 실천 의지가 담겨 있었느냐고 재차 물으셨습니다. 나는 아무 답변을 하지 못했지요. 그러자 목사님은 성경에 나오는 여러 이야기를 예수님처럼 설교했지만, 내 귀는 이미 닫힌 후였습니다.

화창한 봄날 아침이었습니다. 나는 이화원을 방문한다는 설렘에 잠을 설쳤습니다.

내가 설계한 이화원은 그대로 보존되어 있을까? 옛 직원들은 얼마나 남아 있으며 새로운 인물들은 어떤 사람들일까? 옛 단골손님은 지금도 이화루에 들를까? 그들 중에 내 안부를 물은 사람은 몇이나 될까? 메뉴는 지금도 그대로일까? 아니면 달라졌을까? 운영은 흑자일까? 아니면 적자일까? 내가 나타났을 때 그곳 사람들의 반응은 어떨까?

그날은 아침을 먹을 수 없었습니다. 오랜만에 화장을 했습니다. 그리고 옷을 고르기 위해 장롱문을 여는 순간, 나는 피식 웃고 말았습니다. 이화루의 직원 중 그 시각에 출근할 사람은 주방 종업원뿐이었기 때문입니다. 그리고 홀에서 일하는 직원들이 아홉 시에 출근했던 기억을 떠올렸습니다. 그리고 무엇보다도 목사님이 외출 준비를 마치셔야 했기에 조용히 기다리는 수밖에 없었습니다. 목사님은 나에게 동행을 조건으로 이화원에 가는 것을 허락하셨습니다. 나는 시간을 보내기 위해 조간신문을 꼼꼼히 읽고 있었습니다. 오랜만에 읽어 보는 신문이었습니다. 그러고 보니 그동안 나의 의식은 외부세계와 완전히 단절되어 있었던 것입니다. 하지만 세상은 여전히 어지럽게 돌아가고 있었습니다. 군부독재는 여전히 이어지고 있었으며, 광주 민주화 항쟁의 후유증은 여전히 사회 전역에서 몸살로 나타나고 있었습니다. 경찰들이 발사한 최루탄 가스가 거리를 허옇게 덮고 있었으며, 정의 구현을 외치는 정부와는 다르게 살인과 방화는 곳곳에서 일어나고 있었습니다.

신문을 읽어 가는 동안 나는 갑자기 현기증을 느꼈습니다. 갑자기 피곤함이 몰려왔습니다. 여전히 나는 지난날의 상처에 힘겨워하고 있었습니다. 시계는 아직도 열 시를 넘기지 못하고 있었습니다. 목사님이 오실 듯도 한데 밖은 조용하기만 했습니다. 문을 열어 주변을 둘러보았습니다. 봄볕이 마당으로 스며들어 꼼지락거리는 소리가 들렸습니다.

목사님은 끝내 오시지 않았습니다. 그래서 목사님을 찾아 나설 수밖에 없었지요. 방문을 나서기 전에 본 거울 속의 내 모습은 핼쑥한 마네킹을 닮고 있었습니다. 립스틱도 그려있지 않았습니다. 쓴웃음을 지은 나는 다시 화장을 고치고 방문을 나섰습니다.

강당을 가로질러 2층에 있는 목사님의 집무실로 갔습니다. 문을 열고 들어가자 화사한 연산홍이 나를 맞이했습니다. 연산홍은 나를 보고 흠칫 놀라는 듯했습니다. 철사가 나무의 온몸을 휘감고 있었지만, 화사한 자태를 자랑하고 있었습니다. 목사님이 들어오신 것은 여기저기에 널려 있는 책들을 정리하고 한참이 지난 후였습니다. 정장을 차려입으신 것이 먼 길을 갔다 오신 듯했습니다. 나와 눈을 마주친 목사님은 엷은 미소를 보이시더니 의자에 앉으라고 하셨습니다. 그리고는 내 얼굴을 부드러우면서도 안쓰럽게 바라보셨습니다.

이화원은 이미 이화원이 아니었습니다. 목사님의 말씀에 따르면 이화원은 젊은 소비층을 대상으로 한 대형 맥주 홀로 바뀌어 있었습니다. 목사님은 기도하자고 주문하셨지만, 나는 넋을 잃은 채 그 자리에 서 있었습니다. 이미 이화원은 서태후의 생활공간이 아니었습니다. 그렇다고 나를 지원해 줄 의화단 세력이 주변에 있는 것도 아니었습니다. 이미 나는 서태후가 아닌 광서제의 전철을 밟아가고 있었습니다.

목사님은 두세 번 더 이화원을 잊으라고 당부하시며 기도를 권하셨습니다. 그러나 나는 이화원에 대한 애착을 버릴 수 없었습니다. 기도도 올릴 수 없었습니다. 비록 이화원의 소유권이 남에게 넘어갔을지언정 그간의 정황을 설명해줄 증인이 있다면 소송을 통해 업소를 되찾을 수 있을 것 같았습니다.

해가 저물 때까지 참으로 긴 시간이 흘렀습니다. 파주에서의 하루만큼이나 긴 시간이었습니다. 나는 목사님의 권유를 따르지 않고 외출하고 말았습니다. 낯설고 어설픈 밤길이었습니다. 화려한 의상과 두둑한 지갑을 갖고 자가용으로 다니던 길을 몇 푼의 동전을 갖고 시내버스를 타는 것이 어색했습니다. 버스 안의 풍경도 낯설었습니다.

사람들은 용케 살아가고 있었습니다. 아침을 먹고 출근하여 일에 시달리다가 퇴근 시간이 되면 서둘러 집으로 돌아오는 사람들, 그들은 집에 들러 저녁을 먹고 텔레비전에 홀렸다가 졸린 눈으로 침대에 들어갈 것입니다. 사이 좋은 부부는 섹스를 몇 번 하고, 그렇지 않은 사람들은 베개를 다리에 끼고 밤새 코를 골며 자겠지요. 그러고 보면 사람 사는 것이 별 게 아닌데 '나는 지금 무엇을 하고 있나?' 하는 생각이 들었습니다.

몇 정거장인가를 지나 버스를 환승하고 나서야 이화원 거리에 설 수 있었습니다. 골목은 여전히 화려했습니다. 주님의 은총은 다른 곳에 있지 않았습니다. 액세서리를 팔고 있는 주인은 여전히 건강해 보였으며, 빵집과 옷집 주인도 여전히 미소를 흘리며 손님을 기다리고 있었습니다.

이화원의 간판에 흥분한 나는 거침없이 자금성의 오문으로 들어갔습니다. 예상은 했지만, 이미 이화원의 모습은 찾아볼 수 없었습니다. 불향각이나 궁등도 치워졌고 곤명호는 이미 목판으로 덮어 맥주홀이 되어 있었습니다. 초저녁이라 그런지 두 테이블에서만 젊은 남녀 몇몇이 맥주를 즐기고 있었습니다. 누구 하나 나를 주시하는 사람은 없었습니다. 나는 우측 맨 구석에 있는 자리를 택하여 앉았습니다. 요염한 외국 여배우의 알몸사진이 바로 옆에 붙어 있다는 것도 늦게 알았습니다. 열 명의 도우미가 서빙을 하는 것으로 보아 영업이 제법 잘되는 모양이었습니다. 멍한 눈으로 실내를 둘러보는 나를 깨운 것은 여자 직원이었습니다. 그녀는 이화루를 운영할 당시 명문대학 법학과를 다니던 여학생이었습니다. 고아 출신이기에 일을 해야 한다며 아르바이트를 간절하게 부탁하던 모습이 떠올랐습니다. 그 모습이 너무 기특하여 유일하게 채용했던 아르바이트 학생이었습니다. 그러한 인연으로 두어 번 등록금도 내주고, 용돈도 주면서 친동생처럼 대했던 아이기도 했지요. 그는 너무 놀란 나머지 입을 다물지 못하고 서 있었습니다. 두 주먹을 가슴에 모으고 발만 동동거리며 '사장님'이 아니냐고 물었을 때, 나는 선뜻 대답을 못 했습니다. 그러자 그는 내 옆자리에 앉아 내 손을 덥석 쥐더니 자기의 볼에 가져가 애정을 보였습니다.

그는 대학 졸업 후 고시원에서 공무원 시험에 매달리고 있다고 했습니다. 오전에 출근하여 밤 11시까지 일하고 고시원으로 돌아가 책을 본다고 했습니다. 그의 검은 눈에서 나는 내 젊은 날의 야망을 읽을 수 있었습니다. 그래서 나는 궁금했던 몇 가지를 용기 내어 물어보았습니다. 내가 한 달이 지나도록 출근하지 않자 이화원이 다른 사람의 손에 넘어갔다는 소문이 나왔다고 했습니다. 그러자 종업원들이 하나둘 떠나기 시작했고, 결국은 가게 문을 닫았다고 했습니다. 지배인은 이화원이 폐업하는 날, 남은 직원을 모아놓고 이 업소를 자신이 인수하게 되었으며 업종을 바꿔 맥줏집으로 경영하겠노라고 했다는 것입니다. 맥줏집을 개업하기까지 한 달 동안 업소에 애정을 갖고 기다려주는 사람이 있다면 약간의 생활보조금을 주겠다고도 했다지요. 그래서 본인은 고시원과 가까운 이곳을 떠나기 아쉬워 지금까지 일하고 있다고 했습니다. 그의 깊은 눈은 나와 많은 이야기를 나누고 싶어 했습니다.

나는 이곳의 주인이 누구냐고 물었습니다. 그러자 김 사장이라고 답했습니다. 그리고는 이내 김인영 사장을 아느냐고 물어왔습니다. 예상대로였습니다. 김인영 사장을 본 것은 다섯 살 때, 충무로의 레스토랑이었습니다. 어린 눈으로 보기에도 뛰어난 미모의 소유자였지요. 화려한 은막의 스타를 꿈꾸던 어머니와 그가 등을 돌리기 시작한 것은 영화의 주인공 자리를 놓고 생긴 갈등 때문이었습니다. 난처해진 영화감독은 결국 신인배우를 캐스팅하여 영화를 제작하게 되었고, 둘 사이의 관계는 돌이킬 수 없는 사이가 된 것이지요. 게다가 연예계 잡지사 기자들의 루머성 기사, 아버지의 정치자금법 위반 수사 등 불운의 연속 속에 결국 어머니는 부산으로 내려가게 된 것이었습니다. 부산에서의 생활이 5년 정도 흐르자 어머니는 옛 충무로 시절에 대한 그리움으로 지인에게 다시 접촉했고, 몇몇 사람의 주선으로 어머니와 김 사장 사이에 화해는 이루어진 모양입니다. 게다가 내가 서울로 대학진학을 하고 권력이나 있는 집안에 시집을 가자 김 사장이 어머니에게 전화를 거는 횟수가 늘었지요. 그것이 지배인과 만나는 인연으로 이어진 것입니다.

　나는 이화원에 더는 머물 수 없었습니다. 지배인은 출근 전이었으므로 집에 있을 것이었습니다. 나는 고시 지망생 아이를 한 번 포옹해 주고는 그곳을 나오고 말았습니다. 눈물을 글썽이는 그 아이의 모습을 보고 판검사가 되기 위해서는 마음이 여려서는 안 된다고 말해주었습니다.

　밖은 현란한 불빛으로 가득했습니다. 술집 삐끼들은 명함을 뿌리며 하류 인생을 시작하고 있었습니다. 그들을 보며, 하루에 수백만 원을 유흥비로 날렸던 지난날이 떠올랐습니다. 삐끼들에게 호통을 치고, 술집 바닥에 양주를 집어 던지고, 접대하러 나온 소년에게 몹쓸 짓을 강요하던 부끄럽지만 그리운 시절이었습니다.

큰길을 건너 다음 블록에 이르자 사뭇 다른 풍경이 전개되고 있었습니다. 이동식 점포 차량과 포장마차들이 변화하는 거리문화를 보여주고 있었습니다. 나는 포장마차에서 음식을 먹는 사람을 한 때 부정적으로 생각한 적도 있었습니다. 인생의 변두리에서 저렇게 살 바에는 차라리 죽는 게 나을 것 같다는 생각이었지요. 그러나 생각보다 포장마차의 거리는 흥겨웠습니다. 나는 한 포장마차 앞에서 발길을 멈추었습니다. 거기서 이화원을 발견했기 때문입니다. 포장마차의 이름이 분명 이화원이었습니다. 나는 갑자기 공복을 느꼈습니다. 그러고 보니 오늘은 밥 한 톨 먹지 않은 하루였던 게지요. 나는 망설이지 않고 포차 안으로 들어갔습니다. 안에는 손님이 없었습니다. 두어 사람이 다녀간 듯 라면 그릇이 놓여 있었습니다.

포장마차 주인은 젊은 부부였습니다. 뚱뚱한 여자와 지저분한 손을 연상했던 내 생각은 처음부터 빗나가고 있었습니다. 나는 소주 한 병과 어묵을 시키고 실내를 살폈습니다. 홍미롭게도 포장마차의 양 기둥에 홍등이 걸려 있었습니다. 그곳은 작은 이화원이었습니다. 두 젊은 부부는 연신 무언가 대화를 나누며 안주 만들기에 여념이 없었습니다. 웃기도 했습니다. 소주 한 잔이 미끄러지듯 목구멍을 타고 내려가자 내장이 움찔했습니다. 나는 급히 국물을 한 모금 떠 넣었습니다. 다소 짠맛이었으나 따뜻함이 온몸으로 번졌습니다. 소주 반병을 비운 나는 여주인에게 이곳이 왜 이화원이냐고 물었지요. 그러자 그 여자는 피식 웃으며 남편을 쳐다보았습니다. 그러자 남편은 저쪽

번화가에 있던 이화원을 아느냐고 물어왔습니다. 그래서 기억이 난다고 대답했더니, 그만한 업소를 한 번 운영해 보는 것이 그의 꿈이라고 했습니다. 마음이 울컥했습니다. 여자는 남편이 명문대학 중국어과 출신이라고 했습니다. 묻지 않은 말이었습니다. 해외무역 회사에 취업하면 좋은데 남편은 조직에 얽매이는 것을 싫어한다고 했습니다. 학원에 나가 강의도 했지만, 이 장사가 훨씬 낫다고 했습니다. 나는 소주 한 병을 더 시켰습니다. 실로 오랜만에 먹는 술이었습니다. 술뿐 아니라 나는 포장마차 안 홍등에 취해갔습니다.

시간은 여덟 시를 지나고 있었습니다. 별별 사람이 곁을 지나갔습니다. 오피스텔을 찾는 데는 그리 오래 걸리지 않았습니다. 언젠가 와본 곳이기도 했지요. 오피스텔의 출입은 그리 까다롭지 않았습니다. 나는 자유롭게 507호 문 앞에 다다를 수 있었지요. 나는 문 앞에서 잠시 멈추었습니다. 그리고 가슴을 한 번 만져보고 피식 웃고 말았지요. 터질 듯이 뛰고 있어야 할 심장이 너무 조용했기 때문입니다. 나는 현관문 손잡이를 살짝 돌려 보았습니다. 문은 잠겨있지 않았습니다. 나는 무서울 정도로 침착하게 안으로 들어갔습니다. 거실은 불이 켜져 있었습니다. 텔레비전과 소파가 눈에 들어왔습니다. 남의 집에 들어왔음에도 나는 전혀 낯선 감정이 들지 않았습니다. 당연히 내 것이어야 할 공간에 와 있다는 느낌이었습니다. 그리고 무언가 잃어버린 것을 찾아가야 한다는 생각에 이리저리 눈을 돌렸습니다. 그리고 닫혀 있는 방문을 조심스럽게 열었습니다. 낯익은 모습이 침대에 누워 있었습니다. 김 사장은 청담동 집에 가 있을 테지요. 나는 침대로 다가갔습니다. 그곳에 지배인이 누워있었습니다. 내 이화원을 강탈하고, 나를 감금하고, 내 인생을 망쳐놓은 짐승이 길게 누워있었습니다. 순간, 파주에서의 생활이 주마등처럼 지나갔습니다. 그를 깨워 이화원을 돌려받고 싶었지만, 나는 그럴 수가 없었습니다. 나를 감금하고 성적 노리개로 삼아 지옥의 끝으로 내몬 짐승을 용서할 수 없었습니다. 나는 군청색 악어 가방을 열었습니다. 그리고 교회 주방에서 가져온 긴 식칼을 집었습니다. 잠자던 그가 긴 잠에서 깨어나려는 듯 하품을 두어 번 하더니 양팔을 뻗어 길게 기지개를 켰습니다. 그리고는 눈을 번쩍 떴습니다. 순간 나는 아찔한 현기증을 느꼈습니다. 내가 짐승의 숨통을 바로 끊지 않으면 바로 잡아먹힐 순간임을 직감했습니다. 내 얼굴을 알아본 그는 놀라며 몸을 일으키고 있었습니다. 나는 그의 목을 향해 칼을 내리꽂았습니다. 칼끝이 빗나갔는지 그는 고함을 크게 질렀습니다. 나는 그 소리에 쾌감을 느끼며 그의 몸 어딘가를 향해 칼을 내리꽂았습니다. 깊숙하게 들어가는 감각이 손끝으로 전해왔습니다. 저항하던 그의 몸뚱이가 힘없이 무너졌습니다. 그리고 침대 밑으로 굴러떨어졌습니다. 나는 그의 머리털을 잡고 얼굴을 쳐다보았습니다. 일그러진 형상에 이미 그의 눈은 풀려가고 있었습니다. 그가 나에게 수시로 가했던 것처럼, 나도 있는 힘을 다해 발로 그를 걷어찼습니다. 그는 마지막까지 침대를 잡고 일어서려 버둥댔습니다. 나는 사정없이 그의 몸을 칼로 찔렀습니다. 그렇게 내 젊은 날은 아득한 어둠 속으로 달려가고 있었습니다.

버스는 유성나들목을 나와 좌회전을 했습니다. 산 아래 큰 건물이 눈에 들어왔습니다. 그 건물에는 시립정신병원이란 간판이 붙어 있었습니다. 그때 나는 정신병원으로 갈 만큼 극심한 공황장애를 앓고 있었습니다. 갑자기 숨이 멎어 질식하기도 하고, 죽을 것 같이 몸을 떨었습니다. 공판정에서도 이 증상이 나타나 잠시 정회하는 소동까지 있었습니다. 모든 것이 절망뿐이었습니다. 목사님과 국선변호사가 항소하기를 권했지만, 나는 모든 것을 포기했습니다. 징역 15년형으로도 감사했습니다.

진잠교도소의 담은 역시 높았습니다. 허허벌판 위에 지어진 교도소는 신축 이전한 곳이라 생각보다 깨끗한 건물이었습니다. 진입로에 들어서자 두 명의 초병이 나와 차량번호를 확인하고 관련 부서에 보고하는 듯했습니다.

정원이 꽤 잘 가꾸어진 학교 같은 교도소였습니다. 나중에 이 교도소 내 수감자 중에 정원사만도 수십 명이 된다는 사실에 나는 웃고 말았지요. 그야말로 교도소는 인종백화점이었습니다. 교도소 벽에는 푸른 소나무가 그려져 있고, 그 위에서 까치가 자유롭게 날고 있었습니다. 화가가 그렸다고 했습니다. 화가도 교도소에 올 일이 있었나 봅니다. 높은 철문을 통과하고 그 철문이 다시 잠기고 나서야 호송차는 멈추었습니다. 우리는 교도관의 지시대로 차에서 내렸지요. 포승줄로 묶인 모습이 마치 줄줄이 엮인 생선과 같았습니다. 20세기에 고무신이라니, 눈만 휑하니 뜨고 사방을 두리번거리는 모습을 보면 영락없는 교도소 유치원생이었습니다. 내 가슴에는 3020이란 글자가 새겨져 있었습니다. 우리는 첫 번째 철문을 지나 두 개의 철문을 더 지난 다음에야 강당에 도착했습니다. 교무과장에게서 교도소 현황을 들은 후, 우리는 지정된 방으로 입방했습니다.

이곳에는 4,000여 명의 수감자가 있다고 했습니다. 그리고 외국인 재소자도 300명이나 된다고 했습니다. 같은 방 재소자들에게 내 이름을 소개하자, 그들은 나를 따듯하게 대해주었습니다. 교도소 감방이 그리 무서운 곳만은 아니었습니다. 방장 언니를 잘 만난 덕도 있겠지요. 나중에 안 사실이지만, 장기수가 들어 왔을 때는 호된 입방식 절차가 없었습니다.

입실한 지 이틀 동안, 아무것도 먹지 못하던 내가 공황장애 증상을 보이자 병동으로 이감하게 되었습니다. 감방과 병동을 세 번이나 오간 끝에 나는 몸이 정상으로 돌아오는 듯했습니다. 천주교 교화위원들이 나를 접견하고 성서를 주고 갔지만, 나는 아무것에도 의지하거나 생명을 구걸하고픈 생각이 추호도 없었습니다. 나는 이미 서태후가 아닌 살인자가 되어 있었기 때문입니다.

어느 날, 나는 취침 사이렌이 울린 한참 뒤 동료들의 동태를 살폈습니다. 모두가 곤한 잠에 취해있었지요. 나는 웃옷을 벗어 목에 둘둘 감은 후 당겨 보았습니다. 호흡만 곤란하지 죽기 직전 손을 놓을 것 같은 생각이 들었습니다. 나는 다시 팬티를 벗었습니다. 나는 팬티의 양 끝을 잡아 단단한지를 확인한 후 구멍에 목을 넣었습니다. 그리고는 몇 바퀴 돌리자 목이 꽉 조여오는 느낌이 전해졌습니다. 그래도 약간은 부족한 느낌이 들었습니다. 여러 가지 방법을 시도하다가, 검지를 두어 번 더 돌려 다른 틈새로 밀어 넣자 순식간에 기도가 막혔습니다. 그 후 나는 의식을 잃었습니다. 이승과 저승을 오갔겠지요. 결국 나는 죽지 못했습니다. 곧 구급차에 실려 병동으로 옮겨졌습니다. 산소호흡기가 입에 씌워지고 한참을 지나, 나는 긴 잠에 빠질 수 있었습니다.

저승으로 가는 길은 참으로 멀었습니다. 그리고 사람의 목숨은 길고 질긴 것이었습니다. 사흘 만에 깨어난 나는 제일 먼저 물을 찾아 마셨습니다. 그리고 거울을 보았습니다. 해골이었습니다. 목은 푸른 멍으로 덮여 있었지요. 그리고 팬티를 감았던 손은 먹빛이었습니다. 나는 그때 처음으로 예전에 어머니가 나를 보고 '모질고 징한 년!'이라고 했던 말을 떠올렸습니다.

내가 다시 감방으로 돌아오던 날, 세 명의 동료들은 반갑게 맞아주었습니다. 어음 사기죄로 들어 온 천안에서 온 김 씨 아줌마, 빚을 갚지 못해 몸으로 때우고 있는 보령의 홍 씨 아줌마, 동료와의 말다툼 끝에 칼을 휘둘러 상해죄로 잡혀 온 처녀 아닌 노처녀 오 양이었습니다. 그들은 영치금을 털어 내가 좋아하는 사식을 넣어 주었습니다. 배식 담당자도 특별하게 나에게만은 반찬을 넉넉히 챙겨주었습니다.

나는 다시 죽어가던 세포를 하나하나 살리고 있었습니다. 특히 고시반에 배치되어 검정고시반과 학사고시반 강의를 하게 되었습니다. 가정 형편상 진학의 꿈을 포기했던 이들의 배움에 대한 갈망은 대단한 것이었습니다. 학사고시반 수감자들은 그야말로 교도소에서 선택받은 사람들이었습니다. 한 방에 세 명꼴로 배치되어 각자가 사용할 수 있는 책상이 있고, 독서 할 수 있는 환경이 조성된 학교와 다름없었습니다. 오전 9시에 시작된 수업은 정확하게 11시 50분에 끝나 점심시간이 주어지고, 오후 1시부터 수업에 들어가 4시 50분에 끝나는 일과였습니다. 물론 다른 동에 수감 된 재소자처럼 의무노동도 없었습니다. 수업이 없을 때는 자율학습을 했습니다. 다만, 규율이 있다면 수업 시간을 엄격히 지키는 일이며, 자습할 때도 허리를 바로 하고 책을 읽어야 한다는 점이었습니다. 이곳에서의 생활은 3년이 주어졌는데, 2년에 통과할 수 있는 시험도 이곳에 더 있으려고 일부러 시험을 늦추는 경우도 많았습니다. 그러나 이곳 역시, 사람 사는 곳이라 크고 작은 시비가 끊이질 않았습니다. 서로 반장이 되기 위해 특정인을 비방하는가 하면, 참고서 때문에 갈등을 겪기도 했습니다. 그들은 대부분 결손가정 출신이었고, 사회에서 학벌에 대한 차별을 경험한 사람들이라 학문에 대한 열의는 대단했지요. 그리고 재소자 중 상위 5%의 모범수라는 자긍심도 있었습니다. 나는 출소 때까지 그곳에서 세월을 보냈습니다. 모범수라는 호칭도 얻었고, 민방위 복장과 같은 깔끔한 황토색 수의도 받았지요. 왼쪽 팔에는 반장이라는 완장을 차고 독방을 쓰는 행운도 누렸습니다.

 영문학과 학사 고시를 통과한 재소자가 출소 후, 신학대학원을 졸업하여 목회자가 되었다는 기분좋은 소식도 들려왔습니다. 면회장에서 어린 딸을 보고 대성통곡하며 돌아왔던 젊은 엄마도 출소했습니다. 17년을 매주 거르지 않고 손녀면회를 오던 시골 노파가 어제 죽었다는 슬픈 소식도 들려왔습니다. 내가 학사고시반으로 옮길 수 있었던 것은 이화원에서 고시를 준비하던 아르바이트 여학생의 도움이 있었습니다. 그녀는 인권변호사가 되어 있었습니다.

 입감된 지 만 13년째 되던 날, 나는 형기를 감형받아 출소했습니다. 물론 진잠이 아닌 공주교도소에서였습니다. 교도소 내에서 폭력배들이 조직을 재건하는 것을 막기 위해 6개월마다 교도소를 옮겨 다니듯, 나 또한 장기재소자로 공주교도소로 이감하여 출소한 것이지요.

공주시외버스터미널에 도착한 나는 어디로 갈지 방향을 정하지 못하고 있었습니다. 출소를 앞두고는 부산으로 내려가 봉안실에 안치된 어머니를 먼저 뵙겠다고 생각했었습니다. 그러나 막상 부산으로 가는 발걸음이 더뎌지기 시작했습니다. 터미널 근처에 있는 산성공원으로 들어가 산책로를 몇 바퀴 돌았습니다. 급기야 나는 기우는 햇살을 발견하고 서둘러 대전행 버스에 몸을 실었습니다. 그러고 잠깐 잠이 들었습니다. 불현듯 바람의 언덕이 나타났습니다. 뱃고동과 파도 소리가 아련하게 들려왔습니다.

무엇이 나를 이곳으로 이끌었는지 모릅니다. 대전에서 통영으로 가는 버스를 타고 이곳에 도착했을 때 밤이 깊어가고 있었습니다. 터미널 근처의 숙소는 마음에 내키지 않아 다시 택시를 타고 강구안으로 갔습니다. 당신과 결혼하기 전, 바람의 언덕에서 만난 후 찾아갔던 그 강구안 말입니다. 그곳 활어회 시장에서 싱싱한 아귀를 보고 웃던 당신의 얼굴이 떠올랐습니다. 시장 상인들 대부분은 문을 닫고 없었습니다. 나는 바다가 훤히 내려다보이는 숙소를 잡았습니다. 커튼을 젖히자 충무공이 없는 거북선과 서피랑 마을이 눈에 들어왔습니다. 나는 충무 김밥과 캔맥주를 꺼냈습니다. 창문을 열자 비릿한 바다 냄새도 들어왔습니다. 강구안에는 당신과 내가 설레는 마음으로 걸었던 기억들이 여기저기 남아 있었습니다.

당신은 내가 진잠에 있는 동안, 여러 번 나를 찾아왔었지요. 부산에서 개인택시 일을 하며 어머니를 모시고 있다고 했습니다. 그래도 아버지 친구분이 집이 파산한 딱한 사정을 알고 임대아파트를 알선하고 개인택시를 사주었다니 하늘이 무심하진 않은가 봅니다. 당신의 어머니도 이젠 늙어 교회에만 다니신다고 했지요. 당신은 내게 용서를 빌었었습니다. 당신의 어머니가 돌아가시고 내가 출소하면 행복하게 살아보자고도 했습니다. 그때 당신은 내 표정을 살피셨지요. 나는 당신의 입에서 행복이라는 단어가 나올 줄은 몰랐습니다. 참으로 염치없는 단어였지요. 그러나 나는 아무 말도 하지 않았습니다. 나는 늘 당신의 슬픈 표정만 보아왔기 때문입니다. 하지만 나는 당신이 내게 했던 무례한 행동을 모두 기억하고 있었습니다. 눈만 감으면 생생하게 떠오르던 그 악몽 같은 영상을 어떻게 잊을 수가 있을까요? 다시는 면회 올 필요가 없다고 했을 때, 당신은 다시 오겠다고 하셨지요. 그러나 나는 그 이후 당신의 면회를 거부했습니다. 그래도 쓸쓸하게 돌아갈 당신의 모습을 생각하며 나는 그날 잠을 이루지 못했지요.

  비릿한 햇살에 나는 잠에서 깨었습니다. 어제는 잠을 푹 자 몸이 한결 개운했습니다. 나는 아침 일찍 통영해안로로 나가 거제행 버스에 몸을 실었습니다. 그리고 거제에서 택시를 타고 도장포 마을로 향했지요. 당신과 만났던 바람의 언덕 아래에 있는 작은 어촌 말이에요. 그래서 나는 지금 언덕의 정상에 서 있습니다.
  나는 이곳에서 지난날 내 모든 것을 해풍에 날리려고 합니다. 이제 나는 서태후가 아닌 나로 돌아갈까 합니다. 직장에서 일하고, 주말에는 휴식을 취하고, 친구들과 시내에서 만나 깔깔거리며 살아가는 그런 평범한 사람으로 말입니다.

해금강 근처에서 노랫소리가 들려와요. 내 어머니가 나를 위무하는 노랫소리는 아닐까요?

한 송이 아름다운 모리화
그 향기 가지마다 가득하고
사람들은 향기롭고 하얀 너를 칭찬하네
너를 한 송이 꺾어다가
친구에게 보내고 싶구나
모리화야 모리화.

## 9

## 가을에 쓰는 일기

## 가을에 쓰는 일기

 바람을 기다리는 밤송이가 알을 떨구려 버둥거린다. 또 다른 세상을 준비하려는 듯 둥지에서 갈색 옷을 짓고 있다. 감나무에는 물까치들이 몰려들기 시작한다. 불청객의 방문에 놀란 홍시들이 상처 난 몸을 말리며 발갛게 떨고 있다. 애기배추 위에 그늘을 만들고 있는 들깨들도 온몸으로 밀어 올린 알갱이를 까맣게 태우고 있다. 가을은 그렇게 시간과 놀고 있었다.
 팔순 노부부가 사는 집에는 인기척이 없었다. 아마도 산비탈에 있는 콩밭으로 갔을 것이다. 안 과장은 오는 길에 마트에서 산 떡 세 봉지와 꽃게를 주방에 놓고 나왔다. 떡은 어머니가, 꽃게는 아버지가 좋아하는 음식이었다.

 그는 서둘러 낚시 도구를 챙겼다. 하나둘씩 사들인 도구들이 점점 늘어 아파트 베란다에 두기에는 마누라의 잔소리가 버거웠다. 그래서 시골집에 보관했다가 필요할 때만 가져다 쓰고 있었다. 노지 낚시에 필요한 발판대 무게만 해도 20kg 나갔다. 발판대를 새로 사 들뜬 마음으로 아파트에 들어섰을 때 "돈이 썩어 뭉그러지나!"며 서슬 퍼렇던 마누라의 눈을 떠올리면 등골이 오싹해진다. 나이가 들수록 여성이 남성화된다고 하지만, 얌전하던 아내가 저렇게 변했나 싶기도 하다. 하긴, 자신이 그렇게 만든 책임도 있었다. 며칠 전에도 휴대폰 비번을 알아낸 마누라가 카톡방 대화 내용을 보고 난리를 쳐 경찰이 출동한 일도 있었다. 마누라의 거친 고함에 놀란 이웃들이 경찰을 부른 까닭이었다. 한 달 전에 노래방에서 만난 도우미와 나눈 알콤상콤한 대화가 마누라의 울화통에 불을 지른 모양이었다. 휴대폰 비번을 까다롭게 설정해놓았지만, 마누라는 비번을 귀신같이 알아내는 재주가 있었다. 안 과장이 술에 취해 곯아떨어진 틈을 이용해 아내는 이를 악물고 비번을 풀어내는 버릇이 있었다. 처음 몇 번은 레스토랑에 나가 저녁을 사주고, 사무실 책상 서랍에 감추었던 비자금을 바치는 것으로 사태를 해결했다. 그러나 안 과장의 바람기가 가라앉지 않자 아내는 방법을 바꾸는 듯했다. 시댁은 물론 친정댁 식구들에게 그의 비행을 폭로하고 응원군을 모으기 시작했다. 그를 지원해주는 가족은 초록은 동색이라고 매제들뿐이었다. 시골 부모님의 역정은 물론, 장모님의 잔소리는 마누라보다도 심했다. "자네가 이럴 줄은 몰랐네!"로 시작하는 훈시는 "자네만 믿네!"로 그칠 듯하다가 "사람이란 말이야!"로 이어지면 한 시간은 기본이었다. 특히 통화 중간에 "여자란 말이야!"가 들어가면 자신의 성장 과정과 시집살이, 심지어 주변 여자들의 한 많은 생애까지 줄줄이 걸려 나와 곤욕을 치러야 했다. 장모는 중간중간에 안 과장이 딴짓하고 있는지 안다는 듯 "내 말이 맞나, 틀리나? 틀리면 틀리다고 말을 하게나!"라고 확인까지 하는 통에 미칠 지경이었다. 아내는 소파에 앉아 이런 상황을 즐기고 있는 듯했다. 어쩌면 모녀가 작당을 했을지도 모를 일이었다. 요즘 들어 딸내미도 마누라에 바싹 달라붙는 느낌이었다. 아침부터 저녁까지 모녀가 나누는 대화는 온통 주식에 관한 것이었다. 눈치를 보아서는 이삼 억 정도는 투자하는듯한데 정확한 액수를 말할 마누라가 아니었다. 그의 핸드폰은 항상 주식 관련 케이블방송이 켜져 있으며, 안 과장이 없는 주말에는 9시부터 아예 거실에 똬리를 틀고 종일 주식방송을 듣다가 6시가 되면 저녁을 준비하곤 했다. 백화점에 다니며 최저임금을 받는 것보다는 주식이 훨씬 낫다며 집에 눌러앉은 지 햇수로 삼 년째였다. 다행히 지난해에는 수익이 괜찮았는지 상한가를 치는 종목이 나온 날에는 헤헤거리며 저녁을 사곤 했다. 안 과장 월급은 푼돈도 안 된다며 속을 긁기도 했지만, 그리 기분 나쁜 것만은 아니었다.

안 과장이 근무하는 통신공사에는 같은 직급인 이 과장과 노 과장이 있었다. 이 과장은 술자리마다 안 과장과 노 과장은 과장도 아니라며 자신만이 유일한 과장이라며 깔깔댔다. 과장 앞에 붙는 성 씨가 문제라 달리 할 말이 없었다. 안 과장이건 노 과장이건 주말에 숨 막히는 공간에서 탈출한다는 것은 여간 기쁜 일이 아니었다. 더욱이 마누라는 초등학교 동창 셋이 떠나는 건전한 스포츠 미팅을 반대할 명분도 없었다. 새벽에 팬티만 입고 자는 자신을 느닷없이 올라타고 씩씩거리거나 거실에서 자리를 차지하고 있는 삼식이를 보는 것보다는 아예 그를 멀리 떠나보내는 것이 나을 것이었다. 안 과장은 결혼 후부터 멀리 출장을 가거나 낚시를 갈 때면 꼭 새벽에 마누라를 올라타는 습관이 있었다. 안 과장이 아내와 한 방에서 동침한 것은 결혼 후 5년 정도였다. 둘째 아이를 가지고부터는 아예 안 과장을 침실에서 거실로 내쫓았다. 담배와 술 냄새가 아이들에게 좋지 않다는 것이 이유였다. 그러고 보니, 같이 하는 잠자리 횟수도 줄었다. 다만 안 과장이 외국이나 장거리 출장을 갈 때면 남편이 바람이라도 피울까 봐 그러는지 안 과장의 요구를 거절하지는 않았다. 그러나 그마저도 나이가 오십 줄에 들어서며 외면하기 시작했다. 아이들이 크면서 각자의 방을 마련해주고, 그녀가 안방을 혼자 쓰게 되자 안 과장이 새벽에 들어와 덮치는 일이 잦아졌다. 그러자 그가 거실로 나오고 안 과장을 침실로 밀어 넣게 된 것이었다. 다 큰 아이들이 화장실에 드나드는데 설마 거실에서 자신을 올라타지는 않을 것이라는 생각에서였다. 그러나 아이들이 잠들었는지를 귀신같이 살피고는 등 뒤로 기어와 물건을 들이대는 데는 피할 재간이 없었다. 한 편으로는 아이들 몰래 부부 관계를 한다는 또 다른 재미도 있었다. 오늘도 안 과장이 쳐들어올 것에 대비해 브래지어도 동여매고 바지도 그냥 입은 채 잤다. 그런데 피곤했던지 안 과장의 손이 가슴으로 들어와서야 잠에서 깨어난 것이었다. 그렇다고 강간죄로 남편을 고소할 수도 없었다. 그런 남편을 오늘도 고이 보내기가 서운했던지 그녀는 현관문을 나서는 안 과장을 향해 시비를 걸었다. "낚시바늘에 떡밥 대신 소주잔을 매달아 놓으면 어떨까 몰라? 아마도 세 인간이 물속에서 쪼르르 올라올 것이여!"라고. 그렇다고 이 올가미에 걸려들 안 과장이 아니었다. 그는 "고러치! 고러치!' 하며 기분 좋게 받아치며 집을 나선 것이다.

   안 과장은 서둘러 낚시 도구를 챙겼다. 노부부가 돌아오면 또 들고 있는 농기구를 제자리에 갖다 놓아야 하고, 땀에 전 양친의 옷차림에 낚시를 떠나는 죄책감이 몰려올 것이기 때문이었다. 열두 개의 낚싯대와 받침틀, 뒤꽂이, 살림망을 트렁크에 실은 뒤 마지막으로 의자를 얹어 실었다. 그런 다음, 차 시동을 걸고 마당을 빠져나왔다.

   마을 앞 삼거리를 지나자 누렇게 익은 벼들이 황금 들판을 이루고 있었다. 모두가 안 과장의 친구가 경작하는 논이었다. 백여 명의 동창 중 가장 재산이 많은 친구였다. 신혼 초, 건넛마을 축사 한 편에 붙은 단칸방을 얻어 살림을 시작한 친구는 억척스러운 강원도 색시를 만나 일가를 이루었다. 지게에 꼴을 베어다 키운 소들이 한 마리 한 마리 늘더니 최근에는 2백여 마리가 되었다. 암소 인공수정은 물론, 방역, 황소 거세 작업에 이르기까지 못 하는 것이 없었다. 그가 관리하는 2만여 평의 농지는 트랙터를 비롯한 갖가지 농기구로 경작되었으며, 최근에는 드론으로 논이며 밤나무에 농약을 살포하는 기술 수준에 이르고 있었다. 그가 고용한 외국인 노동자까지 주인을 닮아 축사며 논밭을 오가며 부지런히 일했다. 안 과장은 그런 친구를 볼 때마다 자신을 돌아보며 자성하지 않을 수 없었다. 술도 좋아하지 않는 친구를 위해 그가 할 수 있는 일이란 격려의 말과 덕담뿐이었다. 그리고 가끔 읍내 동창회 모임에 나가 뒤풀이 장소인 노래방에서 그에게 도우미를 붙여주는 일뿐이었다.

승용차는 서공주 IC를 지나 대전 당진 간 고속도로로 접어든다. 아니나 다를까? 방금 돌아온 노모로부터 전화가 걸려왔다. "밥은 먹었느냐, 애미와 아이들은 잘 있느냐, 어디로 가느냐, 내일 들를 거냐" 등등의 내용이었다. 그러면서 마지막으로 "네 작은아버지가 어제 다녀가셨다! 특별등기 이야기는 꺼내 놓았으니 너에게 전화가 갈까다!"라는 말을 전했다. 오십여 년 동안 아버지가 경작해온 밭을 형제들이 나눠 갖자는 사람이었다. 안 과장은 순간 욱하는 감정이 솟아올랐다. 차동터널 앞이었다. "재수 없게!"라고 중얼거리며 그는 엑셀러레이터를 밟았다. 차가 시원하게 다른 차들을 제치며 속도를 냈다. 순간 '찰칵'하는 불빛이 스친다. '아뿔사!' 과속이었다. 안 과장은 또 투덜거렸다. "아! 증말 재수 없어!"

물이 모태 본능을 자극한다고는 하지만, 안 과장은 고요하게 펼쳐진 물을 보면 한없이 평온해지는 느낌을 받았다. 초등학교 시절, 비만 오면 얼기미를 들고 달려가던 마을 앞 도랑도, 여름날 하굣길에 웃통을 벗고 달려가던 왕둠벙도 물로 넘쳐나던 곳이었다. 읍내에서 고등학교에 다닐 때 울적한 그를 위무해준 것도 금강이었으며, 대학 MT 때 넋을 놓고 바다를 바라보는 자신이 궁금해졌다는 여자 후배를 만나 그날 밤 잠자리를 갖게 해준 것도 물이었다. 신병훈련소에서 뙤약볕 목마름을 참지 못해 달려가 마신 논물은 지금까지 그가 마셔본 최고의 음수였다.

여느 낚시터가 되었건 진입로를 찾기란 쉽지 않다. 지난번에 찾았던 당진의 가교리지는 진입로가 애매하여 세 번을 헤맨 끝에 겨우 찾은 적도 있었다. 천안의 수신지나 당진의 안국지의 경우는 산 7부 능선에 위치해 밤길에 이곳을 찾아가기란 쉽지 않은 곳이기도 하다. 이번에 찾아가는 한국지는 초행임에도 비교적 국도에 인접해 있어 찾아가는 데 어려움은 없었다. 안 과장은 일단 관리사무소에 주차하고 주변을 둘러보았다. 맞은편 산 밑에는 둘레길처럼 목재 데크로 인도를 만들고 중간중간에 좌대를 놓아 그늘진 곳에서 낚시를 할 수 있도록 되어 있었다. 안 과장은 핸드폰 문자메시지에 찍힌 8번 좌대를 찾았으나 쉽게 눈에 들어오지 않았다. 잠시 지체하는 사이 관리인인 듯한 사내가 식당에서 걸어 나와 그에게 어디를 찾느냐고 물었다. 안 과장이 찾던 곳은 첫 번째 좌대로 이미 지나왔다고 알려주었다. 키가 작고 콧수염을 기른 그를 보자 안 과장은 그가 낚시터 주인임을 짐작했다. 안 과장은 이곳을 뻔질나게 드나들던 황 감독이 그와 싸우고 발길을 끊은 사연을 이미 알고 있었다. 황 감독이 2박 3일 동안 낚시를 하고 한 마리도 건지지 못해 씩씩거리며 귀가한 날이었다고 했다. 오전에는 늘어지게 자고 오후에 낚시 사이트를 열어보니 어제의 조황이 올라와 있었다. 그런데 조황이 사실과 전혀 달랐다. 불같은 성격의 그가 가만히 있을 리 만무했다. 그는 바로 전화를 걸었다. 때마침 관리인이 전화를 받았다고 했다.

"이틀 동안 현장에서 낚시를 한 사람인데 이렇듯 거짓 정보를 올려놓으면 어떡합니까!"라고 항의하자, 관리인은 일주일간의 조황이라며 버벅거렸다.

"낚시꾼들은 인터넷 정보를 믿고 여러 날을 기다린 끝에 출조를 결심하는데, 이렇게 사기를 쳐도 되는 겁니까?"

"아까 말씀드렸듯이…"

"변명하지 마세요! 이제 이 낚시터 가는 것은 끝입니다! 끝!"

그 후로 황 감독은 정말 발길을 끊었다. 그러나 어쩌다가 대물터를 생각하면 이곳을 떠올리지 않을 수 없었다고 했다. '이제는 잊었겠지' 하고 전화를 하면 수신자 거부명단에 그를 포함시켰는지 전화를 받지 않는다고 했다. 관리인은 언뜻 보면 일본사람 같기도 하고, 오랫동안 병치레를 한 듯 바람 불면 곧 날아갈 것 같은 체형이었다.

안 과장이 차를 돌려 저수지 초입으로 가자 그가 찾던 수상 좌대가 있었다. 그가 승용차를 세워 황 감독을 부르자, 방 안에 있던 그가 반갑게 맞이했다. 동석하기로 한 서 회장은 아직 도착하지 않은 상태였다. 그는 이미 열두 대의 낚싯대를 편성하고 친구들을 기다리고 있었다. "서 회장이 왜 늦느냐"고 묻자 그는 평소대로 걸쭉한 언어들을 뱉어냈다.

"쓰벌 놈! 제일 가까운 곳에 사는 놈이 제일 늦장을 부리네!"

중학교 졸업 후, 항상 붙어 다니던 두 친구는 만나기만 하면 언쟁하는 것이 다반사였다. 처음에는 이런 모습에 다소 당황했던 안 과장도 이제는 다툼이 일어나면 아예 뒤로 빠져 그들을 지켜보며 즐기는 여유가 생겼다. 두 사람은 자존심과 승부욕이 서로 강하다고 자부하는 듯했다. 그들은 음주량이 일정 수준을 지나치면 목소리가 점점 커져 마치 싸우는 듯했다. 그로 인해 자주 주변 낚시꾼들의 원성을 샀다. 지난번에는 공주 인근 낚시터로 출조하여 관리인에게 쫓겨난 적도 있었다. 여자 동창에게 전화를 걸어 안주가 떨어졌으니 통닭을 사 오라고 할 때부터 사고는 예견되어 있었다. 세 명의 남자에 여자 한 명이 동석하면서 빈 술병도 늘어났고, 취사 금지라고 큼지막하게 써 놓은 방안은 삼겹살 냄새로 진동했다. 그 소음과 냄새가 관리사무소까지 퍼져나간 모양이었다. 주변 낚시꾼들의 항의에 관리인은 입금한 예약금을 돌려주는 조건으로 이곳에서 철수할 것을 요구했다. '환불'이라는 조건에 모두가 '콜!'하며 승낙을 했다. 그러나 취중에 어둠 속에서 짐을 챙기는 일은 녹록지 않았다. 어렵게 도구를 챙긴 이들은 노상에서 한 시간 동안 고래고래 소리를 지르며 난장판을 만들었다. 원인은 차 시동을 걸어 놓고 자동차 열쇠를 잃어버렸다고 흥분한 황 감독 때문이었다. 또한, "예약금 환불을 안 해줘도 된다"는 황 감독과 "반드시 받아야 한다"는 안 과장의 다툼도 시간을 지체시켰다. 우습게도 황 감독의 열쇠는 운전석 옆에 놓은 그의 잠바 속에서 발견되었다. 환불받은 돈은 읍내에 나가 술값으로 쓰는 것으로 의견이 모아졌다. 그래도 관리인은 낚시터를 난장판으로 만들고 떠나는 주정뱅이들을 향해 고개 숙여 인사를 했다. 황 감독은 양심에 찔리는지 "떠들어서 미안합니다!"라며 연신 손을 흔들었다.

읍내로 나온 세 사람은 대리운전 기사가 소개해 준 모텔에 숙소를 잡았다. 그리고는 소주 한 잔을 더 하자며 국밥집으로 향했다. 이들은 낚시터에서의 일을 이야기하며 즐거운 시간을 이어갔다. 그러나 정치 이야기가 나오자 서로의 언성이 높아지며 주변 사람의 눈총이 거세졌다. 이에, 안 과장은 그만 해산하자며 그곳을 도망치듯 빠져나왔다. 그리고는 또다시 대리운전 기사를 불러 시골집으로 떠났다. 남아 있던 두 사람은 결국, 식당에서도 쫓겨나 숙소로 갔다고 했다. 그리고는 마사지사를 불러 피곤함을 달랜 모양이었다. 이들은 두 외국인 여성의 달콤한 유혹에 넘어가 돈깨나 썼다고 했다. 그날 밤, 이들이 동서지간이 된 것은 확실했다.

안 과장이 두 낚시꾼 틈에 합류한 것은 근래의 일이었다. 서 회장은 당진에서 상품포장지를 만들고 인쇄를 하여 유명 매장에 납품하고 있었다. 특히 유명 항공사와 도넛 기업이 그의 주 거래처라고 했다. 평소 같으면 눈코 뜰 새 없이 바쁘겠지만, 코로나로 여객기가 비행을 멈추는 바람에 수익이 반 토막 나고 말았다고 했다.

안 과장이 낚싯대를 편성하고 의자에 앉아 맥주를 마시는 동안 서 회장이 도착했다. 그가 끌고 온 1톤 트럭에는 낚시 도구며 아이스박스, 먹거리들이 한 짐 실려 있었다. 그는 운전석 문을 열며 안 과장을 향해 손을 흔들었다. 그런 후에 "어이, 개 감독은 어딨냐? 어른이 오셨으면 퍼뜩 나와 인사부터 해야지!"라며 도발을 시작했다.

황 감독은 "쓰벌 놈! 또 시작이네!"라며 반갑게 마중을 나와 짐 옮기는 일을 거들었다. 안 과장이 방에서 술상을 마련하는 동안, 두 사람은 낚시할 준비를 마쳤다. 이어서 언제 그칠지 알 수 없는 술자리가 시작되었다. 아마도 날이 어둑해지면 전자캐미를 꽂으러 잠시 나가게 될 것이다. 그리고는 다시 돌아와 술판을 이어갈 것이었다. 그들은 짬을 내서 술을 먹는 것이 아니라, 짬을 내 낚시를 한다는 말이 어울렸다.

개 감독은 술만 먹으면 개처럼 짖어댄다고 해서 서 회장이 붙여준

별칭이었다. 서 회장은 친구 중에 진짜 회장이라 부를 사람도 없고, 사장보다는 회장이라는 호칭을 써야 술집에서도 대우를 받고, 또 그가 돈을 쓸 것이라 하여 황 감독이 명명해 준 것이었다. 안 과장이 이들 낚시에 합류했을 때, 이미 황 감독은 개 감독이 되어 있었다. 황 감독이 개 감독으로 성격이 바뀐 지는 오래된 듯했다. 그의 아버지는 이들 세 친구의 초등학교 은사였다. 그의 아버지 역시 술을 좋아하고 승부욕이 강했다. 초등학교 뒤에 있는 슬레이트집에 살며 딸 하나와 아들 세 명을 양육했다. 학교 기성회 임원들이 십시일반 갹출하여 마련해 준 낡은 집이었다. 초등학교 교사의 봉급으로는 생활이 녹녹치 않았던지 그는 염소 등 가축을 키우기도 했다. 그는 학교 수업을 마치면 투망을 들고 나가 인근 물가에서 고기를 잡는 것이 취미였다. 그는 손수 잡은 물고기로 매운탕을 끓여 이웃과 술을 먹는 것을 낙으로 삼았다. 그때, 황 감독의 아버지와 서 회장의 아버지는 자주 술자리에서 어울리곤 했다. 어찌 보면 아버지 세대에서 볼 수 있던 장면을 그 아들 세대가 낚시터에서 재현하는 형국이었다. 황 감독의 아버지는 술에 취하면 우는 버릇이 있었다. 그리고 방향 감각을 잃어 집에 이르지 못하고 남의 집 담 밑에서 잠들기 일쑤였다. 황 감독은 그의 판박이로 아버지의 행동을 그대로 따르고 있었다.

일몰을 앞둔 해가 저수지를 붉은색으로 물들이기 시작했다. 강렬한 햇빛이 물에서 튕겨 나와 방안까지 들어왔다. 황 감독이 '쓰발!' 소리를 내며 문을 닫았다. 황 감독이 그동안 살아 온 일대기를 재방송할 시간이 된 듯했다. 문제는 목소리가 너무 크고, 자주 흥분한다는 것이었다. 그는 주량이 약하여 소주 한 병만 먹어도 목소리의 톤이 높아지고 흥분하는 횟수도 늘어났다.

"야 이놈들아! 내가 얼마나 힘들게 여기까지 살아왔는지 아냐! 서 회장 너는 알잖아?"
"개 감독! 또 시작이다, 네가 살아 온 인생을 내가 어떻게 알 언 마!"
"개 감독이라고 하지만 마! 내가 왜 개 감독이여!"
"개 감독을 개 감독이라고 하진 마! 그럼 뭐라고 불러잉 마!"
"하~ 나 참 환장하겠네! 너는 왜 사람을 무시해잉 마! 왜 사람을 무시해? 공직생활 34년에 전국체전 금메달을 아홉 개나 딴 놈인데 네가 나를 무시해? 너도 인정할 건 인정 핸 마!"
"무시하긴 누가 너를 무시 핸 마! 그리고 금메달은 학생들이 땄지, 네가 땄냔 마!"
"아~ 쓰발! 환장하겠네! 너랑은 말이 안 통해 인마! 정말 너랑은 안 맞어! 이제 너랑은 끝이얀 마! 이제 끝! 모든 게 끝!"
"오 오~ 예 에~ 나두 콜!"

재미있는 듯 놀려대는 서 회장의 태도에 비위가 틀린 황 감독은 안 과장에게 술잔을 건네며 말 상대를 바꿨다.

"야아! 안 과장! 너나 나나 우리가 그동안 얼마나 고생을 했냐! 내가 초등학교 5학년 때 아버지가 나를 잘되게 하려고 공주 읍내로 전학을 시키지 안했냐! 그때 우리 아버지 동료교사가 나를 체육중학교로 보내 결국은 체육고등학교까지 간 것 아녀?"

"그랬냐? 그것까지는 몰랐지! 그건 그렇고, 요즘 스포츠계 학폭 뉴스는 들어 알고 있지?"

"으음! 알고 있지!"

"근데 너무 가혹한 것 같다고 생각하지 않냐! 과거의 잘못을 현재의 사회 분위기에 견주어 프로선수 생명을 자르고!"

"가혹하지! 근데 안 과장, 내 말 끊지 말고 잘 들어 봐라 잉!"

화제를 전환하는 안 과장이 못마땅했던지 황 감독이 담배에 불을 댕겼다.

"저 자식은 지가 폭력을 써서 지금 끽소리도 못하고 말을 끊는 거여! 그러니 개 감독 소리를 듣지 인 마! 헤헤 헤!"

"야! 개 감독이라고 하지 말랬지 인마! 내가 무슨 폭력을 써 인 마! 그리고 까놓고 말해서, 옛날에 운동하며 안 맞고 안 때려 본 놈이 어딘 냔 마!"

"저 자식은 성폭력도 했을 거여! 고럼! 하구도 남을 놈이지, 헤헤!"

"어얼 래! 또 저게 날 개무시하네! 나를 그렇게 평가하지 만 마! 내가 공직생활 34년에 전국체전 금메달을 아홉 개나 딴 놈이라고 말 했냐 안 했냐?"

"금메달을 네가 딴냔 마! 네가 땄냐고?"

"얼래리! 너 날 무시하지 말랬지! 내가 전국체전 테니스 4강에도 들었었다구 얘기 했냐 안했냐!" 이 새끼만 만나면 꼭 싸우게 되네!"

"아이구~ 재밌어라! 헤헤!"

약이 바짝 오른 황 감독이 소주를 입에 털어 넣고 말을 이었다.

"체육특기생으로 충북대에서 나를 1차로 지명하여 사실 거기로 갈려고 했지, 그런데 가만 생각해보니 아버지가 일찍 돌아가셔서 학비를 대 줄 사람은 없지! 돈도 없는 놈이 청주에 가서 생활하려니 막막한 거여, 안 과장 너도 그런 내 심정 이해하지!"

"아! 그럼 이해하지!"

"그래서 공주사대로 간 거여, 거기서 지도교수가 나를 잘 봐줘서 연구실 근로학생으로 추천해주었지, 아 근데 전국체전 4강전에서 충북대 팀을 만난 것 아니었어? 그래 내가 누구냐? 나를 1순위로 지명해줬던 교수에게 가서 정중하게 인사드리고, 그땐 죄송했습니다! 라고 사과를 드렸지. 그리고 시합에 들어갔는데 체육고등학교 때 우리 동기들을 괴롭혔던 선배 놈이 나와 맞붙게 된 거야! 그야말로 에이스 팀끼리 붙은 거지!"

"야, 개 감독! 네가 에이스는 무슨 에이스냐 마!"

"저 새끼는! 야 쓰발 놈아! 내가 거짓 말 하는 거 봤냔 마? 공직생활 34년 열심히 살아 온 사람을 왜 그렇게 매도하냔 마!"

"열심히는 무슨 개뿔! 출장비나 떼어먹고 다닌 놈이!"

"어얼 래! 아~ 열 받어! 내가 돈 떼먹는 것 봤냔 마?"

"안 봐도 뻔하진 마? 네가 안 떼먹을 놈이냔 마?"

"아~ 쓰발! 안 과장! 내 말 좀 들어봐라 잉?"

"허허! 그래, 천천히 얘기해 봐라!"

"봐라잉 마! 안 과장처럼 딱 중심을 잡고 남의 이야기를 들어줄 줄 알아야지, 저 새끼는 내가 얘기만 하면 무조건 노여!"

"야! 개 감독! 내가 믿게 좀 행동해봐라 인마!"

두 사람은 한 치의 물러섬 없이 말싸움을 이어갔다.

"야, 안 과장! 그래서 내가 어떻게 했건냐! 그냥 개박살을 내놨지! 그 선배가 얼마나 독이 올랐는지 시합에 지고는 테니스 채를 발로 밟고 지랄발광을 하더라!, 그게 얼마나 고소했는지 너 아니?"

"야 똥 빵위! 네 자랑만 하지 말고 똥 빵위 시절 얘기 좀 해봐라 잉! 헤헤!"

"똥 빵위? 그래인 마, 나 똥 방위다 인마! 근데 군대도 안 갔다 온 네 놈이 할 소리는 아니지!"

"똥 빵위를 똥 빵위라고 하진 마! 그럼 너 똥 빵위 아닌 마?"

"마젼 마! 나 똥빵위여! 보충역인 새끼가 무슨? 그래도 나는 향토사단에서 3주간 조뺑이친 놈이연 마!" 그러니 군대도 안 간 네가 나한테 할 소리는 아니진 마!"

황 감독은 '아니지'라는 말에 강하게 힘을 주어 말했다.

"아이구 저 똥 빵위! 내가 군대를 왜 못 가인 마! 너 전시 근로 특공대라고 들어봤냔 마?"

이들이 목에 핏대를 세우며 주고받는 대화가 안 과장으로서는 여간 재미있는 것이 아니었다.

"야아~ 안 과장! 넌 어디 나왔냐?"

황 감독이 묻는 말에 서 회장도 궁금한 지 안 과장을 쳐다봤다.

"나? 백마부대 하사관학교 출신이지! 증말 나야말로 조뺑이 틀고 왔다."

"그래? 충성! 이병 황찬성, 우성민방위지구대 임무를 명 받았습니다! 충성!"

갑자기 일어나 전입신고를 하는 황 감독의 행동에 안 과장이나 서 회장은 배꼽을 잡고 웃었다.

"야! 애들아, 내가 똥 방위 시절 얘기해 줄게! 나와 우리 동창 용구, 그리고 니네 중학교 동창인 세정이, 이렇게 세 명이 훈련을 마치고 지구대로 가지 않았겠냐! 그런데 선임들이 우리 셋을 쪼르르 세워 놓더니 나보고 전입신고를 하라고 하데!"

갑자기 황 감독은 과거로 돌아간 듯 일어나 부동자세를 취했다.

"충성! 이병 황찬성 외 2명은 우성민방위지구대 전입을 명 받았습니다! 이에 신고합니다! 충성!"

그의 진지한 행동에 안 과장과 서 회장은 또 한 번 배를 잡고 웃었다.

"근데 쓰발! 성철이 새끼 알지? 내칭이 살던 우리 동창 성철이 말여!"
"아, 잘 알지! 나랑 같은 동네에 살다가 그리로 이사 갔잖아!"

성철이란 친구는 안 과장과 같은 동네에서 태어나 생일이 섣달로 같았다. 중학교까지는 같이 다녔으나 그 후로는 전혀 소식을 모르던 친구였다.

"아~ 그 쓰발 놈이 내 앞으로 와서 발로 내 다리를 툭툭 치는 거 있지? 툭툭 칠 때마다 나도 훈련소에서 배운 건 있어서, 네! 이병 황찬성! 네! 이병 황찬성! 하고 복창하지 않았겠냐?"

황 감독의 억울해하는 표정에 두 사람은 또 웃어댔다.

"그때 성철이가 분대장으로 제대 말년이었던 거여! 야! 내 얘기 재밌지? 재미있지 않냐? 야, 또 거기에 우리 동네 살던 동창 상훈이도 있었는데, 이 새끼는 실실 웃더니 어디론가 금세 없어진 거 있지! 저도 민망했겠지! 안 그렇냐? 나는 대학을 졸업하고 가서 대부분 고향 후배들인데, 다 나보다 고참인 거여! 이거 환장할 노릇하니냐! 근데 더 기가 막힌 것은 초등학교 꼬맹이들까지 우릴 무시하는 거 있지? 할 일이 없으니까, 심심하면 담벼락에 붙어 담배를 피우거나 지나가는 사람에게 말이나 걸며 시간을 때웠지! 근데 면사무소 옆에 초등학교 있잖아? 지나가는 꼬맹이들 보면 얼마나 귀엽냐? 우리가 아가씨! 하고 부르면 애들이 뭐라고 하는지 아니? 아저씨! 우리는 똥방위 하고 안 놀아요!" 하며 혀를 내미는 거 있지! 애들도 우리를 무시하더라니까!"

"야아. 개 감독! 똥방위가 사람도 아니란 걸 이제 알았냐 인 마!"

"쓰발 놈! 또 무시하네! 열심히 병역의무를 이행한 우리 선후배들을 무시하지 만 마! 너는 뭐! 전시근로역?"

"전시근로 특공대인 마!"

둘은 또 아웅다웅 말다툼을 이어갔다.

안 과장은 낚시찌 캐미를 바꾸기 위해 밖으로 나왔다. 저수지는 이미 검게 물들어 있었다. 옆 좌대로부터 맞은편 산 밑에 있는 좌대에 이르기까지 붉고 푸른 찌들이 아름다운 야경을 이루고 있었다. 날카로운 바늘을 물 아래 숨기고 아름답게 피어나는 붉고 푸른 꽃들, 이곳에도 싱싱한 생명을 유혹하는 무언가가 있었다. 탐욕과 유혹을 버리기 위해 찾은 낚시터에는 또 다른 탐욕이 물 위에 넘쳐나고 있었다.

이튿날, 늦게 일어난 세 사람은 외출을 준비했다. 인근 어항에 나가 바람도 쐬고 점심을 먹고 돌아올 생각이었다. 운전대를 잡은 서 회장은 자세하게 지역 설명을 하며 차를 몰았다. 이윽고 차가 석문 국가산업단지에 이르렀다. 석문 국가산업단지는 당진시 석문면과 고대면 일원에 충청남도가 사업 시행사로 지정되어 조성한 약 363만 평의 산업단지였다. 이곳에는 인공지능, 바이오, 정보통신, 자율주행 자동차 등 국토교통부가 선정한 7대 신성장산업을 집중 배치할 계획을 갖고 있었다. 도비도와 난지도를 잇는 해상 케이블카 사업과 왜목항과 장고항, 용무치항, 마섬포구, 한진포구, 음섬포구에 이르는 대규모 해양관광 벨트를 조성할 계획이라고 했다. 평당 72만 원에 분양 중이며 자금지원 및 각종 세제 혜택도 주고 있었다. 그러나 아직은 인프라가 미흡해서인지 대지만 썰렁하게 누워 있었다.

이윽고 승용차가 대호방조제로 접어들었다. 당진시 석문면과 서산시 대산읍을 연결하는 7.8㎞의 방조제는 농업 종합개발 사업의 일환으로 1981년에 착공하여, 1984년에 완공한 것이었다. 이곳 방조제에도 어김없이 낚시꾼들이 몰려들고 있었다.

삼길포항은 코로나 상황이 무색하게 차량과 사람들로 넘쳐났다. 서 회장은 주차장 주변을 두 바퀴나 돈 끝에 겨우 주차했다. 어항은 가을 햇살에 물고기 비늘무늬로 번쩍이고 있었다. 어항 우측에 있는 섬이 장고항과 왜목마을이라고 했다. 그리고 가까운 곳에 보이는 섬들은 대조도, 소조도, 우무도, 난지도 순으로 자리하고 있었다. 어항 근처에 주차된 차들은 수산물시장에 온 관광객이 대부분이고, 쭈꾸미 낚시를 하거나 인근에 있는 가두리 낚시터로 떠난 사람들 것이라고 했다.

서 회장의 안내로 세 사람은 2층에 자리한 횟집으로 올라갔다. 어항이 한눈에 보이는 식당 안에는 두 팀이 회를 즐기고 있었다. 한 팀은 가족이 확실했고, 그들 뒤에 자리한 네 명은 남녀가 눈이 맞아 몸을 풀러 온 듯했다. 그들이 주문한 병어돔이 나오자 술잔이 속도를 내며 돌아갔다. 빛깔이 선명하고 눈이 예쁜데다가 처음 보는 생선이라 안 과장이 먼저 주문한 것이었지만 식감은 질겼다. 안 과장이 며칠 후에 알았지만, 이는 병어와는 다른 중국산 무점매가리였다. 그것도 자연산이 아닌 양식한 고기였다. 그러나 이를 알 턱 없는 세 사람은 바닷가에 있다는 것만으로 기분을 내며 언성을 높여갔다.


"야! 안 과장! 내가 코로나 상생 국민지원금을 못 받는다는 것이 말이 되냐! 전 국민의 88%가 받는데, 야~ 서 회장! 너는 내가 상위 12%에 해당한다고 생각하냐?"

"또 시작이다! 조용히 핸 마! 너 지금 잘 산다고 자랑하냔 마? 더 크게 떠들어 인마!"

"저 새끼는! 내가 어디를 봐서 상위 12%냔 마? 이거 봐! 이거 봐라?"

주머니를 탈탈 털어 그가 식탁 위에 내놓은 것은 카드 한 장과 천 원짜리 몇 장이었다.

그의 행동에 또 두 사람은 낄낄거리며 웃었다. 멀리서 조심스럽게 이들을 지켜보던 여주인이 매운탕을 가져오며 거들었다.

"오늘 뉴스에 전 국민에게 모두 지급하기로 결정했대유!"

이 말을 들은 황 감독의 얼굴이 환하게 펴졌다.

"야 임마! 황 감독, 들었지! 오늘 술값은 네가 낸 마!"

서 회장의 말에 황 감독은 웃으며 말을 아꼈다. 뒤에 앉아 있던 두 쌍의 커플이 본 게임으로 들어가자며 자리를 떴다. 이에 세 사람도 그들이 어디로 가는지 살펴보자며 식당을 나왔다. 큰 도로로 나서자 여기저기서 흥겨운 음악이 울려 나왔다. 그러자 안 과장이 바지춤을 올리더니 개다리춤을 추기 시작했다. 이어 서 회장이 장풍 춤을 추기 시작했다. 이 희한한 장면에 지나가던 행인들이 배꼽을 잡고 웃었다. 오히려 창피하다며 멀리 앞서가는 남녀커플을 뒤쫓아 달아난 것은 황 감독이었다. 안 과장과 서 회장은 한 잔 더 하자며 선상 횟집을 향해 걸어갔다. 그러나 두 사람은 얼마 못 가 강렬한 햇볕 때문에 그늘로 숨어들었다. 뒤이어 황 감독이 비틀거리며 들어왔다.

"야아! 개 감독! 똥개처럼 어딜 그렇게 어슬렁대다 와 인 마!"

"뭐 인 마? 똥개? 아 쓰발! 그 새끼들은 재주도 좋아! 나폴리로 들어갔어 야!"

"나폴리? 너두 따라 들어가진 마! 왜 돌아와?"

아쉬움을 감추지 못하는 황 감독을 보고 서 회장이 또 말싸움을 걸고 있었다. 그나저나 음주운전은 할 수 없으니 항구를 떠나려면 대리기사를 불러야 했다. 황 감독은 이곳에서 5년 정도 근무한 이력이 있어 동료 교사들을 몇몇 아는 모양이었다. 여기저기 통화를 한 끝에 읍내에서 초등학교 교사로 근무하는 친구와 겨우 연락이 닿았다. 황 감독과 체육고등학교 동기로 핸드볼이 전공이라고 했다. 교육대학을 졸업한 후 몇 년간 교사로 근무했으나 적성에 맞지 않아 휴직하고 제주도로 내려가 사업을 한 모양이었다. 거기서 재산을 다 털어먹어 지금은 빈털터리라고 했다. 이들이 어항을 나와 읍내로 가는 내내 차 안은 떠들썩했다. 초등학교 때 누가 제일 예뻤고, 어디서 어떻게 살고 있는지 친구들의 근황이 줄줄이 끌려 나왔다. 그리고 자살했거나 사망한 친구들의 이야기까지 나오고, 결국 차량이 목적지에 도착해서야 조용해졌다.

약속 장소는 당구장이었다. 술도 깰 겸 스포츠정신을 발휘한 후 술자리를 하자는 황 감독의 제안에 동의한 장소였다. 동석한 친구는 곱슬머리에 소탈한 인상으로 전에 운동했던 사람으로는 보이지 않았다. 황 감독은 그를 한 선생이라 불렀다. 당구는 4구 단판 승 복식경기로 진행하되 안 과장과 서 회장, 그리고 황 감독과 한 선생이 한 팀을 이루었다. 경기는 초반부터 신경전으로 내달렸다. 서 회장은 황 감독을 자극하려고 일부러 견제구를 놓기도 하고, 알을 바짝 붙여 놓기도 했다. 그리고 자신이 당구 치기에 성공하거나 황 감독이 파울을 하면 엉덩이를 좌우로 요란하게 흔들며 노래를 불렀다.

"야아~ 쓰벌 놈아! 엉덩이 흔들지 만마! 흔들지 말라고 인마!"
"내 맘이연 마! 헤 헤헤!"

승부욕이 지나치게 강한 황 감독은 자신이 실수하는 것을 자책하며 얼굴이 붉으락 푸르락 했다. 심지어 같은 팀인 한 선생이 실수해도 육두문자를 쓰며 화를 냈다. 그러자 안 과장과 서 회장이 인상을 찌푸렸다. 경기가 막바지에 이르러 쓰리 쿠션을 치기에 이르렀다. 앞서 가던 황 감독은 서 회장 팀에게 따라잡히자 긴장하는 듯싶었다. 그때 서 회장이 앞돌리기를 시도하여 쓰리 쿠션에 성공한 것 같았다. 그런데 공의 속도가 너무 빨라 성공 여부를 확실하게 판단할 수 있는 상황은 아니었다. 쓰리 쿠션 치기에 성공했다는 서 회장과 투 쿠션이라는 황 감독이 서로 언성을 높이기 시작했다. 그러자 실내에 있던 사람들의 시선이 그들로 향했다. 그때 한 선생이 쓰리 쿠션임을 인정했다. 안 과장은 잠시 머뭇거리다가 한 선생의 말에 힘을 얻어 쓰리 쿠션임을 주장했다. 길길이 날뛰며 cctv로 재확인하자는 황 감독의 주장에 화가 난 세 사람은 모두 당구장 밖으로 나왔다. 화를 참지 못한 서 회장은 낚시터로 간다며 사라졌다.

안 과장과 한 선생은 오랫동안 사귀어온 지인처럼 맥줏집으로 들어갔다. 황 감독이 이들과 합류하는 데는 그리 오래 걸리지는 않았다. 택시를 타고 낚시터로 돌아간다는 서 회장의 메시지가 온 직후였다.

황 감독은 정말 cctv로 확인을 한 모양이었다. 흥분이 가시지 않은 그는 투 쿠션이 확실하다며 언성을 높였다.

"야아~ 황 감독! 친구끼리 당구 치면서 그게 그렇게 중요하냔 마아?"

"난 중요한 마! 나는 승부의 세계에서만 살아와서 시합하면 무조건 이겨야 한다는 좌우명을 갖고 살았언 마! 그게 34년이연 마!"

안 과장과 황 감독이 옥신각신하는 사이 조용히 앉아 술을 마시던 한 선생이 끼어들었다.

"야아! 황 감독!"
"그려! 말해봐!"
"너 쫓기니? 너 쫓기구 있냐구?"

다소 화나는 듯한 목소리였다.

"아니! 나 쫓기는 거 없어!"
"근데 너 왜 그래? 예전에는 안 그랬잖아! 너 착했잖아?"
"착했지!"
"근데 왜 그래?"
"내가 오죽했으면 작년에 명퇴했겠냐? 공직생활 34년 동안 억눌리고 시달린 시간이 돌아보니 너무 아까운 거야! 그러다 보니 술 한 잔 먹으면 자유로워지고 감정이 폭발하는 것이 있어! 인정해!"
"야 아~ 황 감독? 너만 공직생활 했냐? 너만 시달리고 틀에 박힌 생활을 했냐고? 그동안 잘 해왔잖아? 야 아~ 황 감독! 너 왜 그래? 너 나 왜 불렀니? 너 내가 친구니까 불렀잖아!"

"그랬지!"

"근데 너 왜 그래? 너 아까 그 친구에게 사과 해?"

두 사람 간의 대화는 고장 난 테이프처럼 제 자리를 맴돌았다.

안 과장은 술집에서 나와 담배를 한 대 피워 물었다. 그리고 한 선생의 말대로 자신은 무언가에, 혹은 누군가에게 쫓기고 있지는 않은지를 생각해보았다. 그리고 지금은 술에 취해 생각이 나지는 않지만, 퇴직 전까지는 자신이 그동안 무엇에 쫓기었는지, 그리고 앞으로 어떻게 할 것인지를 정리해야겠다고 생각했다.

가을은 어제와 똑같은 햇살을 물 위에 띄우고 있었다. 양털 무늬의 구름이 푸른 하늘에 끝없이 펼쳐져 있었다. 청잣빛 하늘과 흰 구름 사이로 쉼 없이 뿜어대는 붉은 햇살이 가을을 달구는 중이었다. 이 황홀한 아침을 혼자 즐긴다는 것은 차라리 사치였다.

방 안에 있는 두 사람은 여전히 잠에 취해 있었다. 아직도 황 감독은 끙끙 배 앓는 소리를 내고 있었다. 그동안 무슨 일을 그리도 잘못하며 살아왔는지 "미안합니다!"를 연발하며 잠꼬대를 했다. 잠자는 동안에도 누군가에게 쫓기거나 시달리고 있는 모양이었다.

밤사이 수많은 죽음의 덫을 피해 살아남은 고기들이 여기저기서 첨벙거렸다. 그것은 생의 찬미였다. 살아 있다는 것이 얼마나 가슴 벅차면 저렇게 물 위를 차고 오를까를 생각하니 생명의 싱싱함이 느껴졌다. 그런 생명을 낚겠다고 찌를 보고 있는 자신이 한없이 작아졌다.

황 감독과 서 회장이 자는 방문 틈으로 아직도 진한 소주 냄새가 흘러나왔다. 안 과장은 낚시에 떡밥 대신 소주병을 달아 보라던 아내의 말이 생각나 웃음이 나왔다.

지난밤, 그들이 술집을 나온 것은 10시가 조금 지나서였다. 코로나로 문을 닫아야 한다는 주인의 요구에 세 사람이 일찍 일어날 수 있던 것은 다행이었다. 한 선생을 돌려보내고, 두 사람이 숙소로 돌아왔을 때 서 회장은 곤히 잠들어 있었다. "쓰발 놈아! 잠이 오냔 마!"하며 서 회장을 깨운 것은 황 감독이었다. 부스스 일어난 서 회장은 언제 다뤘냐는 듯 늦게 들어온 두 사람을 탓했다.

"야아~ 똥 방위! 어른 주무시는데 뭐하는 짓이언 마? 복귀 신고도 안하고 인 마!"

"네! 충성! 이병 황찬성! 무사히 임무 마치고 좌대로 돌아왔습니다! 충성!"

부동자세를 취하고 복귀 신고를 하는 황 감독의 행동에 세 사람은 다시 감정이 녹아내렸다.

황 감독이 주머니에서 비닐봉지를 꺼내자 구운 오징어와 인삼이 나왔다. 술집에서 남은 안주를 싸 온 것이었다. 그의 행동에 두 사람은 감탄하며 다시 술자리를 만들었다.

"야 아! 안 과장! 내 얘기 좀 들어 봐!"

"듣고 있언 마! 얘기해 봐!"

"첫 발령지로 내가 태안으로 가지 않았겠냐! 시골 중학교에 선생이라고는 열두 명인데 다 대학 아니면 선후배로 걸리는 거여! 그중 여덟 명이 중학교 앞에서 하숙을 하는데, 저녁 시간에 할 일이 뭐 있었겠냐? 매일 만나서 술 먹는 거여! 그때 월급이 19만 원이었는데 하숙비 10만 원을 내면 9만 원 남으니 매달 적자인거여!"

"잔소리 그만하고, 매일 주절거리던 연애한 얘기나 해봔 마!"

매번 들어 귀가 피곤해진 서 회장이 황 감독의 말을 끊었다.

"아~ 저 새끼는 내 말을 자꾸 끊어! 야 임마, 그러면 안 되진 마! 안 과장처럼 점잖게 잘 들어 봔 마!"

"그런데 읍내에 나가 술을 먹고 들어오면 하숙방이 깨끗하게 정리 된 거 있지. 청소는 물론, 먹을거리도 챙겨 놓고 인형까지 갖다 놓는 거 있지? 알고 봤더니 서무계서 일하는 행정직 여직원이 나를 좋아해서 그런 거였어. 그러니 어떡허니? 읍내 레스토랑으로 그녀를 나오라고 해서 저녁을 먹으며 이야기를 했지. 같은 학교에서 이러면 입소문이란 게 있어 여러 문제가 생길 수 있다. 나를 생각해주는 마음은 고맙지만, 서로가 행동을 조심해야 하지 않겠냐고 말을 했지! 그랬더니 내가 선생님을 좋아해서 하는 행동이니 막지는 말아 달라는 거여! 그러니 어떡하니?"

"어떡허긴 뭘 어떡현 마? 안아주면 되는 거진 마?"

"하아~ 저 새끼는 저렇게 비도덕적이여! 내가 그럴 놈이냔 마! 조용히 내 말 좀 들언 마!"

속이 불편해 오는지 두유 한 컵으로 입을 적신 황 감독이 다시 말을

이었다.

"그때 나도 총각이니까 사실, 연애해도 큰 문제가 될 것은 없는 거지. 안 그러냐, 안 과장?"

"그럼, 당연하지!"

"여자가 키는 작은 편이지만 얼굴도 예쁘고 귀엽기도 해서 여러 번 읍내에서 만났어! 그런데 어느 날 나에게 모텔에 가자는 거야! 약간은 겁나기도 해서 주저하게 되데! 그러는 나에게 내가 오빠를 좋아해서 그러는 거니까 지저분하게 책임지란 말은 안 할 테니 한 번만 가달라는 거야! 그러니 어쩌니? 야! 안 과장, 너 같으면 어떻게 하겠니? 그래서 숙소로 들어갔지! 거기서 인연을 맺어 한동안 재밌게 연애를 했지!"

"도둑놈! 그럼 네가 안 갈 놈이냔 마?"

"저 자식은 비도덕적이야! 너는 생각하는 게 왜 그 모양이냐? 내가 너 같은 놈인지 아냔 마? 야, 안 과장! 내 말 좀 더 들어봐! 재밌지? 안 재밌냐? 근데 몇 달 뒤에 사고가 터진 거야! 이 여자가 공금을 빼돌린 것이 들통이 난거지, 그래 어떡허냐? 그 여자는 다른 곳으로 떠나게 되고, 나는 자연스럽게 혼자가 된 거지"

"도둑놈! 너두 그때 그만뒀어야 한 거연 마!"

"어 얼~ 래? 내가 왜 그만두냔 마? 내가 뭘 잘못했냔 마!"

"야! 너한테 밥 사주고 술 사주다가 돈 떨어져서 삥땅친 거 아넌 마?"

"쓰벌 놈! 또 지랄이네! 그게 어디 내 잘못이냔 마!"

서 회장과 황 감독은 또 한동안 다툼을 이어갔다.

"야아! 안 과장? 내 애기 하나 또 해줄게. 그러다가 서천으로 발령 난 거 아니겠냐! 가보니 완전히 시골 중학교여! 거기서 또 체육학과 동기생을 만났네! 키도 크고 잘 생긴데다 당시에 스텔라 승용차를 끌고 다녔으니께 인기가 좋았지! 둘이 또 주구장창 죽이 맞아 퇴근만 하면 읍내로 술 마시러 다니지 않았겠냐? 근데 서무과 여직원이 나한테 참 잘해주는 거여! 고등학교를 갓 졸업하고 왔으니 얼마나 귀엽고 예쁘겠냐. 그래서 또 좋은 감정을 가지고 연애를 했지! 어느 날, 세 사람이 읍내 나이트클럽에 가서 술을 먹는데 나는 술이 약하잖아, 그래서 그만 들어가자고 하니까 동기가 더 먹고 간다며 먼저 가라데! 그래서 여직원한테 같이 가자고 하니까 한잔 더 하고 간다는 거야! 그래 어떡하냐? 나는 학교 숙직실로 먼저 들어왔지! 아침에 겨우 눈을 떠서 생각해보니 걱정이 되는 거여! 근데 전화를 해도 두 사람 모두 안 받아! 불안한데! 게다가 내 동기 놈은 이미 결혼한 유부남이었거든. 그래서 여직원 집으로 전화를 했지! 아, 쓰발! 저녁에 안 들어왔다는 거여! 앗차 싶었지! 환장하겠데! 집으로 전화를 한 게 내 실수였지! 결과야 뻔하잖냐? 우리 숙부의 가르침을 망각한 죗값을 받겠구나 생각했지. 내가 첫 발령을 받고 기뻐서 숙부님을 찾아갔더니 교직에 있는 동안 술과 노름과 여자! 이 세 가지만 조심하라고 당부하더라고. 이제 엎질러진 물이지 뭐! 교육청에 과장으로 근무하는 숙부에게 전화를 걸어 사정 이야기를 했지. 그랬더니 변호사를 한 명 소개해 주시데. 그래서 사무실을 찾아가 전후 사정을 말했더니, 나는 총각이고 그날

일은 도덕적 책임만 있지, 다른 책임은 없으니 크게 걱정하지 말라고 하데. 그래도 어찌 걱정이 안 되겠니! 그날 학부모가 교장실로 찾아와 난리를 치고, 교육청에서 감사 나오고 떠들썩했지! 그래도 교장 선생님이 애써 주서서 두 사람은 전보 발령! 여직원에게는 금전적 배상! 교육청은 다른 동일 직종에 그녀를 취업시켜준다는 조건으로 사태가 마무리되었지! 안 과장 어때? 재밌지? 재밌쟎냐?"

"재밌긴 뭐가 재밌냔 마? 찌질이도 못난 놈! 너는 그때 짤렸어야 핸마! 헤헤! 야아~ 안 과장? 저 자식 얘기는 재미없고 이제부턴 내 얘기 해줄게!"

졸린다며 이불을 펴고 있는 황 감독을 보며 서 회장이 말을 이었다.

"내가 중학교를 졸업하고 대전역 앞에 있는 성일약국 2층에서 일했쟎냐. 1층에는 약국, 2층에는 제약회사 영업소가 있었는데, 어린 내가 무슨 일을 할 수 있었겠어? 아침 일찍 일어나 시내 약국 문들이 열리면 자전거로 배달하는 일이었지! 주로 구급약과 소독약, 그리고 소화제 같은 약품이었어! 영업팀장이란 놈이 포장해 놓은 것을 어디로 배달하라고 하면, 나는 전달만 하면 됐으니까. 그런데 수금을 하면 꼭 빵구가 나는 거 있지! 그리고 나는 약국을 하면 다 돈버는 줄 알았는데 미수금이 자꾸 늘어나는 거여! 그러면 이 팀장이란 새끼가 뼁땅을 쳤다고 때리고, 돈 못 받아 온다고 때리며 자꾸 폭력을 쓰는 거여! 그러니 내가 어떻게 했겠냐! 야아~ 개 감독! 내가 어떻게 했겠냐군마?"

서 회장도 술에 취해 목소리가 커지고 있었다. 황 감독은 반수면 상태에서 "아구구 구!"를 연발하며 신음을 냈다.

"참았지!"

"참았다구?"

"그럼! 참아야지, 헤헤! 우리 영업소 맞은편 2층에 당구장이 하나 있었어! 거기서 카운트 보던 누나가 있었는데 밤만 되면 집에 가기에는 늦었다고 내 방을 찾아오는 거 지? 1층 약국에는 알루미늄 셔터가 설치되어 있었는데 열쇠를 채우지는 않았어. 그러면 누나가 당구장 문을 닫고 약국으로 와서는 셔터를 올리고 2층에 있는 내 방으로 오는 거야? 거기서 내가 일 년 동안 누나에게 겁탈을 당했다니까? 증말! 중학교를 갓 졸업하고 대전으로 나와 그 누나한테 그냥 당했다니깐!"

"쓰발 놈! 겁탈 같은 소리하구 있네! 네간 마! 일부러 문을 안 잠근 거 아년 마? 말은 똑바로 해야지, 저 새끼 말은 진정성이 없어! 진정성이!"

화장실을 가려고 일어서던 황 감독이 또 끼어들었다. 서 회장도 이 말에 반론을 제기하지는 않았다. 결국 서 회장은 영업팀장의 폭력을 참지 못하고 대들어 그곳을 그만두게 되었다고 했다. 두 사람은 서로 취했음을 인정하고 그만 자자는데 동의했다. 그런데 밖에서 우탕탕! 소리가 나며 무언가 물에 빠지는 소리가 들렸다. 이어 다급하게 안 과장을 부르는 소리가 났다. 안 과장과 서 회장이 캡 라이트를 켜고 밖으로 나왔을 때 황 감독은 저수지에 빠져 있었다. 다행히 수심은 얕았으나 황 감독은 술에 취해 몸의 균형을 잡으려 애먹고 있었다. 안 과장이 뜰채를 내밀자 이를 손으로 잡은 황 감독이 물 밖으로 겨우 나왔다. 그러는 사이 낚시터 관리인은 물론, 노지에서 낚시하던 사람들까지 캡 라이트를 켜고 모여들었다. 개망신이었다.

황 감독은 그들을 향해 "괜찮습니다! 괜찮습니다! 미안합니다! 돌아가세요!"를 연발하며 머리를 조아렸다. 방으로 들어 온 황 감독의 모습은 가관이었다. 그의 모습을 본 서 회장이 깔깔대며 웃음을 터트렸다.

"아~ 하 하하! 아이 구, 그 개 버릇을 누구한테 주냐? 아이 구 개망신! 이런 개망신이 어딨냐!"

"야아! 인마! 네가 친구에게 할 소리냔 마? 친구가 물에 빠졌으면 어디 다친 데 없냐구 먼저 물어봐야지, 네가 지금 친구에게 할 소리냔 마?"

두 사람이 옥신각신하는 사이, 서 회장에게 전화가 왔다. 관리인으로부터 조용히 해달라는 내용이었다. 세 사람의 입에서 "쓰발 놈!"이라는 소리가 동시에 튀어나왔다. 처음으로 그들이 화합하는 소리였다.

아홉 시가 되었는데도 두 사람은 여전히 자고 있었다. 안 과장은 좌대에서 나와 저수지 제방 쪽으로 걸어갔다. 새로 난 산업도로에는 이미 많은 차들이 오가고 있었다. 지금 이곳을 통과하려면 저들이 몇 시에 일어났을까를 생각해보았다. 그 순간, 어젯밤 "너 지금 쫓기고 있니?"라고 물었던 한 선생의 말이 떠올랐다.

'그래, 우린 모두 쫓기고 있는 거야!'

안 과장은 비단 황 감독뿐 아니라 모든 이들이 쫓기고 있다고 생각했다. 쫓기지 않으면 무언가를 쫓으며 살아가고 있는 것이 확실했다. 사람들이 무언가를 쫓고 있을 때는 자신이 그 무언가에 쫓기고 있다는 사실을 모르는 듯했다. 황 감독은 퇴직한 후, 비로소 쫓기고 있는 자신을 발견했을 것이다. 그래서 일주일이면 서너 번씩 낚시 가방을 메고 저수지 좌대로 들어와 은둔하고 있을 거라는 생각이 들었다. 안 과장도 정년을 앞두고 있었다. 그는 쫓기는 삶을 살아서는 안 된다고 생각했다. 그러나 그것은 생각대로 되는 일은 아니었다. 그것은 그 또는 누군가가 앞으로 헤쳐가야 할 과제이기도 했다.

가을은 곡식과 과일은 물론, 사람도 익어가게 하고 있었다. 저수지에는 먹이를 구하러 나온 청둥오리, 왜가리, 기러기 등이 함께 어울리며 자맥질을 하고 있었다. 새들은 전혀 쫓거나 쫓기는 법 없이 자기의 일상을 이어가는 중이었다.

이대영 소설집
## 티사강의 하루살이

**발행일** 초판 1쇄 2024년 10월 1일
**지은이** 이대영
**펴낸이** 이영옥
**펴낸곳** 도서출판 이든북
**주　소** (34625) 대전광역시 동구 중앙로193번길 73
**전　화** 042 · 222 · 2536
**팩　스** 042 · 222 · 2530
**이메일** eden-book@daum.net
**등록번호** 제2001-000003호
ⓒ 이대영. 2024

ISBN 979-11-6701-307-1  03810

값 15,000원

· 잘못된 책은 바꾸어드립니다.
· 이 책 내용과 사진 전부 또는 일부를 재사용하려면 반드시 저작권자와
  이든북 양측의 동의를 받아야 합니다.

* 이 책은 충남문화관광재단의 2024년 충남문학예술지원사업비를
  지원받아 발간하였습니다.